두려울 것 없는 녀석들

수상한 장애기숙학교에 갇히다

두려울 것 없는 녀석들

수상한 장애기숙학교에 갇히다

바네사 발더 글
바바라 코투에스 그림
정유진 옮김

한울림스페셜

차례

삭스 친구들에게

알았어, 알았다고. 너희들 말이 맞아. 이번엔 내가 정말 제대로 사고 쳤다는 걸 나도 알고 있어. 하지만 이번 사건은 겉으로 보이는 것과는 아주 달라. 그게 전부가 아니니까.

할바흐 교장은 지금 완전 ~~~~~~ 돌았다니까! 이번 일로 경찰까지 부르다니, 이게 말이 된다고 생각해? 아니, 내가 무슨 마약 밀수라도 했어? 아니면 핵폭탄을 만들기라도 했어? 모든 게 완전 ⋘⋘⋘ 같다고!

정말로 무슨 일이 있었는지 내가 전부 설명해줄게. 너희들은 그럴 만한 자격이 있으니까. 하지만 오로지 너희들한테 만이야. 이게 무슨 뜻인지 알지? 전에 그랬잖아. 우리 사이엔 비밀을 지

켜야 할 의무 같은 게 있다고.

좋아. 이제 처음부터 끝까지 다 얘기해줄게. 거짓말은 하나 안 보태고 있는 그대로. 왜냐하면 거짓과 비밀은 이미 차고 넘치니까. 오케이?

아 참, 욕. 그래, 나도 욕이 교칙 위반이라는 건 알고 있어. 하지만 욕을 하지 않고서는 난 진실을 말할 수가 없어. 그리고 까놓고 말해서 욕설 한 번에 벌금 50센트는 진짜 완전 ▨▨▨▨ 아니냐! 너무 심한 욕은 나중에 내가 다시 다 지울게. 하지만 이건 너희들이 꼭 알아줬으면 해. 지금 이 상황은 진짜 완전 제대로 ▨▨▨라는 거.

자, 어디서부터 시작할까? 그래, 난 엔니야, 엔니 앨서. 나이는 열네 살. 지금 아주 ▬▬▬ 곤란한 상황에 처해있지. 하지만 처음부터 그랬던 건 아니야. 이 이야기는 노아에서 시작돼. 모든 게 노아로부터 시작됐지.

8

노아, 운명의 만남

노아는 내 오빠야. 나랑 가족이나 뭐 그런 관계는 아니지만 그건 중요하지 않아. 왜냐하면 노아를 만나기 전에 내 인생은 엄청 ▓▓▓▓였기 때문이야. 너희들도 알지? 누군가 가족이 없는 경우 어떻게 되는지. 가족이 없는 아이들은 보육원이나 그룹홈, 내지는 입양가정으로 보내지지.

그다음부터 좋은 일도 있고 나쁜 일도 일어나게 마련이야. 난 그런 일들에 관해서는 환히 꿰고 있어.

운이 좋으면 쿨한 사람들을 만나기도 해. 그런데 그렇지 않으면 ▓▓▓▓ 같은 사람들을 만나지. 이 경우엔 뭔가 매끄럽지 않게 일이 흘러가. 그러다가 이 ▓▓▓▓ 같은 사람들이 내심 원

했던 대로 휙! 다음 보육원이나 다른 양부모, 기타 등등의 장소로 넘겨지기 일쑤야. 그리고는 무언가 계속 꼬이기 시작하지. 이게 가족 없는 아이들의 현실이야. 평범한 가정도 마찬가지 아닌가? 하지만 보통 부모들은 친자식을 어딘가로 넘기지는 않지. 자기 자식이 완전 사이코여도 말이야.

일 년 전에 나는 베를린에 있는 하겐 씨 집으로 입양됐어. 그 집에 입양아가 몇 명 있었을까? 딱 한 명! 나! 나 외에는 아무도 없었어. 나에겐 처음 있는 일이었어. 그 전에는 항상 셋, 가끔은 다섯까지 있었거든.

대박! 오직 나만을 위한 독방이라니! 심지어 하겐 씨는 내 방을 새로 페인트칠하기 위해 좋아하는 색깔이 뭐냐고 물어보기도 했어. 난 양부모가 나 때문에 ~~하게~~ 애쓰지 않도록 그냥 흰색이라고 말했어.

집은 엄청 예쁘고 깨끗했어. 항상 꽃병에 신선한 꽃이 꽂혀 있었고, 냉동실에는 늘 아이스크림이 있었어. 그리고 내 핸드폰! 중고도 아니고, 어디가 망가지거나 후진 구형 모델도 아닌, 사과 로고가 박힌 핸드폰 회사의 최신 모델! 아마 큰돈 썼을 거라 장담한다! 완전 최고급!

양부모는 정말 최고였어. 위선적으로 미소 짓거나 허세를 부리는 일도 없었고, 그냥 진심 친절했어. 난 그분들에게 인생 최초의 입양아였으니까!

입양은 노아의 생각이었대. 어느 날 노아가 불쑥 부모님께 이렇게 말했대. "우리 집이 세 사람은 더 같이 살아도 될 만큼 넓다는 거, 알고 계셨어요? 왜 진작 그 생각을 못 했을까요."

세 명은 너무 많았지만 한 명을 입양하는 정도는 양부모도 찬성했대. 노아에게 형제를 만들어주기 위해서였지. 게다가 노아와 난 거의 친남매처럼 보였어. 둘 다 갈색 머리에 갈색 눈동자, 작은 코와 귀, 그에 비해 큰 입을 갖고 있었거든. 다만 난 노아보다 머리 하나만큼 키가 작았고, 노아가 나를 번쩍 들어 올릴 수 있을 만큼 무지 말랐었어.

노아는 힘이 무척 셌는데, 그건 무지막지한 운동 덕분이었어. 노아는 축구를 했고, 스노우보드와 스케이트보드를 탔고, 유도와 가라테를 했어. 이쯤 되면 너희들도 하겐 씨가 정말 돈이 많다는 걸 눈치 챘을 거야.

돈이 많은데도 양부모는 괜찮은 사람들이었어. 그리고 노아, 노아는 그저 괜찮은 정도가 아니었어. 잘난 척하거나 뭐 그런 아이가 전혀 아니었지.

처음 만났을 때, 노아는 지금의 나처럼 열네 살이었어. 그때 난 양부모와 함께 거실에 앉아 얘기를 나누고 있었어. 양부모는 완전 친절했고, 나는 ~~~~~~~ 상냥하게 굴고 있었어. 양부모가 곧바로 딴생각을 품지 못하도록 난 항상 맨 처음엔 얌전하게 굴거든. 또 넓은 집과 너무 친절한 양부모 때문에 내가 불안해한다는 걸 들키고 싶지 않았어. 그때 노아가 학교에서 돌아왔고, 날 보더니 웃으며 "네가 엔니구나? 흠, 완전 ~~~~~~~는 아니었으면 좋겠는데." 하고 말했어.

"노아!" 양부모는 엄청 당황했지만 나는 웃었어. 자기가 생각한 대로 솔직하게 말하는 사람을 난 좋아하거든. 그리고 그 사람이 노아처럼 미소 짓는다면 우린 거의 친구가 되지.

노아가 웃을 때면 코에 잔주름이 잡히고 눈이 가늘어지면서 얼굴의 절반은 오로지 새하얗게 빛나는 이만 보여. 게다가 송곳니가 뾰족해서 마치 웃고 있는 늑대처럼 보이지. 솔직히 말해 누가 웃고 있는 늑대를 안 좋아하고 배길 수 있을까?

그래서 나도 노아를 향해 미소 지으며 말했어. "난 누군가 건드릴 때만 완전 ~~~~~~~가 돼."

이 말은 진짜였어. 난 항상 그런 식으로 살아왔기 때문이야. 누가 친절하게 굴면 나도 그 사람을 친절하게 대해. 뭐 최소한 건드리지 않고 내버려둬. 하지만 나를 예전의 ~~~~~처럼 대하면 난 머리끝까지 화가 나.

12

사람들이 보통 화날 때 눈에 뵈는 게 없다고 말하잖아. 난 정말 딱 그 말 그대로 돼. 화가 나면 머리가 지끈지끈 아프면서 바다 속에 있는 것처럼 귀에서 소리가 나고, 눈앞이 점점 빨간색으로 뒤덮여. 눈 안에 빨간색 물방울이 떨어져 서서히 녹고 있는 것처럼. 그럴 때면 내 피가 소방 호스 안에 갇힌 물처럼 엄청난 압력으로 빠르게 흐르면서 심장이 미친 듯이 마구 뛰어.

그러면 난 더 이상 생각이란 걸 못하게 돼. 갑자기 생각이 딱 멈추는 거야. 내가 창문을 때려 부수고 쓰레기통을 발로 걷어찼다거나, 나보다 머리 두 개는 더 큰 어떤 ▨▨▨▨▨한테 온 힘을 다해 덤벼들었다거나 하는 그다음 일은 항상 다른 사람들한테 듣지. 하지만 무턱대고 그러지는 않아. 대개는 그 전에 앞으로 일어날 일을 미리 가늠해보고 계산을 한다고.

나는 계산하고 따지는 걸 좋아해. 한 가지 일을 놓고 모든 가능성을 따져보는 거야. 내가 이렇게 혹은 저렇게 한다면 어떻게 될까, 여태껏 무슨 일이 벌어졌다면 앞으로는 또 무슨 일이 일어날 수 있을까, 같은 걸 예측하는 거야.

이건 수학이야. 'x' 자리에 어떤 숫자를 넣어보면 답이 나와. 다른 숫자를 넣어보면 또 완전히 다른 답이 나오지. 그러면 나는 그렇게 얻은 여러 가지 이야기가 전부 어떤 결말로 이어지는지를 지켜보는 거야.

예전에 아이즈너라는 수학 선생이 있었어. 선생은 처음엔 꿍장히 친절했는데, 나중에는 아주 짙은 다크서클이 눈 주위에 생기더니 이유 없이 우리들에게 고함을 질러댔어. 처음에 우린 선생이 전염병을 옮기는 쥐나 그런 뭔가에 물렸나보다고 생각했어. 그런데 알고 보니 선생이 부인에게 이혼을 당했더라고. 아무튼 선생은 그때부터 완전 ██████였어.

난 수학을 잘했고 선생이 내준 문제는 다 풀 수 있었기 때문에 내게는 그게 큰 문제가 아니었어. 하지만 엄청 더운 5월의 어느 날, 결국 사달이 나고 말았어. 그 학교는 창문이 열 수 없게 고정되어 있었는데, 그날따라 교실에서는 축구를 한 후 남자아이들 라커룸에서 나는 냄새가 나고 있었어. 우린 토하기 직전까지 갔어.

내 앞자리에는 수학을 못하는 소피가 앉아있었는데, 그 애가 물병을 꺼내 물을 마시더라고. 그래서 나도 콜라를 꺼내 마셨지. 그랬더니 수학 선생이 우리가 수업 시간에 뭘 마셨다는 것 때문에 몹시 화를 내는 거야. 소피가 울었어. 하지만 상황은 달라지지 않았어. 선생은 계속 고래고래 소릴 질렀는데, 난 왜 그러는지 도대체 알 수 없었어.

난 'x'를 떠올렸어. 여기서 'x'는 내가 이 상황에서 할 수 있는 뭔가였어. 반란이라도 일으킬까? 학생들의 인권은 뭐고, 아이들을 목말라 죽게 할 셈이냐고 하면서. "그렇게 되면 아마 신문에 대문짝만하게 날걸요!" 하고 악을 쓰거나, "당신을 고발하겠어, 이 늙은 ▨▨▨▨ 같으니라고!" 하고 소리칠 수 있다면 좋았을 텐데. 엄밀히 말해서 우리가 수업 중에는 뭘 마시면 안 된다는 게 공정한 일은 아니잖아. 내 말은 그러니까, 날씨는 너무 더웠고 우리는 그저 목이 말랐다는 거야.

난 내가 어떻게 반항하고 되받아 소리칠지 생각했고, 그런 다음 모든 아이들에게 내 콜라를 돌려 각자 한 모금씩 마시게 하는 광경을 머릿속에서 그려보았어. 사실 난 아이들이 모두 소리 지르며 선생한테 대드는 대형 사고를 칠 수도 있었어. 수학 선생이 우리 모두를 한 명씩 교장에게 끌고 갈 때까지 말이야.

그렇게 되면 교장은 틀림없이 아이들의 부모와 내 양부모에게 전화를 할 거야. 그다음엔? 그야 뻔하지. 내가 다시 ▨▨▨▨ 같은 사고를 쳤다는 소식을 듣고 양부모가 얼마나 날 슬프게 쳐다볼지는 안 봐도 훤했어. 그 대신 난 한동안 학교에서 영웅 대접을 받게 되겠지. 수학 선생 대 중학교 1학년 여학생의 겁나 ▨▨▨한 대결!

하지만 사실 수학 선생은 날씨가 더워서 고함을 지른 것도, 소피가 물을 마셨기 때문에 화를 낸 것도 아니었어. 단지 자기 인생이 ▨▨▨ 같아서 소리를 지른 거야. 이런 종류의 사람과 붙

15

으면 이길 수가 없어. 이런 사람은 뭔가에 이미 졌기 때문이야. 그래서 선생이 시뻘건 얼굴로 씩씩거리며 날 쳐다봤을 때, 나는 자리에서 일어나 "미리 여쭤보지 못해서 죄송합니다, 선생님." 하고 얼른 말했어.

소피도 흐느끼며 말했어. "저, 저, 저도요." 그제야 선생은 소리 지르는 걸 멈추고 우리를 물끄러미 쳐다보더라고.

그다음 휴식 시간을 알리는 종소리가 울렸고, 우리는 모두 무언가를 마셨어. 아무도 교장실에 끌려가지 않았고, 어느 누구도 슬퍼하지 않았어. 수학 선생만 빼고. 하지만 선생이야 벌써 그 전부터 슬펐으니까.

내 말이 무슨 뜻인지 이제 알겠냐? 그러니까 내가 화가 난다고 해서 항상 눈에 뵈는 게 없어지고 수류탄처럼 폭발하는 건 아니라는 얘기야.

양부모와 지낸 처음 8개월 동안은 모든 게 좋았어. 아, 하긴 가끔 노아와 함께 야단을 맞기도 했어. 하지만 그건 전혀 심하지 않은, 아이들이 한 번쯤 저지르는 사소한 일들 때문이었어.

한 번은 노아와 내가 이웃집 아줌마네 푸들의 털을 깎아준 일이 있었어. 이웃집 아줌마는 털이 흰 구름처럼 폭신폭신한 푸들을 키우고 있었는데, 우리가 그 솜털 다발을 노아 아빠의 전기면도기로 밀어버린 거야. 동물학대나 뭐 그런 건 아니었어!

동물을 아프게 하는 일 따윈 한 번도 해 본 적이 없다니까! 내가
푸들을 쓰다듬어 주고 먹이도 줬는데, 개는 꼬리를 흔들며 엄청
기분이 좋아 보였어. 유일하게 개 주인만 행복하지 않았지.

우리가 만약 전기면도기 청소하는 걸 까먹지 않았다면, 아줌
마는 우리가 한 짓이라는 걸 끝까지 몰랐을 거야. 안타깝게도
면도기에는 하얗게 엉킨 털이 아직 남아있었어.

게다가 우린 이 일을 아무 이유 없이 한 게 아니었어. 일주일
전에 노아가 첫 수업을 땡땡이쳤다며 아줌마가 부모님께 일러
바쳤거든. ~~SOSOM~~, 어떻게 그런 짓을 할 수 있냐?

몇 달 뒤에는 눈 스프레이 사건이 있었어. 그건 내 아이디어

였어. 노아는 학교 축구팀 선수였는데, 시합 중에 상대팀이었던 베르크만 고등학교 축구팀 주장이 노아에게 반칙을 한 거야. 정말 치사했어. 노아는 복숭아뼈를 다쳤고 3주 동안 축구를 못하게 되었지. 그러자 노아는 당장 그놈 집에 쫓아가 그놈도 더 이상 축구를 할 수 없게 놈의 복숭아뼈를 발로 차겠다고 하는 거야. 흠, 그래. 대체로 이런 게 노아의 계획이었어. 내가 세운 계획이 늘 더 나았어.

난 두 축구팀이 다시 맞붙을 때까지 기다렸어. 상대팀 주장은 항상 부모와 함께 자동차로 시합에 왔기 때문에 난 그놈이 타고 다니던 자동차를 기억하고 있었어. 시합 당일 나는 그놈 집으로 찾아갔어. 그리고 경기장으로 출발하기 십 분 전쯤에 자

동차의 앞 유리부터 뒤 유리까지 온통 눈 스프레이를 뿌렸어. 이 눈 스프레이는 예전에 어떤 양엄마가 크리스마스를 앞두고 창문에 스텐실을 붙이고 그 위에 별과 눈사람을 그려 넣을 때 뿌렸던 거야. 그러고 나서 나중에 그걸 유리창에서 떼어내려고 했을 때 양엄마가 얼마나 열받아 했는지…. 마치 _mmm_ 한 왕벌처럼 미친 듯이 날뛰더라고.

그놈 아빠도 눈 스프레이를 보고는 욕을 하고 바퀴를 발로 차고 온갖 난리를 피웠어. 그래도 그놈은 자전거를 타고 경기장에 갔고, 아주 늦게 경기장에 도착했대. 녀석은 심판 눈에 금방 띄는 반칙을 계속 해댈 만큼 엄청 화를 냈다고 노아한테 들었어. 결국 심판은 녀석을 경기장에서 내쫓았대.

원래 이 사건은 안 들키고 잘 넘어갈 수도 있었어. 그런데 녀석이 경기장에서 쫓겨나기 전, 노아가 "어이, 눈이 내렸다면서?" 그 비슷한 말을 툭 던졌다는 거야. 이 말로 누가 그랬는지 명백해진 거지.

양부모는 진심으로 슬퍼했어. 난 슬퍼하는 게 화내는 것보다 더 심각하다고 생각해. 화는 사라지지만 슬픔은 어떤 식으로든 뿌리를 내리거든. 슬픔은 눈 스프레이처럼 떼어내기가 힘들어. 이 사건이 다음에 벌어진 사건의 직접적인 원인은 아니지만, 그렇다고 확실히 도움이 된 것도 아니었어.

사건의 발단은 양아빠의 직장 때문이었어. 그러니까 노아 아빠인 하겐 아저씨는 건설공사에 필요한 기계를 개발했고 덕분에 겁나 많은 돈을 벌어들였대. 그런데 아저씨네 회사가 세금 문제 어쩌고 때문에 이사를 해야만 하는 상황이 발생한 거야.

그 문제로 우리, 그러니까 하겐 가족과 나는 8개월 전 우리가 처음 만났던 거실에 모여 앉았어. 노아는 처음에 아무것도 눈치 채지 못했어. 이탈리아에서 보낼 다음 휴가나 아니면 용돈, 뭐 그런 것들에 대해 부모님이 이야기할 거라 생각했지.

하지만 난 바로 눈치를 챘어. 모인 이유가 ~~어쩌고~~한 휴가나 용돈에 관한 게 아니라는 걸. 우리가 친 사고에 대해 이야기하는 자리도 아니었어. 어떻게 알아차렸냐고? 공기가 달랐기 때문이야. 오래된 전등을 켰을 때 나는 먼지 타는 냄새가 났거든. 양부모는 전등 아래 서있었고.

난 이런 종류의 대화를 알고 있었어. 하지만 노아는 아니었지. 노아는 우리가 왜 모였는지에 대해 별 관심이 없었어. 그저 의자에 버릇없이 앉아 컴퓨터 게임을 하다가 갑자기 그만두게 된 것 때문에 투덜대고 있었어.

"너희들한테 할 말이 있단다. 우리에게 정말 쉽지 않은 일이었단다." 양엄마가 말문을 열고는 양아빠를 쳐다보았어. 본인에게 너무 힘든 일이어서 남편이 뭔가 대신 해주길 바랄 때 항상 그렇게 쳐다보곤 했지. 이건 확실히 〰〰〰 심각한 일이었어.

"회사가 이전한다는 건 너희들도 이미 알고 있을 거다." 착실하게도 양아빠가 바통을 넘겨받아 말을 이어갔어. 아저씬 어쩐지 아주 힘겹게 숨을 쉬고 있었어. 그렇지, 공기가 타고 있었지. "우린 스위스로 가게 됐다."

그제야 노아가 관심을 보이면서 몸을 일으켰어. "스위스? 소들이 사는 데로요? 우리가 거기서 대체 뭘 할 수 있는데요?"

나는 숨을 쉴 수가 없었어. 이미 들었거든. 양부모가 아직 말하지 않은 것을. 두 사람이 말한 '우리'는 세 명을 의미했고, 나는 그 '우리'에 포함되어 있지 않다는 걸. 그때 벌써 내 귀에선 희미하게 소리가 나기 시작했고, 눈 안에선 첫 빨간색 방울이 떨어져 번지고 있었어.

그 뒤로 양부모가 하는 말은 마저 듣지 못했어. 다만 노아가 튀어 올라 악 쓰는 소리만 들었어. "엄마 아빠, 지금 제정신이세요? 대체 뭐라시는 거예요? ~~~~, 엔니는 제 동생이라고요! 우리 가족이고요! 엔니는 ▬▬한 햄스터가 아니잖아요! 그런데도 그렇게 간단히 버릴 수 있다고 생각하시는 거예요?"

노아 목소리에 귓속 소음과 눈 안의 빨강이 조금 가라앉았어. 하지만 노아는 틀렸어. 난 그걸 잘 알고 있었어. 그 자리에 앉아 난 'x' 자리에 넣어볼 수 있는 게 아무것도 없다는 걸 확실히 깨달았어. 이 이야기의 결말은 딱 하나만 있고, 결말은 진즉에 정해져있다는 걸. 그러니까 'x'는 아무것도 바꾸지 못해. 아니, 'x'는 처음부터 존재하지 않았어. 하겐 가족은 떠날 거고, 양부모는 날 데려가지 않을 거야. 그러면 난 또 다시 새로운 양부모에게 보내지겠지. 애플 핸드폰과 내 방, 아이스크림과 꽃 없이. 그리고 노아도 없이.

　노아는 몰랐지만 난 이미 알고 있었어. 내가 ~~~~한 햄스터라는 걸. 양부모는 당연히 날 버릴 거야.

빌어먹을 초코바

나는 울지 않아, 절대로. 다른 사람들이 왜 우는지도 이해가 안 돼. 수학 선생 때문에 소피가 울었을 때, 난 우는 게 내가 열 받아서 뵈는 게 없을 때랑 비슷한 상태인지가 궁금했어. 눈물을 흘리면 내 안의 압력도 같이 빠져나가는지도. ~~~~, 뭐 어떻든 상관없어. 어차피 난 울지 않을 거니까.

스위스 사건이 터졌을 때도 난 울지 않았어. 그냥 침대에 누워 ~~~~ 흰 벽만 쳐다봤어. 내 눈엔 그 벽이 연한 빨강으로 보였지만. 나는 이 모든 게 푸들 소동과 눈 스프레이 사건 때문이라는 걸 알고 있었어. 하겐 부부는 노아가 나 때문에 곤란해지는 걸 두려워했거든. 솔직히 내가 노아한테 좋은 영향을 끼치는 건 아니었으니까.

조용히 방문이 열렸을 때, 난 노아가 작별 인사를 하러 왔다고 생각했어. 이미 진작부터 기다리고 있었지.

"야, 야, 엔니!"

처음엔 자고 있는 척했어. 말하고 싶지 않았으니까. 노아가 슬퍼하는 걸 듣고 싶지도 않았어. ━━, 그건 나도 이미 아니까. 그리고 어차피 아무것도 할 수 없는 상황이라면 대체 뭘 위해 그 얘길 또 하겠어?

"자, 가자!" 노아가 내 어깨를 흔들고는 손가락을 입에 대고 쉿 소리를 냈어.

"어딜 가는데?"

노아는 참을성이 없었어. 금세 인내력이 바닥나곤 했지. 그날도 그랬어.

"나가자. 우린 도망간다. 서둘러!"

노아가 배낭을 짊어지고 온 게 보였어. 그래서 나도 재빨리 새 배낭을 찾아서 꺼낸 다음, 몇 가지 물건을 배낭에 쑤셔 담았어. 그 배낭은 이탈리아 쥐트티롤 도보 여행을 위해 산 거였어. 하겐 가족은 이제 나 빼고 여행을 갈 테지.

그때 조금만 깊이 생각했더라면, 난 노아의 계획이 ㎜㎜㎜ 허술하다는 걸 알아차렸을 거야. 그리고 왜 노아한테서 페인트 냄새가 나는지도 물어봤을 거야. 하지만 난 열받으면 생각하는 게 불가능해져. 그래서 도망을 가게 된 거야. 멀리.

때는 새벽 두 시였고, 우린 꽤 오래 이곳저곳을 달렸어. 하

24

겐 가족은 샬로텐부르크에 살고 있었는데, 그 인근에 베를린에서 가장 큰 쇼핑 거리가 있는 쿠담이 있었어. 밤에도 활발히 깨어있는 동네였지. 우린 호텔로 갔어. 노아네 할아버지 할머니가 베를린에 왔을 때 머물렀던 호텔이었어. 아래층에는 밤늦게까지 여는 아이스크림 가게가 있었지만, 우리는 계단을 통해 곧바로 4층으로 올라갔어. 복도에는 소파와 의자 두 개가 놓여있는 움푹 들어간 공간이 있었어. 우린 그 소파에서 편안하게 쉬다가 그대로 잠이 들었어.

다음 날 아침 청소부가 우릴 깨웠어.

"그게 저…, 걱정 마세요. 별일 아니에요." 노아가 늑대 미소를 짓고는 엄지손가락으로 방문을 가리키며 말했어. "어젯밤 부모님이 밖으로 쫓아내서 여기서 잤을 뿐이에요. 우리가 너무 시끄럽게 떠든다고요."

거기까지가 노아 계획의 전부였어. ~~저런~~, 노아는 돈을 챙겨야 한다는 생각도 하지 못했어. 그래서 우린 호텔 식당에 몰래 들어가 차려져 있는 아침 식사를 게걸스럽게 먹었어. 그때 벌써 노아와 내 핸드폰에는 양부모가 보낸 서른 개의 음성메시지가 도착해있었어.

난 아침 식사가 끝날 때까지 기다렸어. 소란스러움이 멎고 조용해질 때까지.

"노아?"

"응?" 노아는 엄청 먹어댔어. 혼자서 뷔페의 소시지를 ~~먹어~~ 먹어치웠고, 겁나 많은 달걀과 팬케이크까지 추가로 먹었어. 노아는 아마도 미친 듯이 키가 자라고 있는 모양이었어.

그때 피뜩 눈에 띄는 게 있었어.

"너, 손에 빨간 페인트가 묻었네."

"응. 잘 안 지워지네."

"노아…, 이제 우린 뭘 하면 되지?" 내심 어떤 식으로든 노아가 앞으로의 계획에 대해 말해주길 바라며 물었어.

노아가 늑대 미소를 지어보였어. "우리가 하고 싶은 걸 하면 되지, 꼬맹이 엔니야! 뭘 하든 우린 자유라고! 너, 이탈리아에 가본 적 있어?"

나 역시 그 말을 믿어주고 싶었어. 최소한 1분 동안은. 우리 둘이 천진난만하게 전 세계를 여행할 수 있다고. 난 이탈리아에 가본 적은 없지만, 언젠가 사진으로 사이프러스와 라벤더, 팔이 없는 대리석 조각상과 짙고 푸른 바다를 본 적은 있었어. 만약 노아의 말을 믿을 수만 있었다면, 난 아마도 콧잔등에 쏟아지는 햇살과 발가락을 간질이는 파도를 손에 잡힐 듯 느꼈을 거야.

문제는, 내가 거짓말은 잘할 수 있어도 거짓말을 믿는 건 잘 못한다는 거야. 우린 이탈리아로 못 가. ~~절대~~, 가망 없다고!

"〰〰〰, 여권이 없는데?" 내가 말했어. "게다가 우린 땡전 한 푼도 없잖아."

노아는 팬케이크 하나를 입 안으로 밀어넣고는 음식으로 가득 찬 입을 우물거리며 말했어. "여권은 필요 없어. 유럽연합이니까!"

그건 맞는 말이었어. 하겐 부부처럼 자동차로 가지 않고 비행기로 갈 경우에는 여권이 더더욱 필요 없었어. 하지만 스위스는 아니야. 유럽연합 비가입국이니까. 그 순간 처음으로 미처 생각하지 못한 또 다른 문제가 떠올랐어.

"그럼 우리 어떻게 가? 돈도 없이?" 내가 또 물었어.

"기차로. 무임승차하면 돼."

이쯤 되면 웃지 않을 수가 없었어. "천 킬로미터를?"

"왜 천 킬로미터야?"

"나 참, 베를린에서 이탈리아 쥐트티롤까지 천 킬로미터야, 이 바보야. 도보 여행 때문에 전에 확인해봤어."

노아가 갑자기 씹는 걸 멈추고 앞에 놓인 접시를 쳐다봤어. 그제야 다시 생각난 거야. 부모님과 이탈리아 여행을 갈 때 내가 함께 가지 않는다는 것이. 그리고 자기는 기꺼이 엄마 아빠와 함께 그 여행을 가고 싶다는 것도. 노아는 결국 ~~░░░░~~ 이탈리아로 가게 될 거야. 난 아니지만.

그 후 노아는 식욕을 잃었고, 우린 호텔을 떠났어. 노아는 떠나면서 식당 종업원에게 감사 인사까지 했어. ᴍᴜᴜᴜᴜ!

우리는 티어가르텐 공원 구석으로 가서 나무 아래 엎드려 아기 토끼들을 지켜봤어. 여름에는 어디나 토끼가 있어. 언젠가 한 번은 무언가에 다친 아기 토끼를 발견한 적도 있었어. 그 토끼는 햇볕 아래 누워 아주 가쁘게 숨을 헐떡이며 눈을 엄청 크게 뜨고 있었어. 노아는 티셔츠에 물에 끼얹어 그 작은 짐승을 감쌌고, 나중에 내가 입을 대고 인공호흡을 시도했어. 하지만 아무 효과가 없는 게 분명했어. 토끼에게 풍선처럼 바람을 불어넣어봤지만 토끼는 살아날 것 같지 않았어.

"우웩!" 엄마 아빠와 함께 지나가던 아주 작은 남자애가 말했어. "엄마, 엄마. 쟤가 죽은 쥐를 핥고 있어요."

노아가 한 손을 내 어깨에 얹었어. "저 애 말이 맞아. 토끼는 죽었어, 엔니."

나는 노아가 울고 있다는 걸 목소리만 듣고도 알 수 있었어. 노아가 내 손을 잡았고, 우린 토끼가 누워있는 위로 그늘을 만들어준 다음, 그 옆에 앉았어. 토끼의 호흡이 점점 잦아들었어.

"어쩌면 다시 살아날지도 몰라!" 나는 여전히 그렇게 속삭이고 있었어. 하지만 그 후 토끼는 더 이상 숨을 쉬지 않았어. 몸은 아주 부드러워졌고, 눈동자는 움직이지 않았어.

우린 꽃이 만발한 물가 수풀 속에 토끼를 묻어주었어. 그날 이후로 작은 동물만 보면 우리는 개가 그 동물들을 어떻게 할까 봐 늘 불안해했는데, 그건 괜한 걱정이었어. 토끼들은 역시 빠르더라고.

노아랑 도망쳤던 날만은 토끼 걱정을 전혀 하지 않았어.

"나 배고파." 노아가 말했어. 당연히 그렇겠지.

난 몹시 흥분해서 눈을 부릅떴어. "두 시간 전에 아침 먹었잖아! 그것도 뷔페 음식의 절반을 먹어 치웠다고." 내가 말했어. "게다가 우린 아직도 땡전 한 푼 없잖아."

정말 모르겠어, 그때 왜 내가 노아를 따라 갔는지. 그게 완전 멍청한 짓이란 건 알고 있었어. 그런데도 노아와 함께 '승리의 여신상'이 있는 원형 교차로 인근의 가게로 갔던 거야. 거기서부터 모든 게 아주 빠르게, 완벽하게 틀어지기 시작했어.

살다 보면 초코바를 훔치게 될 수도 있어. 하지만 그런 일을 위해서는 ～～～ 철저한 계획이 필요해. 노아는 당최 계획이란 게 없었어. 거지 같은 계획조차도. 그냥 가게로 갔고 소시지를 주문했어. 나는 5미터쯤 떨어진 곳에 서서 노아의 계획은 뭘까, 궁금해하고 있었어. 가게 주인이 돌아서서 뜨거운 물에 데워진 소시지를 꺼낼 때 노아가 초코바를 덥석 쥐더니 팔을 아래로 내려뜨린 다음 청바지 허리춤으로 쑤셔 넣었어. 곁에 서있던 관광객들과 유모차를 끌고 온 여자, 모자 쓴 아줌마와 개를 데리고 있는 남자가 다 보고 있다는 걸 노아는 깜빡했던 걸까?

사람들은 모두 가게 앞에 서서 자기 차례가 오길 기다리고 있는 중이었어. 이윽고 가게 주인이 소시지를 들고 뒤돌아서 노아에게 건넸어.

"3유로 50센트다."

노아는 청바지 주머니에서 돈 꺼내는 시늉을 하더니, 찾지 못했다는 듯 이마를 찡그렸어. 그건 좋은 방법이 아니었어. 아주 ══════ 하게 좋지 않았지.

"아차, 돈 가지고 오는 걸 깜빡했네요. 죄송해요." 노아가 우물거렸어. "부모님한테 가서 빨리 돈 갖다 드릴게요."

▨▨▨! ▨▨▨! 빌어먹을! 심장이 쪼그라들었어.

노아는 뒤돌아서더니 벌써 승리를 확신한 듯 늑대 미소를 희미하게 머금으며 나를 향해 한 발짝 다가왔어. 그때 곁에 있던 관광객 하나가 노아 어깨를 움켜잡았어.

"어이! 넌 초코바도 가져갔잖아." 화난 목소리로 남자가 말했어.

노아가 남자를 쳐다보고 그다음 나를 보더니, 허리춤에서 초코바를 꺼내 내게 던지면서 소리쳤어.

"달려, 엔니. 달려!"

그 초코바를 받지 말았어야 했는데! 노아는 원래 뭐든지 너무 ▬ 잘 던졌어. 그래서 나도 모르게 초코바를 받고 만 거야. 그게 ░░░ 멍청한 짓이라는 건 나도 알거든!

만약 영화였다면, '도둑질이라는 게 이미 들통난 상황이니 지금이라도 모든 게 원점으로 돌아가도록 초고비를 다시 주인에게 돌려주면 되지 않을까?'라고 생각했을 거야. 그렇지만 이건 ░░░░░한 영화가 아니잖아.

그 빌어먹을 초코바를 잡는 순간 사람들의 시선이 일제히 내게로 쏠렸어. 관광객들, 유모차를 끌고 온 여자, 모자 쓴 아줌마, 개를 데리고 있는 남자, 그리고 가게 주인까지. 그 즉시는 아무 일도 일어나지 않았고 아무도 섣불리 움직이지 않았어. 서로를 쳐다보면서 모두 누군가가 맨 처음으로 뭔가 해주기를 기다리고 있었어. 그 누군가는 바로 가게 주인이었어.

"〰〰!" 가게 주인이 고함을 지르며 옆쪽으로 내달아 문을 열고 나오더니 뛰기 시작했어. 그리고는 관광객에게 붙잡혀 있는 노아가 아니라 내게 달려들었어. 내가 그 빌어먹을 초코바를 가지고 있었으니까. 그래서 내가 어떻게 한 줄 알아?

미련하게도 난 ▬▬▬▬ 달리기 시작했어.

모든 게 빨강

처음엔 경찰서에서 아무 말도 하지 않았어. 날 심문하던 경찰은 정말이지 나무랄 데 없는 사람이었어. 좋은 사람. 만약 티어가르텐 공원 한가운데에서 수많은 구경꾼들이 놀란 눈으로 지켜보는 가운데 날 넘어뜨려 체포하지 않았더라면, 내가 좋아할 수도 있는 그런 사람.

이름은 더크 마빅이라고 했어. 나더러는 그냥 더크라고 부르라 했지. 얼추 노아 아빠랑 나이가 비슷해 보였어.

더크는 체포해서 미안하다는 듯 날 바라봤어. 어차피 자기는 이미 날 용서했기 때문에 그저 내 사과 한 마디만 기다리는 사람처럼 그렇게. 이런 사람을 만나기는 쉽지 않아. 왠지 모든 걸 이해해주는 사람. 이미 너무 많은 이야기를 듣고, 너무 많은 상황을 봐왔기 때문에 사람들은 저마다 ▨▨▨ 같은 사연이 있다는 걸 아는 사람. 그러므로 세상은 'x'로 가득 차 있고, 이 'x'

에 따라 모든 건 항상 다른 결과를 낳을 수 있다는 걸 깨달은 사람.

"너 정말 아무것도 안 마실래?" 더크가 다시 물었어.

나는 고개를 가로저었어.

"콜라? 환타? 물?"

"보드카."

더크는 눈썹 하나 까딱하지 않았어. "그건 우리가 퍼마시는 거고." 역시나 듣던 대로 베를린 경찰은 능수능란했어.

"아저씬 어차피 음료수 병 위에 찍힌 내 지문만 원하잖아요."

더크가 웃음을 터트렸어. "맞아, CIA를 위해 필요하지."

그렇게 농담은 끝이 나고 더크가 원래 자기 어조로 물었어. "너랑 같이 있던 남자애 말이야, 가게 주인 말로는 대략 열일곱 살 정도라던데…?" 노아는 나이보다 더 들어 보였어. 운동 덕분에 어깨가 떡 벌어져서 그런 것 같았어. "흠, 걔는 누구니? 남자 친구?" 더크가 내 얼굴을 찬찬히 뜯어봤어. "아니면 그냥 친구? 같은 반 학생?"

난 아무 말도 하지 않았어. 그때 난 회색 책상과 회색 의자가 놓여있는 회색 방에 앉아있었는데, 밖에 해가 비치고 있었지만 창문으로 들어오는 빛도 ▬▬▬ 회색이었어. 나는 팔짱을 낀 채 창문으로 안마당을 뚫어지게 쳐다보고 있었어.

"이해한다. 친구를 배신하고 싶지 않다 이거지? 마음에 드는데?" 더크가 말했어. "그런데 말이야, 녀석은 영리하게 빠져나가고 너만 여기 앉아있네? 지금 걔가 갑자기 들어와 널 여기서 풀어주려고 자백하는 건 상상이 안 되는데 어쩌지? 일단 걔가 그때 초코바를 훔친 기 맞지, 그렇지?"

"아뇨."

더크가 잠시 숨을 멈췄어. 내가 뭔가 말하리라고 애초에 기대하지 않았던 게 틀림없었어.

"아니라고?" 더크가 되물었어. "남자애가 초코바를 안 훔쳤다고?" 더크는 그다지 심각한 게 아니라는 듯 쾌활하게 말했어. 그 목소리는 사람을 안심시키는 효력이 있었어. 그래도 마음을 놓아선 안 돼. 경찰과 얘기할 때는 특히. //////// 경계해야 한다고, 항상.

"제 말은, 초코바가 아니었단 거예요."

이 사실을 안 건 티어가르텐 공원 잔디밭에서 더크가 날 밀어 넘어뜨렸을 때였어. 빌어먹을 초코바가 코앞에 떨어지는 바람에 상표가 눈에 띄었거든.

"그건 ━━━━━ 땅콩바였어요."

"그래. 그걸로 엄청 많은 게 바뀌겠구나."

우린 서로를 향해 실실 웃었어. 더크의 얼굴이 천 개의 잔주름으로 갈라졌고, 그게 더크를 더욱 매력적으로 보이게 했어.

더크가 뒤쪽에 있는 가방에 손을 넣어 투명한 비닐 봉투를
꺼냈어. 안에 문제의 초코바가 들어있었어.

"정말이네. 캐슈넛이로군."

"이제 지문 검사할 거예요?"

더크가 웃었어. "아니, 유전자 검사."

"땅콩바 좋아해?" 중요한 질문이라는 듯 더크가 물었어.

난 고개를 저었어. "견과류 알레르기가 있어요."

더크가 큰 소리로 웃었어. 그리고는 몸을 뒤로 젖히고 팔짱
을 낀 채 뭔가 얘기하려고 하는데, 그때 누군가 방문을 두드렸
어. 여자 경찰 하나가 안을 들여다보더니 신호를 보냈어.

"금방 다시 올게."

더크가 여자 경찰을 따라 밖으로 나가자 그가 영원히 사라져
버린 것 같은 느낌이 들었어. 그때 벌써 내 앞에 서있는 양부모
의 얼굴이 보이는 것 같았지. 슬프고 약간은 홀가분한 듯한 얼
굴. 나를 버린다는, 올바른 결정을 내렸다는 홀가분한 표정. 그
다음 더크가 다시 왔는데, ▬▬▬▬, 뭔가 이상했어. 아까와
다르게 날 차갑게 바라보더라고.

"양부모님께 연락했다." 더크가 말했어. 그 방처럼 회색빛
목소리로. 하겐 부부가 밖에서 날 기다리고 있구나, 하는 생각

에 난 일어선 것도, 앉은 것도 아닌 어중간한 동작을 취했어. 더크가 내 생각을 읽었다는 듯 이어 말했어.

"아니, 그분들은 여기 안 계신다. 안 오실 거야." 더크가 분명한 어조로 알려줬어. "앞으로 널 어떻게 할지는 우리가 청소년보호센터와 협의 후에…."

그때부터 귀에서 쏴쏴 하는 소리가 나면서 더 이상 들을 수가 없었어. 양부모는 오지 않는대. 이미 날 버린 거야. 나는 그때까지 하겐 부부가 내 앞에 있는 듯 느끼고 있었는데, 두 사람의 얼굴이 서서히 빨강으로 물들어갔어. 아, 노아! 양부모는 스위스로 이사 갈 거고 노아를 데려갈 거야. 내 오빠! 나는 ▬▬▬ 같은 보육원에 갈 거고 다시는 오빠를 보지 못할 거야.

"… 미리 생각을 했더라면 좋았을 텐데. 어떤 결과를 가져올지 말이야. 안 그래?" 아쉽다는 듯 더크가 말했어. "양부모님은 그 집을 팔려고 했는데, 그런 걸 건물 벽에 뿌리다니! 그건 절대 안 지워지는 건데 그거 몰랐어? 양부모님은 이제 건물 외벽 전체를 새로 페인트칠해야 한다고."

"뭐라고요?" 무슨 말인지 전혀 이해할 수가 없었어.

더크가 날 의아하게 쳐다봤어. "뭔 말인지 몰라? 양부모님 집에 스프레이 뿌린 것 말이야. 그건 확실히 바보 같은 발상이었다는 거지. 난 네가 영리한 아이인 줄 알았는데 말이다."

이내 무슨 말을 하는 건지 감이 왔어. "빨간색으로요?"

더크가 뭔가 생각하는 듯 이마를 찡그리더니 고개를 끄덕였어. ~~그~~, 노아! 페인트 냄새가 나던 노아. 손에 묻어있던 그 빨간색. ~~MMA~~!

"넌 절대 아니구나, 그렇지?" 더크는 몸을 앞으로 숙였고, 갑자기 뭔가 깨달은 것처럼 눈에 띄게 다시 밝아졌어.

난 의자에 몸을 기대고 팔짱을 낀 채 노아에게 집중하기 시작했어. 귓속 소음은 남아있었지만 견딜만했어.

한숨을 내쉬며 책상 위 서류철을 뒤적거리던 더크가 뭔가를 발견하고는 날 쳐다봤어. 이제야 상황을 이해한 거야.

"하겐 부부에게 친아들이 한 명 있네. 땅콩바를 훔친 게 그 녀석이니?" 더크가 서류철을 볼 때처럼 날카로운 눈빛으로 내 얼굴을 살폈어. "노아 하겐? 걔가 스프레이를 뿌렸니?"

난 아무 말도 하지 않았어. 소음에 맞서 뭔가를 생각하려고 애를 썼어. 난 이 'x'를 따져봤어. 여기서 내가 노아가 한 일이라고 말한다면? 그러면 어떻게 되지? 그럼 노아도 곤란해지겠지. 뭣 때문에 내가 그래야 하지? 어차피 양부모는 날 도로 데려가지는 않을 거야. 이 이야기의 결말은 내가 뭔가를 말하건 말하지 않건 바뀌지 않아. 이 방정식의 답은 항상 같다고. 그렇다면 난 아무 말도 하지 않겠어.

"근데 도대체 뭐라고 쓴 거니?" 더크가 물었어. "벽에 뭐라고 써있는 거야?"

난 어깨를 으쓱했어. 노아가 뭐라고 썼을까? ~~━━━━━━━~~?
~~━━━━~~? 아니, 뭔가 더 센 거.

더크가 서류철을 덮더니 눈가를 문질렀어.

"내 눈엔 환히 보여. 넌 네가 영웅이라고 생각하지, 안 그래?
그럼 이건 알고 있니? 하루 종일 난 영웅만 보고 있다는 거. 이
망할 도시 전체가 영웅들로 가득 차 있거든. 감옥도 마찬가지고
말이야."

"뭐라시는 거예요? 전 아직 열네 살밖에 안 됐거든요!"

더크는 나한테 실망한 나머지 담배를 피우고 싶어 하는 것
같았어. 그걸 어떻게 아느냐고 물으면 정확히는 대답 못하겠지
만, 이걸로 내기를 건다면 얼마든지 오케이. 이길 자신 있으니
까. 무언가 머리를 쓸어 올리거나 하는 동작이 힌트랄까.

"좋다." 더크가 말했어. 마치 내가 이겼다는 듯이. 이건 내기
가 아닌데 내가 그걸 이해하지 못했다는 듯이. 마치 내가 나 자
신과 붙어 이겼다는 것처럼.

더크가 일어서더니 문으로 향하다가 다시 뒤돌아섰어. "난
네가 좋은 카드를 쥐고 있지 않다는 걸 알고 있어. 다 이해한
다, 엔니. 너한테 일어난 일은 상당히 야비하고 공정하지 않은
일이지. 하지만 나 역시 좋은 카드를 쥐고 있지 않았단다. 그럼
에도 난 뭔가를 이뤄냈지. 그러니까 너도 알았으면 좋겠다. 사

람은 어느 땐가는 결단을 내려야만 한다는 걸.

몇 년 전, 국도에서 벤츠 자동차가 불에 탄 사고가 난 적이 있어. 운전자는 죽었지만, 뒷좌석에 탄 젊은 녀석은 아직 살아 있었지. 난 그 젊은이를 차 밖으로 꺼내주었어. 내가 만약 그 녀석이 누군지 말한다면…. 아무튼 그 사고는 내게 일종의 경고였단다. 그때 난 정신 나간 젊은 \\\\\\\\\\\\였거든. 다음날 바로 경찰학원에 등록을 했어. 그 일로 난 깨달았단다. 사람이 \\\\\\\\ 큰일을 겪고 나면 뭔가 변할 수도 있다는 걸."

난 하품을 참는 척했어. 왜 나한테 이런 썰을 푸는 건데?

"그래, 네가 관심 없다는 거 알고 있다." 더크가 말했어. "그렇지만 그래도 이런 문제에 대해 한 번쯤은 생각해보겠지. 지금은 큰일이 아니야. 과자를 훔치고, 건물에 스프레이를 뿌리고…. 이런 건 시작에 불과해. 하지만 모두 잘못된 방향을 가리키고 있지."

"담배나 피우러 가시죠." 내가 말했어. "그럼 마음이 좀 진정될 테니까."

그때 난 이미 더 이상 침착할 수가 없었어. 그 따위 설교를 늘어놓고 싶다면 교회에나 가보셔, 경찰 아저씨. 당신은 내 ===== 아빠가 아니잖아. 그리고 따지고 보면 나와는 \\\\\\\\ 상관없는 사람이잖아. 날 입양할 것도 아니니까.

아직도 귓속에서 소음이 들렸고, 난 다시 창밖을 바라봤어.

더크는 밖으로 나가지 않았어. 그냥 숨소리만 들렸어. 아직은 완전히 포기하기엔 일렀던 거야. 경찰이 내게 아무것도 할 수 없다는 사실을 우리 둘 다 알고 있었어. 나는 열네 살이야. 형사책임을 질 수 있는 나이는 열여섯 살부터고. 그러니까 지금 당장은 나한테 아무 일도, 1도 일어나지 않는다는 거지.

"넌 똑똑한 아이다." 더크가 조용히 말했어. "훌륭한 사람이 될 수 있을 거야. 네 자신을 일부러 망가뜨리는 걸 그만둔다면 말이다." 더크는 숨을 깊이 들이마셨어. 그리고 마지막 총알을 날렸어. "네 친부모님이 네가 한 짓을 알면 뭐라고 하실까? 좋게 생각하실 것 같니? 그분들도 나랑 똑같은 말씀을 하실 거다, 엘레니."

난 소스라치게 놀라 더크를 향해 고개를 홱 돌렸어. 마음속 둑이 터져버렸어. 그 뒤로는 모든 게 빨강이었어.

라이프 삭스

라이프 삭스 기숙학교행이 결정된 건 그 다음이었어. 그러니까 사람들은 일단 나를 청소년 일시보호소로 데리고 갔어. 누구도 오래 머물지 않는 곳으로. 거기는 사실상 아직 어디로 갈지 모르는 아이들이 대기하는 일종의 간이역이거든.

며칠 뒤 짭새 한 명과 사회복지사가 아주 친절하게도 내가 완전 사이코임을 알려주었어. 하, 이러니 내가 욕을 하지 않고 어떻게 내 ▬▬▬▬ 같은 이야기를 할 수 있겠냐? 안 그래?

두 사람은 분노폭발, 통제력 상실, 트라우마에 대해 마치 모든 게 내 탓인 양 뭐라고 지껄였어. 마치 이 세상에 나같이 ▬▬▬▬한 사람은 하나도 없는 것처럼. 주변 사람들은 죄다 무지 정상인 것처럼. 그렇기 때문에 나만 유일하게 아무것도 참아내지 못하는 사이코라는 듯이. 그러므로 난 감시당해야 하고 관리되어야 한다, 이 얘기였어. 또 라이프 삭스에는 오로지 '신체적·지적 장애가 있는 아이들만' 있었어. 즉 모두가 ▨▨▨▨▨ 사이코들이란 뜻. 두 사람이 이렇게 말하지는 않았지만, 나한테는 그렇게 들렸어.

일시보호소 여자는 먼저 앞으로 일이 어떻게 진행되는지 설명해주었어. 내 핸드폰은 진작 경찰서에서 뺏겨버렸어. 저항해봤자 소용없는 일이었지만, 어쨌든 난 시도는 했어. 시도해보지도 않았다면 절대로 나 자신을 용서하지 못했을 거야. 난 그저 화장실에서 노아의 핸드폰 번호만 옮겨 적으려고 했을 뿐이었어. 그런데 여자 경찰이 나를 꽉 붙들고 있는 동안 사회복지사 아줌마가 내 핸드폰을 빼앗아가 버렸어.

"이 핸드폰은 앞으로도 계속 네 소유야. 하지만 여기 오면 핸드폰을 맨 먼저 압수하게 되어있단다." 여자 경찰이 말했어. 그러니까 이 말은 실제로는 이런 뜻이야. '넌 자유야, 우린 단지 널 ▬▬▬▬한 감방에 집어넣기만 할 뿐이라고.'

그다음에 일시보호소 여자는 내가 앞으로 양부모와 노아를 더 이상 만날 수 없다고 말했어. 다시 만난다면 그건 노아에게 너무 힘든 일이 될 거라고, 양부모가 말했대. 그리고 나 자신에게도, 당신들에게도 역시 그럴 거라고.

난 그 말을 믿었어. 하겐 부부는 나쁜 사람들이 아니었으므로 그분들을 계속 믿어주기로 한 거야. 사실 양부모는 잘못한 게 없었어. 문제는 나였어.

경찰을 공격했던 일은 그다지 도움이 되지 못했어. 더크는 다치지 않았지만, 내가 회색 의자를 ⟪⟫ 회색 창문으로 집어던져서 창문을 박살을 내버렸다고 들었어.

나 말고는 아무도 이해하지 못할 걸 알기 때문에 난 더크가 넘지 말아야 할 선을 넘었다는 말은 아무에게도 하지 않았어. 하지만 더크는 날 그렇게 부르면 안 되는 거였어. 아무도 나를 '엘레니'라고 부르지 않아. 그 옛날 모든 게 지금과 달랐을 때 친부모는 날 그렇게 불렀었지. 그렇지만 지금 엘레니는 없어. 난 엔니야. 이 사실을 더크에게 이미 맨 처음에, 그리고도 ⟪⟫ 다시 한 번 더 분명히 말했었어. 나를 엔니라고 불러야 한다고. 그런데도 더크는 나를 엘레니라 불렀고, 나갔다들어와서 내 친부모에 대해 주절대기까지 한 거야.

그럼에도 내가 머리로 더크 배를 세게 들이받은 건 정말이지 유감이야. 의도적으로 그런 건 아니었는데. 만약 내게 생각할 시간이 있었다면 그런 일은 일어나지 않았을 거야. 하지만 물은 이미 엎질러졌고, 더크는 머리로 받힌 복부의 고통에서 회복되었지만 내 상황은 장밋빛 희망이 줄어들었어.

일시보호소 여자가 나는 새 입양가정에 가지고 않을 거고, 그룹홈에도 가지 않을 거라고 말했어. 이미 짐작은 하고 있었어. 그럼 보육원으로 넘기겠구나. 뭐 그것도 괜찮아. 어차피 거기서 오래 머물진 않을 거니까. 난 이미 계획을 세웠어. 보육원에서는 좀 더 쉽지 않겠지만 그래도 해낼 수 있어.

일시보호소 여자가 했던 다른 말은 하나도 기억이 안 나. 삭스산에 '반쪽 기숙사'가 있다는 말만 빼고. 반쪽 기숙사라고? ⎯⎯⎯, 한 번도 들어본 적이 없는 데였어. 처음엔 절반으로 쪼개져 건물 한 쪽이 잘게 부숴져 날아가 버린 집 한 채가 머릿속에 떠올랐어. 나중에 일시보호사 여자가 거긴 학교이고, 몇몇 학생은 학교에 딸린 기숙사에서 살기도 한다고 했어. 대박! 그말은, 내가 뭔가 ⎯⎯⎯ 특별히 선택을 받은 사람 중 한 명이라는 얘기였어. ⎯⎯⎯ 고맙게도!

그리고 이 학교는 또 뭔가 겁나 훌륭했어. 장애인, 통합, 그리고 세상 사람들이 완전히 정신 나간 ⎯⎯⎯들을 위한답시고 그들을 격리해놓은 곳. 즉 쉬운 말로 하면 사이코들을 위한 감옥. 정신병원. 미치광이들을 위한 집인 거야. 와우! 이번엔 뻐꾸기 둥지*로 가는 거야, 그 유명한 영화 제목처럼!

일시보호소 여자는 이어서 "거기가 얼마나 좋은 데인지는 이거 하나만 봐도 알 수 있어!"라고 달콤하게 속삭였어. "학교가 산 중턱에 있는데 작은 호수를 끼고 있어. 예전엔 아주 고급스

* 영화 〈뻐꾸기 둥지 위로 날아간 새〉의 주요 무대가 정신병원임.

런 호텔이었대. 케이블카를 타야지만 학교에 갈 수 있단다! 말만 들어도 흥분되지 않니?"

흥분? 물론 흥분됐지. 옷을 홀랑 벗은 산타할아버지처럼 말이야. 그러니까 그 말은 이런 뜻이잖아. 산속의 ▰▰▰▰▰한 감옥. 암소들이 뛰노는 ▰▰▰▰▰ 알카트라즈 감옥이랄까.

눈앞이 캄캄했어. 베를린에서 여기로 왔는데, 이젠 한 가닥 희망조차 보이지 않으니, 내가 그때 스테이크 칼처럼 뾰족하게 날이 서있었던 건 어찌 보면 아주 당연한 일이었어.

그래서 난 머리를 파란색으로 염색했어. 너희들 언젠가 왜 염색을 했냐고 물었었지? 생각해보면 이건 아주 논리적인 거야. 안 그래? 어차피 마이너 인생이라면, 일부러 마이너이길 선택한 척할 수도 있는 거야. 그러면 난 더 이상 찌질한 피해자가 아닌 게 되니까. 이제 이해가 돼?

인생이 ▰▰▰▰▰, 이미 정해진 궤도 위에서만 굴러간다면, 우린 누구나 고작 승객에 지나지 않아. 스무 살이 될 때까지는 그렇지. ▰▰▰▰▰, 스무 살이 되려면 난 아직 6년이나 남았어! 따라서 나 같은 승객은 운전석에 앉든 뛰어다니든, 아니 그보다 더한 뭘 해도 상관없는 거야.

일시보호소에서 나 혼자 삭스로 가도록 허락해주길 은근히 바랐지만 절대 그런 일은 일어나지 않았어. 경찰을 공격한

▰▰▰▰▰ 사이코인 나를 사람들은 감시자 없이 혼자 가게 내버려두지 않았어. 오히려 오직 나만을 위한 사회복지사가 따라붙었어. 만일의 경우를 대비했는지 그 남자는 한 마리 곰 같았어. 배를 머리로 들이받아도 아무것도 못 느낄 위인. 아마도 비상시에 나를 겨드랑이로 단단히 조일 수 있는 사람을 원했을 거야. 사회복지사는 그게 가능해 보였어. 그것도 충분히.

결국 삭스로 가는 여행을 도중에 끝낼 수 있는 기회는 없었어. 그건 여행이 아니었고, 그저 감옥 이송에 불과했지만.

미지의 곳으로 향하는 〰〰〰 기차 안에서 사회복지사 곰은 다시 한 번 "감사하는 태도"와 "고급 시설"에 대해 지껄였고, 그 학교엔 아직 한 번도 사회복지대상자가 입학하지 않았을 거라고도 말했어. 그러면서 줄곧 나를 미심쩍은 눈초리로 쳐다봤어. 마치 뭔가 단단히 착오가 있다는 듯이. 족보 있는 순수 혈통의 종자견을 팔고 싶어 했는데, 누군가의 실수로 벼룩이 들끓는 거리의 개를 데려가게 된 것처럼. 마음 같아서는 사회복지사 곰한테 으르렁대며 덤비고 싶었지만 꾹 참았어. 예전에 노아에게 얘기했던 것처럼, 나는 그저 누군가가 건드릴 때만 미련하게 ▱▱▱▱가 되니까.

또 자칫 그랬다가 사람들이 내게 무슨 짓을 할지 누가 알겠어? ▰▰▰▰, 사실대로 말하자면, 난 살짝 두려웠어. 여태껏

사이코들과 함께 정신병원에 있어본 적은 없었으니까. 혹시 사
람들이 날 사방이 고무 벽으로 둘러싸인 방에 가두는 건 아닌지
걱정이 됐어. 벽은 온통 흰색(내가 좋아하는 색이긴 하지만)이고, 가
구는 벽에 고정되어 있고, 창문은 아예 없거나 쇠창살로 막은
조그만 창문이 있는 그런 방에 말이야. 아직도 전기 충격을 가
할까? 침대 같은 데 날 묶어놓고 이마에 전극판 같은 걸 붙인
다음 즈즈즈즈 하는 거 아닐까? ▰▰▰▰▰. 나중에 만난 삭스
의 사이코 삼촌 메아겐 박사는 그런 치료는 더 이상 하지 않는
다고 내게 말했어. 하지만 그 후에 본 어느 텔레비전 시리즈에
서는 아직도 그런 치료를 하고 있었고, 그 일은 중세 시대가 아
닌 현대의 미국에서 일어나고 있었어. 아, 차가운 물로 하는 치
료는 또 어떻고? 얼음덩어리가 담긴 욕조에 사람을 막 집어던
지는 거 말이지. 그래, 가는 내내 난 그런 걸 상상했다고. ▨▨▨!

날 또 황당하게 만들었던 일은 삭스로 가는 케이블카를 타기
위해 기차역에서 또 ▰▰▰▰ 택시를 타고 가야 한다는 사실이
었어. 그러니까 삭스는 정말로 세상의 끝이었어.

얼마 뒤 우리는 택시에서 내렸고, 그렇게 해서 난 처음으로
이 조그마한 동네, 삭스를 만났어. 다시 한 번 말하는데, 난 베
를린에서 온 사람이야! 그런데 이런 ▨▨▨▨ 같은 촌구석으로
날 끌고 오다니, 이게 말이 돼? 얼핏 봤을 때는 아무것도 없었

는데, 곧 어림잡아 40여 채의 집이 보였어. 그런데 대박! 토요일 오후 3시에 문을 닫은 빵집이라니. 게다가 미용실이나 민박은 있어도 확실히 맥도날드는 없었어. 아이스크림 가게도 보지 못했어. 있었다면 위로가 좀 되었을 텐데.

그 와중에 내가 딱 한 번 웃은 적이 있는데, 그건 바로 케이블카 정류장에서였어. 누군가 노아처럼 스프레이를 갖고 있던 모양이야. 케이블카 문 위쪽에 스프레이로 '라이프 삭스(Life Saaks)!'라고 크게 써놨더라고. 기왕이면 철자를 살짝 바꿔서 '라이프 삭스(Life Sucks*)'라고 썼더라면 좋았을 텐데. 사회복지사 곰도 나랑 같은 생각을 했는지 푹 하고 웃었어.

나중에 삭스에서 누가 이걸 썼는지 알게 됐는데, 그건 바로 마티스였어. 마티스는 틀림없이 자기가 제대로 썼다고 생각할 정도로 영어를 ~~~~ 못했어. 하지만 그때 난 아무것도 몰랐기 때문에 당연히 철자가 맞는 줄 알았어. 오히려 산 위쪽 사이코들이 이런 걸 쓸 수 있다는 사실이 그저 놀라울 따름이었어.

아직 산 '위쪽'을 볼 수는 없었어. 삭스산은 ~~~~ 한 구름에 가려 숨어있었어. 사회복지사 사내놈이 산을 올려다보더니 코 주위가 엄청 창백해졌어. "난 고소공포증이 있어." 라고 낮은 목소리로 말하고 나서 케이블카에 올라탔어.

* '인생은 엿 같다'는 뜻.

51

"위로?" 문이 닫히자 케이블카 운전사가 물었어. 운전사는 스위치와 작은 레버가 잔뜩 달린 제어판 앞에 서있었는데, 그 안에서 대체 뭘 조종할 수 있는지 전혀 알 수 없었어. 사실 길을 잘못 들 가능성은 거의 없으니까 말이야. 삭스산에는 케이블카가 딱 한 대뿐이야. 오후 4시에 마지막으로 올라갔다가 오후 4시 30분에 마지막으로 내려왔고, 당연히 케이블카는 오로지 계곡 위로만 다닐 수 있었어.

그래도 난 운전사의 썰렁한 농담에 웃어주었어. 누군가가 케이블카에 탈 때마다 운전사가 매번 정확히 이 농담을 한다는 걸 이미 눈치 챘거든. 아마도 산 위에 있는 정류장에서는 백 퍼센트 "아래로?"라고 묻겠지. 어쨌거나 그 상황에서는 이 남자한테 친절하게 대하는 편이 더 나았어. 그곳을 벗어날 수 있는 방법이 오직 한 가지밖에 없는 곳으로 간다면, 그때 나를 태울지 말지를 결정하는 건 바로 이 남자였으니까.

"방향이 맞다면요." 내 대답을 듣고는 운전사가 웃었어. 마침내 자신이 그동안 열심히 해온 농담을 누군가 이해했다는 것이 무척 기뻤던 거야.

"이게 산 위로 올라가는 유일한 방법인가요?" 출발할 때 내가 물었어. 케이블카는 몹시 흔들렸고, 사회복지사 사내놈은 구역질을 했어.

운전사가 케이블카 아래 놓인, 끝이 뾰족한 암벽 꼭대기를 내려다보며 말했어. "암벽등반도 가능하지. 많은 사람들이 그렇게 한단다."

난 처음엔 아무 말도 하지 않았어. 단지 계곡을 둘러보면서 혹시 어디에선가 맥도날드나 스타벅스 같은 간판을 보게 되기를 기대하고 있었어. 무언가 ━━━━ 인간적인 것을! 물론 아무것도 보지 못했어. 사회복지사 사내놈은 케이블카 한가운데 서서 기둥을 꼭 붙잡고 있었어. 얼굴은 파래지고 두 눈은 꼭 감은 채 입술을 달싹이고 있었어. 아마도 기도를 하는 듯했어.

"근데 왜 편도 티켓이 있는 거죠?" 생각난 김에 물었어.

"뭐라고?" 케이블카 운전사가 되물었어.

그때 ▨▨▨▨ 사회복지사 사내놈이 다시 구역질을 시작하더니 바닥에 그대로 주저앉았어.

"저기 아래, 케이블카 티켓 가격표에 나와 있잖아요. 주변 관광은 20유로, 위로 올라만 가거나 아래로 내려가기만 하면 11유로라고 적혀있던데요?"

"으응!" 케이블카 운전사가 가소롭다는 듯 웃었어. "편도는 도보로 관광하는 사람들을 위한 거야. 관광객들은 크리스펠덴에서 나와 산 뒤쪽으로 빙 돈 다음, 숲을 가로질러 걷는단다. 3시간짜리 투어야. 가이드가 붙는 늑대 투어도 있고."

"늑대 투어요?"

"글쎄, 그건 어차피 펜리스 숲 뒤쪽에서 하니까." 이해가 안 된다는 듯 운전사가 말했어. 어떻게 난 이런 걸 하나도 모르지?

"여기는 아직 늑대들이 산단다. 그렇지만 가이드와 함께하는 늑대 투어는 순 사기야. 왜냐면 늑대들은 어두울 때만 나와서 활동하거든. 게다가 관광객들은 엄청 시끄럽지. 가이드는 관광객이 낙오되지 않도록 호루라기를 불어대고 말이야. 누가 계속 호루라기를 분다면 늑대가 몇 마리나 나타날 것 같니? 아니, 안 나오지. 늑대는 오히려 밤에 혼자 숲속을 걷는 사람을 기다린단다…."

제기랄! 빌어먹을! /////🖍🖍!! 그 말을 들으니 기분이 🖍🖍🖍 우울해졌어. 생각해봐. 산 한쪽은 암벽이라 내가 라인홀드 메스너*가 아닌 이상 절대 내려갈 수가 없어. 다른 한쪽에선 낮에는 관광객 떼거리들이, 밤에는 늑대 떼들이 버티고 있고. 죽인다! 이런 건 새로운 정착지라기보다는 감옥에 갇히러 가는 것과

* 이탈리아의 전설적 산악인, 최초로 에베레스트 최고봉을 홀로 무산소 등정한 사람.

같았어. 그리고 잊지 말아야 할 게 또 있지. 싸이코를 위한 여러 가지 고문 방법 말이야.

그 순간 구름이 걷히면서 처음으로 삭스 기숙학교가 모습을 드러냈어. 그때 갑자기 어떤 고요함이 내 안에 깃들었어. 귀의 소음이 처음으로 완전히 사라져버린 것처럼. 여기 산 위로는 내 안의 바다가 따라올 수 없다는 것처럼.

그 거대한 집이 내 앞에 서있었어. 아니, 이건 틀린 말이야. 집이라는 단어 말이야. 그건 헐크에게 꼬마야, 라고 부르는 것과 마찬가지였어. 이 거대한 저택, 무지막지한 건축물은 ~~~~~~~~ 높은 산꼭대기에 있는 ~~~~~ 거대한 둥지, 그 앞에 웅크리고 앉아있는 한 마리 독수리 같았어. 그것도 양쪽 날개를 펼쳐 아기독수리에게 그늘을 만들어주는 독수리. 이게 바로 삭스 기숙학교에 대한 내 첫 번째 이미지였어. 어쩐지 몹시 신성해 보였어.

건물 윗부분 한가운데에 커다란 격자 창문이 있었고, 건물 지붕보다 더 튀어나와 있는 지붕은 마치 〰〰〰한 날개처럼 보였어. 내 눈에만 그런가? 걱정했던 것과는 달리 삭스는 전혀 감옥처럼 보이지 않았어. 하지만 방심은 금물. 첫인상에 속을 수 있는 법이거든. 무엇보다 누구도 더 이상 혼자서는 이곳을 나갈 수 없다는 것 때문에 여기가 감옥이라는 걸 알아차리게 될 거야. 그리고 이건 그 안에 들어가봐야 비로소 깨달을 수 있다는 사실.

베이컨과 껌

사회복지사 사내놈은 나를 기숙학교 비서에게 데려다주자마자 서둘러 떠나려고 했어. 아마도 양심의 가책을 느꼈는지 내게 껌 한 통을 주고는 바로 가버렸어. 계곡 아래로 내려가는 마지막 케이블카를 절대 놓치고 싶지 않았을 테지. 그렇지 않으면 다음 날까지 여기 꼼짝없이 갇혀있어야 할 테니까!

학교 비서가 동그랗고 파란 펜던트가 달린 검은색 목걸이를 내게 건넸어. 펜던트는 꼭 플라스틱 동전처럼 보였어.

"기숙학교 학생들은 모두 파란 칩을 받는단다." 학교 비서가 알려주었어. "그 칩으로 케이블카 차단기와 매점 회전문, 휴게실의 냉장고, 도서관 출입문 등등을 열 수 있단다. 네 머리 색깔과도 잘 어울리는구나. 칩을 항상 목에 걸고 다니는 일에 익숙해지는 게 좋을 거야. 밤 8시 이후엔 칩이 있어야지만 건물 안으로 들어올 수 있으니까 말이야."

"대박! 진짜로요?" 내가 물었어. 그러니까 이 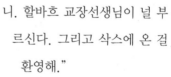 같은 칩을 개처럼 맨날 목에 차고 다녀야 한다고요? 그때 비서도 칩을 목에 걸고 있는 게 보였어. 그 여자 건 빨간색이긴 했지만.

비서가 미소 지었어. "지금 이 말을 해주는 이유는, 네가 새로 온 학생이어서 이번만은 공짜이기 때문인데 말이야. 삭스에서는 욕설이 금지되어 있단다. 욕을 할 때마다 50센트를 벌금으로 내야 하지. 만약 돈이 없다면 대신 30분 가사 노동이라는 벌칙을 받게 되고 말이야."

난 몸이 굳어버리고 말았어. , 이건 아주 세상의 종말이 온 거나 다름없었어.

"저기요, 아동 노동이 금지된 지 오래인데, 아직 여기는 그걸 모르나 봐요?"

비서가 웃었어. "네가 욕을 안 하면 되는 거지."

"제가 만약 부자라면 어떻게 하실 건데요?"

"그렇다면 날 위해 욕을…. 아, 여기서 잠깐만 기다려, 엔니. 할바흐 교장선생님이 널 부르신다. 그리고 삭스에 온 걸 환영해."

━━━ 굽 높은 신발을 신은 비서는 이 말을 한 후 사라져 버렸어. 그 여자는 도대체가 학교 비서처럼 보이지 않았어. 노아와 하루 머물렀던, 베를린 쿠담 호텔의 접수대가 더 잘 어울리는 여자였어. 아, 노아! 순간 노아 얼굴이 떠올랐고, 그 얼굴이 늑대 미소를 지으며 웃었어. 지금 하겐 가족은 모두 이탈리아 쥐트티롤에 있을 거야. ━━━한 도보 여행 말이야.

여행에 대한 생각은 내 머릿속 문을 열어젖혔어. 그 즉시 귀에서 소음이 들리고 빨간 얼룩이 내 눈 가장자리에서부터 번지기 시작했어. 가끔 어떤 생각들은 내 마음대로 통제할 수가 없어. 과거를 모두 간직하고 있는 내 머릿속을 이리저리 헤집고 뛰어다니다가 다시는 떠오르지 않게 꼭꼭 잠궈둔 시간의 문을 열어버리고 말지.

난 머릿속 노아 문을 잽싸게 다시 닫았어. 계획이 있으니까. 계획을 성공시키려면 수류탄처럼 터져서 기숙학교 교장선생의 코를 주먹으로 후려치는 사고는 치지 않는 편이 나았어.

역시나 라이프 삭스는 내가 가본 다른 여느 곳과는 많이 달라 보였어. 학교도 아니고, 보육원은 더더욱 아닌 어떤 곳.

보육원에 대해선 내가 환히 알고 있지. 외관은 한결같이 마구간처럼 생긴데다가, ~~~~~ 흉측한 콘크리트 블록에 창문엔 항상 쇠창살이 달려있어. 건물 내부는 냄새도, 촉감도 안 느껴지는 싸구려 가짜 나무 재질이고, 복도는 타일이나 리놀륨 바닥, 방은 모두 카펫 바닥이야. ~~~~~, 거기선 절대로 맨발로 다니면 안 돼! 아무것도 모르는 보육원 신참들이나 그런 짓을 하는 거야. 그런 데서 전염병에 안 걸리는 게 오히려 이상할 정도라니까. 그리고 어디에나 형광등이 걸려있어. 그 불빛 아래 있으면 누구든 밀랍 인형처럼 보이는 ~~~~~ 형광등이.

삭스에는 형광등이 없었어. 머리 위로는 영국 여왕의 왕관 같이 생긴 엄청나게 큰 크리스털 조명이 걸려있었고, 둥그런 창문 옆에는 쿠담 호텔의 안락한 소파처럼 생긴, 천으로 된 소파가 놓여있었어.

그 소파에 앉아 밖을 내다봤어. 구름이 걷혀도 풍경은 여전히 장엄했고, 나를 평온하게 해주었어. 그러다 처음으로 학교 뒤편, 그러니까 사실상 안뜰을 보게 됐는데, 그곳은 그냥 안뜰이 아니었어. 알프스 소녀 하이디가 뛰노는 ~~한~~ 한 산악 지대였어. 겹겹이 쌓인 산봉우리가 우뚝 솟아있고 그 앞에는 호수가 펼쳐져 있었어! 짙푸른 물이 담긴, 진짜 제대로인 호수. 이탈리아 지중해처럼 가장자리가 청록색으로 둘러싸인 호수였어!

나는 물을 보면 항상 바로 물속으로 뛰어들어 무중력 상태가 되고 싶은 충동을 느껴. ~~같은~~ 같은 세상에 그보다 더 좋은 느낌은 없거든. 엄마는 항상 내가 절반은 인어일 거라고 말하곤 했지. 내가 만약…. 이런, ~~====~~!! 이젠 엄마 얼굴이 보이다니. 또 문이 잘못 열렸어. 난 그 문을 쾅 소리 나게 닫아버렸어. 그래도 그 소리는 계속 들려왔어.

평정을 되찾기 위해 나는 차가운 창문에 이마를 대고 애써 바깥쪽을 바라보았어. 호숫가 반대편에 큰 수양버들 나무 군락이 있었어. 물속으로 가지를 늘어뜨린 나무들은 마치 고개를 숙이고 남들이 보면 안 되는 비밀스러운 보물을 두 팔로 에워싸 숨기고 있는 어린아이들처럼 보였어. 그리고 호수 중앙에….

으악, ~~WWWWWWW~~!! ~~======~~ !!!

난 깜짝 놀라 펄쩍 뛰어올랐어. 누가 내 뒤에 서있는 줄 내가 어떻게 알겠어? 그 사람은 움직이지도 않고 아무 소리도 내지 않았어. 그런데도 내 이름을 한 번 부른 것만 같았어.

　어떤 남자애였어. 처음 보는 순간 어마어마한 바위라는 단어밖에 생각이 안 날 정도로 〰〰〰〰 거대한 소년! 노아 아빠보다 더 컸어. 어깨가 떡 벌어지고 머리는 겁나 짧았는데, 아마도 그 무엇도 자기 얼굴을 방해하지 못하게 하려고 그런 것 같았어. 얼굴은 돌을 깎아놓은 것 같았어. 광대뼈와 두꺼운 입술, 가느다란 눈과 콧방울까지 얼굴 안에 있는 건 다 날카로워 보였어. 대충 생기지도, 못생기지도 않았지만 온통 모서리와 각만 가득한 얼굴. 마치 전투를 앞둔 몽골 황제 같다고나 할까. 다만 〰〰〰 둥글게 흰, 큰 칼만 차고 있지 않을 뿐이었어.

　그 아이는 실제로도 무장은 하지 않은 것 같았어. 내가 앉아있던 소파 뒤로 두 발자국 정도 떨어져 그냥 서있었고, 내 배를 쳐다보고 있었어.

　"안녕." 인사를 건네자 남자애가 숨을 멈췄어. 그리고는 계속해서 내 배만 쳐다보았어. 아이 목에는 파란 칩이 걸려있었어. 즉, 기숙사생이란 뜻. "거기 오래 있었니?" 여전히 반응 없음. 살아있는 두 눈이 없었다면 이탈리아 석상인 줄 착각할 정도였어. 이건 도대체 무슨 상황이지? ~~〰〰〰~~, 왜 저 〰〰〰〰 는 저기 서서 날 쳐다만 보고 있는 거냐고?

"나는 엔니야." 이 말을 다 내뱉기도 전에 짜증이 확 치솟았어. ~~~~~, 뭣 때문에 이 재수덩어리한테 내 이름을 말하고 있지? 쟤는 ━━━ 찍소리도 없는데, 왜 나는 계속 나불대고 있는 거야? 규칙 제1번, 필요 이상으로 절대 나 자신에 대해 설명하지 말 것. 규칙 1-1번, 무엇보다 진실은 말하지 말 것.

그러고 나서 난 왜 내가 혼자 떠드는지 알게 되었는데, 그건 두려움 때문이었어. 내가 아니라 그 아이의 두려움. 돌을 깎은 듯한 얼굴과 머리가 거의 빡빡이인 거인의 두려움 말이야. 사람들은 그 아이가 두려워한다는 걸 상상도 못할 거야. 내가 봤을 때 그 아이는 너무 긴장했거나 아니면 너무 긴장하지 않았거나 둘 중 하나였어. 아주 느슨하게 서있는 자세를 보고 난 바로 알아차렸지. 이 거인은 언제든 도망갈 준비가 되어있었어!

이 사실이 내 머릿속 '베이컨' 문을 열었어.

예전에 어느 양부모가 개 한 마리를 길렀어. 사납고 성질이 고약한 똥개였는데, 목에 사슬을 채우고 말뚝에 묶어 마당에서 길렀어. 개는 그 상태로 마당 전체를 돌아다닐 수 있었는데, 대문까지는 아니었어. 큰 저택의 유령처럼 항상 덜거덕덜거덕 소리를 내며 어슬렁거렸고, 그러다 미친 듯이 짖어댔어.

어린 아이들은 개 앞을 지날 때면 무서워서 큰 소리로 울었어. 나 역시 엄청나게 똥줄이 탔어. 나도 아직 어렸으니까. 처음 며칠은 대문에서 현관으로, 혹은 현관에서 대문으로 오로지 전속력으로 달렸고, 그때마다 개 짖는 소리가 항상 나를 뒤쫓아 오곤 했어. 그 소리가 머리 세 개나 달린, 지옥을 지키는 𝖒𝖚𝖂𝖂𝖚한 개가 짖는 것처럼 들렸어.

그러다 하루는 내 뒤로 현관문이 닫히기 직전에 무언가를 보게 보게 되었어. 내가 집 안으로 들어가자마자 그 똥개의 가슴께가 가라앉는 장면이었어. 개는 안도한 거야! 내가 시야에서 사라졌고 자기한테 아무 짓도 하지 않았다는 사실에 마음을 놓은 거야. 적어도 난 이렇게 받아들였어. 물론 그 개가 아닌 이상 개의 속마음을 백 퍼센트 알 수는 없을 거야, 절대로! 그래서 이런 내기는 항상 위험한 법이야.

나는 그 즉시 베이컨을 가지고 다시 마당으로 나갔어. 개는 곧바로 뛰어오르며 으르렁댔지만, 곧 날 두려워한다는 게 분명해졌어. 그걸 어떻게 장담하냐고? 난 그때 개의 생활이라는 'x'를 봤거든.

그동안 양부모 집에는 끊임없이 새로운 아이들이 나타나 개를 위협해왔어. 똥개에게 최대한 가까이 다가가는 게 아이들에게는 하나의 담력 테스트였고, 그러고 나서 아이들은 곧바로 비명을 지르며 달아나곤 했어. 아마도 개는 우리가 자기를 잡아먹으려 하는 줄 알았을 거야. 오직 ▬▬▬▬ 계속해서 짖어대고 으르렁대는 것만이 살 길이라 생각했겠지.

그래서 나는 반대로 행동했어. 개에게 등을 보인 채 아주 조용히 바닥에 앉았어. ▰▰▰▰, 그게 결코 쉬운 일이 아니라는 건 너희들도 잘 알 거야. 나는 개의 사슬이 도달할 수 있는 사정거리 안에 있었어. 그 사실을 잔디밭에 있는 흔적으로 알아볼 수 있었어. 개는 항상 사슬이 허락하는 제일 바깥쪽에서 원을 그리며 달렸거든. 그러니까 언제라도 나를 뒤에서 공격하고 갈기갈기 찢어놓을 수 있었어.

나는 개만 들을 수 있을 정도의 나지막한 목소리로 무언가를 설명하기 시작했어. 수학 문제에 관한 이야기였어. 시간당 80 킬로미터의 속도로 A에서 B까지 운행하는 기차와, 시간당 250 킬로미터의 속도로 C에서 D까지 운행하는 기차가 언제 어디에서 만나게 되는지 알고 싶어 하는 ▰▰▰▰ 같은 사람들이 있다고 말해주었어.

내 뒤에서 개가 움직이는 소리가 들렸어. 쇠사슬이 덜그럭대는 소리가 한 번 조금 가까이 다가오더니 다시 멀찍이 떨어졌어. 난 돌아보지 않았어. 단 한 번도. 개 주둥이의 감촉을 목에서 느꼈을 때조차도. 내 인생에서 가장 ▰▰▰▰하게 길었던 15분이 지나고, 나는 일어나서 천천히 집으로 들어갔어. 베이컨은 그대로 놔둔 채로. 그리고 집 안에서 창문으로 개가 5분은

족히 기다린 다음 베이컨을 먹는 걸 지켜보았어.

일주일 동안 날마다 이렇게 했어, 그리고 날마다 조금씩 조금씩 개에게 가까이 다가갔어. 여덟 번째 날에 개는 주둥이로 내 등을 가볍게 밀면서 낑낑거렸어. 더 이상 ~~~~ 베이컨을 기다리고 싶지 않은 거야. 열흘 뒤에는 내가 학교에서 돌아오면 내 쪽으로 뛰어왔고 자기를 쓰다듬도록 내버려두었어. 나는 개에게 '베이컨'이라는 이름을 지어줬는데, 그 전에 개가 진짜 이름을 가진 적이 있었는지는 한 번도 들어보지 못했어.

하지만 내 앞에 서있는 남자애는 '베이컨'이 아니었어. 아이는 여전히 말이 없었고, 나를 두려워하고 있었어.

나는 신중하게 고개를 끄덕였어. 마치 그 애가 뭔가 아주 의미 있는 말이라도 한 듯이. 그리고 조용히 다시 등을 보이며 소파에 앉았어. 아이가 내 귀에 들릴 정도로 숨을 크게 들이마셨어. 그것까지는 계산하지 못한 거야.

"네가 아무 말도 안 하는 거, 난 완전 이해해." 나는 침착하게 낮은 목소리로 말했어. "내 말은 그러니까, 사람은 ////////// 신중해야 한다는 거야. 말을 하게 되면 나중에 불리해질 수도 있으니까. 안 그래?"

나는 가방을 뒤져 사회복지사 사내놈이 주고 간 껌을 찾아 포장을 벗기고 하나를 입 속에 밀어 넣었어. 그리고는 두 번째 껌을 꺼내 돌아보지 않은 채 어깨 위로 그 아이에게 내밀었어.

"난 여기 새로 왔고, 방금 도착했어. 여기 올라오는 케이블카 말이야, ████ 신기하더라. … 너도 껌? … 케이블카는 처음 타봤거든. 다음은 뭘까? 헬리콥터 타고 수학여행 가기? 여기참 이상한 데야, 삭스. 안 그래? 너도 나처럼 여기 가까운 동네에서 입학한 건 아니라는 데 내기 걸게!"

내가 케이블카 얘기를 하는 동안 아이가 껌을 가져갔어. 나는 전혀 눈치 채지 못한 것처럼 행동했어. 다른 건 아무것도 기대하지 않았다는 듯이. 그런 다음 이 남자애한테 어떤 이름을 지어주면 좋을까를 고민했어. '껌'은 어떨까…? 하면서. 그때 단테가 왔어.

단테의 등장은 한마디로 ~~~~ 돌풍 같았어. 단테가 나타났을 때 그걸 알아채지 못하는 사람은 아마 세상에 없을 거야.

나는 고개를 돌려 단테 얼굴을 쳐다봤어. 그 순간 삭스에 있는 모든 게 갑자기 너무나 잘 어울려 보였어. 케이블카와 산, 그리고 너무나 아름답고, 너무나 거대하며, 너무나 호화스러운 학교…, 이런 것들은 ~~~~~~ 아무것도 아니었어. 그저 단테를 위한 무대 세트에 불과한 것 같았어.

휠체어를 탄 마성의 왕자

어떤 곳에 갔는데, 다른 사람들은 모두 한 곳에 속해있고 오직 나만 그렇지 않은 느낌. 난 그 느낌을 잘 알아. 사륜 자동차에 매달린 ░░░░ 다섯 번째 바퀴 같다고나 할까.

이미 친자식이 있는 입양가정에 갔을 때 다른 사람들은 모두 한 가족이고 오직 나만 아닌 것 같은 느낌. 또 전학 갔을 때 새 학급에서 8개월째 같은 반인 아이들이, 내가 교실에 들어오고 선생이 내 이름을 부를 때, 일제히 나를 뚫어지게 쳐다보는 일 같은 거, 다 경험해봤다고. 그래서 나한텐 별 문제가 아니었어.

하지만 이번만큼은 그 느낌이 달랐어. 단테를 처음 봤을 때 난 다른 누군가의 이야기 속으로 내가 걸어 들어간 것 같은 기분이 들었어. 내 존재가 한 명의 조연에 불과하다는 느낌. 난 이 느낌이 싫었어. ▬▬▬▬, 그래서 처음부터 단테가 싫었어. 그리고 이런 거짓말을 나 스스로도 믿을 수 없다는 게 더 싫어.

"안녕." 단테가 말했어. 너희들도 아는 그 목소리로. 최근 20년간 너무 많이 술을 마시고 담배를 피운 사람의 목소리. 단테는 고작 열다섯 살인데도 목소리가 정말 그랬어.

"네가 엔니구나?"

노아를 처음 만났을 때 난 내 존재가 받아들여졌다는 느낌을 받았어. 그래서 식구들에게 믿음이 생겼고, 새로운 삶에 비로소 안착할 수 있었어. 그런데 단테 앞에서 난 그것과는 또 다른 아주 낯선 감정을 느꼈는데, 그건 단테 때문이 아니었어.

보통 사람들은 누군가를 처음 만나면 상대방을 위아래로 훑어보면서 질문을 던지고 이내 평가를 내리잖아. 그런데 단테를 처음 만났을 때 나는 거꾸로 내 자신을 관찰했어.

내 청바지는 무릎이 찢어져 있었어. 비싼 청바지의 힙한 느낌이 아니었어. 티어가르텐 공원에서 더크가 날 밀어 넘어뜨렸을 때 바지 무릎이 찢어졌거든. 그때 이후로 한 번도 바지를 빨지 않았기 때문에 UUMUMU 잔디 풀 얼룩과 함께 어쩌면 토끼똥도 조금 묻어있었을 거야. 그리고 끈 달린 부츠를 신고 있었어. 그건 내 원래 발 치수보다 다섯 치수나 더 컸을 때부터 쭉 신어온 거였어. 이젠 겨우 세 치수 정도 크지만. 난 부츠가 무릎까지 올라오지 않도록 윗부분을 접어서 신었어. 각기 다른 세 곳의 입양가정에서 나는 무려 다섯 번이나 그 신발을 쓰레기통에서 구해냈어. 모두가 이 부츠를 싫어했지만 난 상관없었어.
위에는 하얀색 셔츠를 입고 있었는데, 그건 노아 것이었어. 노
아 엄마가 실수로 내 가방에 넣어준 노아의 마지막 조각. 난 그
셔츠를 일주일 넘게 걸치고 있었고, 그 셔츠가 나한테 너무 크
다는 것도 잘 알고 있었어.

문득 옷에서 냄새가 나는지 알고 싶었어. ▰▰▰, 여태껏 단
한 번도 그런 걸 궁금해한 적이 없었는데 말이야. 그날 난 머리
도 빗지 않았어. ▰▰▰, 전날도 빗지 않았어. 아니, 난 이제껏
미용실에 가본 적도 없었어. 내 머리카락은 이리저리 뻗치는 직
모에 너덜너덜하게 잘려있었어. 가끔은 양엄마나 다른 보육원
생이 내 머리를 잘랐고, 또 가끔은 내가 직접 자르기도 했으니
까. 어떨 땐 그냥 자라도록 내버려두기도 했고. 어쨌거나 원래
이런 건 나한테는 ⩓⩓⩓ 아무래도 상관없는 일이었어. 그런데
갑자기 아무 상관 없는 일이 아닌 게 돼버린 거야. 단테의 눈으
로 봤을 때 난 너무 작고, 너무 말랐으며, 너무 더러웠어.

이 모든 변화는 단테 때문이 아니라 내 안에서 생긴 거였어.
단테는 나를 위아래로 훑어보는 일 따윈 전혀 하지 않았어. 아
주 오만해 보이는 표정을 짓는 게 그리 어렵지 않은 얼굴인데도
말이야. 그냥 한쪽 눈썹을 가볍게 치켜올리고 눈을 반짝이면 그
것만으로도 충분할 것 같았어.

단테는 가끔 자기가 좋아하지 않는 누군가를 볼 때나, 혹은 좋아하는 사람이 자기가 ▨▨▨ 같다고 느끼는 것에 대해 말하는 걸 쳐다볼 때 그런 표정을 짓곤 했어. 단테가 그렇게 쳐다보는 걸 원하는 사람은 아무도 없었어. 가슴 속에 고드름이 돋는 것 같은 느낌이 든다고나 할까.

잘 생겼기 때문만은 아니었어. 그보다는 오래 쳐다볼 수 없을 정도의 아름다움이 단테에게는 있었어. 나 역시도 단테 얼굴을 오래 쳐다보는 건 불가능했는데, 그건 내 눈이 단테 얼굴을 반사하고 있다는 걸 단테가 알아챌 수도 있기 때문이었어. 그건 그냥 ▨▨▨ 창피했어. 적어도 나한테는.

정말 많은 사람들이 단테가 나타나면 그 애를 홀린 듯이 쳐다봤어. 그러면 단테는 대개 너그럽게 미소만 지어. 마치 거인이 나타나서 그러듯이. 이런 경우엔 당연히 아무것도 할 수가 없어. 세상에는 아무리 아름다워도 그 사람과 이야기할 때 얼굴을 쳐다보는 게 그렇게 어렵지는 않은 사람들이 있잖아. 단테는 아니야. 조용히 얼굴만 바라볼 수 있도록 30분 동안만 눈 감고 있어주면 좋겠다고 바라게 되지. 단테에겐 ▨▨▨▨ 힘든 일이 겠지만! 난 내가 그렇게 생기지 않아서 정말 너무 기뻐.

단테 얼굴은 전체적으로 보면 잘생겼지만, 막상 하나하나 뜯어보면 코가 너무 크다거나 입이 비뚤어져 있다거나 하는 그런 얼굴이 아니었어. 대박! 모든 게 ▬▬▬▬ 밀리미터까지 완벽했어. 얼굴뿐 아니라 목, 가슴, 근육을 조각해놓은 듯한 팔뚝, 그리고 휠체어까지.

예전 학교에도 휠체어에 앉아있던 애들이 있었어. 어쩐지 난 그 아이들이 항상 가여웠어. ▨▨▨▨, 동정이 최악이라는 건 잘 알지만, 달리 뭘 할 수 있겠어? 누군가가 휠체어에 앉는다는 게 ▬▬▬▬▬ 하게 좋은 선택은 아니잖아. 그렇지 않냐?

그건 라이프스타일이 아냐. 그 사람이 어느 순간 걷거나 서 있는 게 ▨▨▨▨ 힘들다고 휠체어에 앉기를 결정한 게 아니라는 뜻이야. 그리고 만약 그것 말고 다른 선택의 여지가 없다면, 그건 항상 ▨▨▨▨ 같은 일이야. 무슨 일이든 마찬가지야. 오로지 하나만 선택 가능하다면 그건 ▬▬▬▬ 같은 거라고.

그 즉시 난 단테가 안됐다는 생각이 들었어. 그때 단테가 날 아다니는 양탄자에 앉은 것처럼 순식간에 문을 통과해 들어왔어. 비록 휠체어에 앉아있지만 최소한 본인은 둥실둥실 떠있을 수 있다는 것처럼! 그에 비해 내 모습은 좀 우스꽝스러웠는데, 그건 '내가 일어서야 하나' 하고 소파에 앉은 채로 잠깐 고민하다가 이내 관두었기 때문이야. 왜냐하면 그런 행동이 자칫 '이것 봐, 난 일어설 수 있어.' 하고 보여주고 싶어 하는 것처럼 비칠 수도 있다는 생각이 들었거든.

그다음에 단테가 한참 전에 뭔가 질문을 했고, 그 물음에 내가 ▓▓▓▓▓ 천천히 대답할 수도 있다는 데 생각이 미쳤어.

"응, 내가 엔니야." 내가 대답했어. 마치 '이것 봐, 대답을 오래 기다린 보람이 있지?'라고 말하듯이.

"벌써 카란을 아는 거야?" 단테는 이렇게 묻고는 속눈썹 하나 움찔하지 않고 침묵하고 있는 거인을 바라보았어. 그 아이의 이름은 그러니까 껌이 아니고 '카란'이었어.

나는 고개를 끄덕였어. "네가 오기 전에 우린 정말 많은 얘기를 했어. 내가 알아야 할 것들을 카란이 다 설명해줬거든."

나는 카란에게 어떤 식으로든 정중하게 고개를 끄덕였어. 그건 연극이 아니었어. 나는 자기만의 세계에서 사는 사람들은 모두 존중해. 그런 사람들은 존경받을만하다고 생각해. 카란은 다른 사람들을 내버려두고 간섭하지 않아. 그렇지, 카란?

카란은 간신히 알아볼 수 있을 만큼만 고개를 끄덕였어.

내가 뭔가를 제대로 해냈다는 듯 단테가 미소를 지었어. 그 미소 때문에 내 마음은 환해졌고, 그 사실에 난 짜증이 났어. 단테의 이는 노아처럼 눈부시게 하얀 색이었어. 다만 노아의 이가 호두를 껍질 채 씹어 먹을 수 있을 것처럼 보였다면, 단테의 이는 은빛 사슬처럼 짱 멋져 보였어. 단테의 저 이빨만큼은 부러뜨리고 싶지 않다, ▓▓▓▓ 진짜로! 그건 하루 종일 사람들이 거의 볼 수 없는 입 안에 숨어있기엔 너무 아름다웠어.

단테는 늑대처럼 보이지도 않았어. 동물 같은 구석이 전혀 없었어. 오히려 자신의 성 입구에 서서 방문객을 기쁘게 맞이하는 백작 같아 보였어.

"삭스에 온 걸 환영해." 단테가 계속 미소 지으며 말했어. 내가 드디어 도착했다는 것처럼 그렇게. 이곳에 오기 위해 내가 무슨 시험에 합격했거나 뭔가 큰일을 해내기라도 한 것처럼. 우리가 십 년 동안 펜팔 친구였다가 지금 처음 개인적으로 만난 것처럼. ~~━━━━~~, 그렇게. 나를 오래 기다려왔다는 듯이….

그때 사무실 문이 열렸고, 이 순간은 박살났어. 내가 단테를 향해 내내 미소 짓고 있었음을 그제야 알아차렸어. 그러고 싶어서 그런 게 아니야! 어쩌다 보니 그냥 그렇게 된 거라니까!!

"야, 진짜 회의가 여기 있었네." 바지 정장을 입고, 크고 빨간 안경을 쓴 여자가 말했어. 여자는 빨간 칩을 훈장처럼 목에 걸고 있었어.

나는 단테에게서 고개를 돌려 여자를 바라보려고 애썼어. 갑자기 뭔가를 포기한 것 같은 느낌이 들었거든. 노아와 함께 컴퓨터 게임을 하는데 양부모가 불렀을 때처럼 내키지 않는 느낌.

"안녕하세요, 할바흐 교장선생님." 여전히 나를 쳐다보면서 단테가 말했어.

교장은 대략 노아 엄마 나이와 비슷했지만, 언뜻 노아 엄마의 절반만큼도 좋아 보이지 않았어. 아이 때의 얼굴을 커서도 또렷하게 알아볼 수 있는 어른들이 가끔 있잖아. 할바흐 교장이 딱 그랬어. 할바흐는 학교에서 모두와 친구가 되려고 항상 애썼던, ~~~~~ 큰 안경을 쓴 작은 소녀였을 거야. 하지만 그렇게는 잘 되지 않았을 거야. 소녀 할바흐는 왜 그런지 그 이유를 절대로 이해하지 못했을 거야. 어쩌면 이유 같은 건 없었을 수도 있어. 할바흐가 너무 애를 썼기 때문이라는 이유 말고는.

작은 소녀는 다른 사람들에게 항상 화가 나 있었을 거야. 마지막에는 결국 어른들을 의지하는 게 더 낫다고 결정했을 테지. 항상 공부를 미리 해오고 끊임없이 팔을 높이 치켜들어서 다른 아이들이 자기를 좋아하지 않을 ~~~~~ 좋은 원인을 제공해주었을 거야.

"너희들, 이미 서로 인사했니?" 할바흐 교장이 물었어. "여
기는 엔니 알서, 그리고 여기는 단테 달렘."

그런 다음 할바흐는 카란을 못 본 척 지나쳐 사무실로 향했
어. 카란을 무시하는 교장의 태도에 난 화가 났어. 이 여자는
벌써 내 블랙리스트에 한 자리를 차지하고 만 거야.

"선생님 쪽 문 옆에 서있는 건 스탠드가 아닙니다, 할바흐
교장선생님." 단테가 말했어. 마치 선생님이 좀 더딘 학생에게
~~~~ 너그럽게 얘기하는 것 같은 말투였어.

교장은 그제야 카란을 발견했다는 듯 쇼를 연출했어. "오, 카
란, 거기 있었구나. 엔니, 얘는 카란 압바스란다." 영혼이라고
는 1도 없는 연기에 깜짝 놀랐어. 진정 ~~~~한 오스카상 수
상감이었어.

내가 카란을 바라보자 카란도 아주 잠깐 나를 쳐다봤어. 완
전한 눈 마주침은 처음이었어. 나중에 안 사실이지만, 카란에
게 이런 눈 마주침은 거의 혀로 하는 딥키스와 같았어. 그러니
까 이 말은, 만약 카란이 그런 성격이 아니었다면, 아마도 교장
의 쇼를 보고 비웃었거나 아니면 눈을 부라리며 화를 냈을 거라
는 얘기야. 할바흐는 우리 타입이 아니니까.

"다시 말씀드리지만, 교장선생님과 잠시만 얘기하고 싶은데

요." 단테가 종이 한 장을 높이 쳐들며 말했어. "소풍 때문에요. 제가 모든 아이들의 서명과 또…."

"오늘은 안 돼, 단테." 교장이 말을 잘랐어, 아주 상냥하게. 과하다 싶을 정도로 친절하게. 조금도 상처 주고 싶지 않다는 듯이. 아마도 교장 역시 단테에게서 놓여나는 일이 어려워서 그런 것 같았어. 그래도 난 좀 가소로웠어. 단테는 이런 ~~█████~~ 같은 일로 상처받을 타입이 절대 아니니까.

"그리고 카란, 여긴 새로 온 전학생!" 이렇게 말한 다음, 교장은 나를 향해 돌아섰어. "엔니 알서, 삭스 기숙학교에 온 걸 환영한다."

그 말을 하는 교장 얼굴에 내 눈길을 끄는 뭔가가 있었어. 그 여자는 나에 대해 ~~█████~~ 호기심에 가득 차 있었어. 또한 나 같은 사람에 대한 뭔지 모를 적대감도 갖고 있었어. 그건 나 개인에 대한 감정은 아닌 것 같았어. 그러니까 내 서류에 적힌 과거 사건 기록을 읽어서 그런 것만은 아닌 것 같았어. 그냥 내가 이 자리에, 교장의 학교에, 라이프 삭스 기숙학교에 속하지 않는다고 느끼는 것 같았어.

예전에 어느 양부모가 고양이를 길렀는데, 그 고양이는 이미 죽었거나 최소한 반쯤은 죽은 새들을 집으로 끌고 오곤 했어. ~~█████~~하게 잔혹한 짐승이었지. 그때마다 양엄마가 고양이를 바라보던 바로 그 눈빛으로 할바흐가 나를 쳐다봤어. 내가 무언가 역겨운 걸 끌고 온 것처럼. 혹은 끌려온 그 역겨운 게 바로 나이기라도 한 것처럼.

"감사합니다." 그래도 난 공손하게 대답했어. ~~~~ 친절하게. 언제나처럼 처음은. 이건 ~~~~, 나의 규칙이고, 난 규칙을 지키니까.

"사무실로 좀 들어오도록." 할바흐는 이렇게 말하고 마지막 눈길을 단테에게 던지면서 사무실 안으로 들어갔어.

나는 단테를 쳐다봤어. "마지막으로 내게 충고해줄 건?"

단테는 미소 짓더니 잠시 생각했어. "교장은 너를 릴리스 방에 집어넣을 거야." 그리고는 말했어. "그 방에서는 차라리 카란처럼 행동하는 게 좋아."

단테가 휠체어 바퀴 위를 오른손으로 잡더니 힘들이지 않고 그 자리에서 회전했어. 그다음 두 번째 손동작으로 ~~~~ 쉽게 교장실 문을 끌어당겨 닫았어. 이제는 카란도 움직이기 시작했어. 카란은 워밍업이 필요 없어 보였어. 항상 도망칠 준비가 되어있는 듯했어. 단테의 휠체어처럼 ~~~~ 빠르고 가볍게 달려갔어. 그렇게 두 사람은 사라져버렸어.

"엔니?" 사무실에서 교장 목소리가 들렸어.

나는 안으로 들어가 교장 책상 맞은편에 앉았어. 교장선생

뒤에는 산 풍경이 보이는 커다란 창문이 있었는데, 그 풍경이 너무 아름답고 거대하고 풍성해서 모든 게 가짜 같았어. 진짜는 오직 노아뿐이었어. 그리고 노아는 없었어.

교장의 책상에는 나보다 한 살 쯤 많고, 만약 할바흐가 염색을 하지 않았다면 그랬을 것 같은, 갈색 머리카락을 가진 소녀의 사진이 놓여있었어. 기숙학교 교장이니만큼 할바흐는 흰 머리가 숱하게 생겼을 테니까. 소녀는 교장의 딸이 확실했는데, 그 아이는 나와 닮아 보였어. 사진 속 배경은 야자수 나무와 바다였어. 사진을 보면서 나는 노아와 계획에 대해 생각했어.

"내 이름은 나딘 할바흐란다." 교장이 말했어. "삭스 기숙사와 학교의 교장이지…."

난 살짝 웃지 않을 수 없었어. 교장의 실체를 봤기 때문이야. 세상에는 오직 아무 곳에도 속하지 않은 고양이와 아이들만이 할 수 있는 게 있어. 우리들은 누가 대장인지 분간할 수 있는 훌륭한 직감을 갖고 있지. 여기 대장은 나딘 할바흐가 아니야. 2분 전에 문 밖으로 날아간 그 소년이야.

앞 못 보는 금발의 천사

나는 필요하다면 언제든 내가 원하는 만큼 강해질 수 있어. 하지만 새로운 보육원이나 그룹홈, 새 양부모 집에서 맞는 첫날 밤에는 아니야. 겉으로는 강한 척해도 속으로는 뼛속까지 스며드는 불안과 두려움에 마음을 물어뜯기게 마련이지.

이건 당연한 일이야, 안 그래? 앞으로 일이 어떻게 흘러갈지 알고 있다면 최소한 안전하다는 느낌은 가질 수 있어. 설사 일이 ～～～～～ 꼬인다고 해도 상황 파악은 가능하니까. 하지만 대부분의 경우 첫날 밤에 내가 아는 건 오로지 하나야. 바로 내가 누군가의 통제 하에 있다는 것. 그렇기 때문에 새 집, 새 방, 새 침대에서 맞는 첫날 밤에는 아무것도 할 수 없다는 것. 밤새도록 두려움과 희망 사이를 오가며 괴로워하는 것 말고는. !

그런 의미에서 단테가 해준 충고는 ～～～ 말도 안 되는 엉터

81

리였어. 나더러 카란처럼 하라고? 걔는 숫제 말을 안 하는데? 게다가 나는 혼자 방에 있지 않아서 정말 다행이라고 생각했어. 혼자 쓰는 방을 갖게 되면 보통은 행복하지. 하지만 첫날밤은 아니야. 삭스에서는 더더욱 아니고. 릴리스와 한 방을 쓰게 되서 난 너무 기뻤어.

릴리스는 천사처럼 보였어. 들창코에 파란 눈, 천사 같은 금발의 곱슬머리를 가지고 있었어. 조그마한 입에 앙증맞게 작은 이, 목소리는 금방울이 굴러가는 것 같았어. 게다가 ━━━ 꽃비누 냄새를 풍겼어. 릴리스는 온종일 구름 위에서 뛰어놀다가 크리스마스 쿠키라도 깨물어 먹을 것 같은 얼굴을 하고 있었어.

또 릴리스는 내가 정말 좋아했던 룸메이트 여자애를 생각나게 했어. 생일은 8월 1일이었고 릴리스처럼 아주 사랑스러운 아이였지. 그래서 난 금세 릴리스가 좋아졌어.

릴리스를 처음 본 건 저녁을 먹을 때였어. 식사는 큰 홀에서 했는데, 어른과 학생을 포함해 대략 50명이 다 같이 ⫶⫶⫶⫶ 거대한 식탁에 둘러앉아 밥을 먹었어. 당연히 내가 아는 사람은 거의 없었어. 그저 다른 쪽에 앉아있는 단테는 알아보았는데, 그러다 자연스럽게 단테를 지켜보게 되었어.

단테는 날 비밀스럽게 관찰하고 있었어. 전혀 무례하지 않게. 아니 무례하기는커녕 오히려 아무런 해도 끼치지 않는 동물원의 동물을 관찰하는 것에 가까웠어. 단테는 날 몰래 엿보거나 하는 게 아니었어. ▬▬▬▬▬, 그저 미소 짓고 있을 뿐이었어. 다행히 이번에는 내 얼굴에도 미소가 퍼지는 걸 즉시 알아차렸기 때문에 난 잽싸게 고개를 돌리고 밥을 먹었어.

삭스는 식사 시간 또한 여느 기숙사에 으레 있을 법한 모습과 많이 달랐어. 여자애 두 명과 남자애 한 명이 큰 접시와 대접에 음식을 날라 왔는데, 그 셋은 열일곱 살이나 열여덟 살 정도 되어 보였어. 얼굴이 아기처럼 생긴 여자애는 음식을 나르면서 입술 사이로 혀를 빼물고 엄청 집중하고 있었어. 남자애는 뭔가 조용히 얘기하고 있었어. 처음엔 여자애한테 뭔가 말을 하고 있다고 생각했는데, 알고 보니 혼자 떠들고 있는 거였어. 그걸로 분명해졌어! 여기 있는 모두가 ▨▨▨▨ 사이코라는 거. 그리고 나도 그 사람들 중 하나라는 거.

그때 메아겐 박사를 처음 봤어. 메아겐 박사는 저격수처럼 보이는 한 남자와 얘기하고 있는 할바흐 교장 옆에 앉아있었어. 나중에 알고 보니 수학 선생이었던 여자와 얘기를 나누는 중이었어. 이 첫날 저녁, 박사는 계속 나를 바라봤어. 그리고는 미소 지었어. 격려하는 듯한 어른의 미소. 그래서 난 메아겐 박사가 심리상담 같은 걸 하는 사이코 삼촌이라는 걸 바로 알아차렸어. 그래서 나 역시 ▨▨▨▨▨▨ 상냥하게 미소로 답했어. 왜냐하면 난 계획이 있으니까.

"여어, 엔니. 넌 몇 살이야?" 내 옆에 앉아있던 꼬마가 물었어. 아이는 작았고, 많아봤자 여덟 살 정도 되어 보였어. 금발에 갈색 눈, 그리고 오른쪽 앞의 윗니가 빠져있었어. ~~~~, 하필 앞니 빠진 꼬맹이라니! 세상에 앞니 빠진 꼬맹이에게 대적할 수 있는 사람은 없어. 안 그래?

무슨 이유 때문인지는 모르지만 이 꼬마가 웃으면 ~~~~ 내 몸이 흐물흐물 녹아내리는 것 같았어. 그 녀석 머리카락을 마구 헝클어트리고 뺨을 꼬집어주고 싶은 거야. 기숙학교에서 이런 감정은 정말이지 1도 느끼고 싶지 않은데 말이야.

"난 열네 살이야." 콧소리를 섞어 내가 대답했어.

꼬마가 웃었어. "나도."

"아니." 나는 꼬마를 무시하려고 했어. "너는 아니지." 그리고는 스테이크 하나를 집어 들었어. 진짜 스테이크! 소고기! ▨▨▨! 보육원에서 언제 이런 게 나왔던가?

"하지만 곧 열네 살이 돼." 꼬마가 말하더니 후루룩거리며 스파게티를 먹었어. "왜냐면 다음 달이 내 생일이거든." 나를 다시 봤을 때 꼬마 입 주위는 온통 빨간 스파게티 소스 범벅이었어. 앞니 빠진 ▨▨▨▨▨ 좀비라니! 난 큰 소리로 웃음을 터트리고 말았어. 노아랑 헤어진 뒤로 한 번도 크게 웃지 않았는데.

단테는 내가 또 뭔가를 제대로 해냈다는 듯 미소 지었어. ▨▨▨▨▨, 난 니가 그러거나 말거나 ▨▨▨▨▨ 상관없거들랑!

"여덟 살이잖아, 너." 맞은편에 있던 릴리스가 말했어.

"나쁜 애잖아, 너." 루키가 똑같이 되받아쳤어. "내가 어른이 되면…." 꼬마는 날 향해 몸을 돌리더니 통 크게 선언했어. "우린 결혼할 수 있어. 그다음엔 우리가 원하는 만큼 밤에 안 자고 놀 수 있지."

"콜." 내가 말했어.

"넌 내 과자 먹어도 돼. 왜냐면 난 다이어트에 걸렸거든."

"당뇨병* 말하는 거니?" 내가 물었어.

* 독일어의 당뇨병(Diabetes)과 다이어트(Diätis)는 둘 다 'D'로 시작됨.

꼬마는 스파게티를 입 속으로 밀어 넣고 우물거리며 말했어. "둘 다 같은 말이야!"

"감자 더 먹을 사람?" 그릇을 들고 식탁 주위를 돌아다니던 여자가 내 뒤에서 물었어. 통통한 몸에, 주름살 없는 매끈한 얼굴, 다정해 보이는 작은 눈에 주근깨가 많은 여자였어.

"네, 더 주세요!"

규칙 제2번, 맛있는 음식에 대해서는 절대 '아니오'라고 말하지 말 것. 누가 알겠어? 언제 또 이런 맛난 걸 먹게 될지.

"스테이크 맛있니? 방목해서 키운 소의 고기란다."

난 고개를 끄덕였어. "고기 맛이 얼마나 좋은지 이 짐승이 생전에 알았다면, 자기 살을 스스로 먹으려고 했을 걸요."

여자가 소스라치게 놀라 나를 바라봤어. 릴리스는 이맛살을 찌푸렸어. 릴리스가 야채만 먹고 있는 게 눈에 들어왔어. 그때 식탁 다른 쪽 끝에 앉아있던 단테가 쉰 목소리로 웃음을 터트렸어. 그리고 카란. 장담컨대, 카란의 입 언저리가 경련으로 실룩거리고 있었어. 거인이 웃었다! 혹은 웃음 비슷한 어떤 걸.

"맛있다니 나도 기쁘구나. 난 그 스테이크를 만든 요리사, 루이자 크레빅이라고 해." 그리고 나서 여자는 아주 거칠게 꼬마의 입 주위를 냅킨으로 닦으며 말했어. "그리고 넌 이제 공식적인 내 미래 며느리야."

"우리 엄마." 꼬마가 냅킨을 피하며 말했어. "난 엄마랑 여기서 같이 살아."

"넌 이름이 뭐니?" 꼬마에게 물었어.

"루카스야." 대답은 맞은편의 릴리스에게서 건너왔어.

루카스는 릴리스에게 혀를 쏙 내밀었지만, 릴리스는 아무 미동도 없이 계속 웃고만 있었어. 루이자는 아들 입 닦는 걸 포기하고 계속 돌아다니면서 다른 접시에 감자를 나눠주었어.

"루키." 루카스가 고쳐 말했어. "난 루키라고 해."

"그건 그냥 별명 같은 거잖아." 릴리스가 고쳐주었어. "릴리스에게 릴리라고 하는 것처럼. 엔니는 뭘 줄인 거야?" 릴리스가 물었어. ▨▨. 아무도 이런 건 질문한 적이 없었어.

대부분의 사람들은 내 이름을 알파벳 'Ä'로 시작하는 '앤니'라고 오해해. 어떤 보육원에서는 '엔리코'를 줄인 이름이라고 생각했어. 그래서 그 보육원 사람들은 나를 남자아이라고 여겼어. 무려 몇 주 동안이나. 그래도 뭐 그것도 나쁘지 않았어.

"엔니는 그냥 ▆▆ 내 이름이야, 알겠니." 내가 쌀쌀맞게 대답했어. 이럴 때면 내 목소리가 심하게 잠긴다고 노아가 말한 적이 있었어. "▆▆ 사냥 중인 까칠한 살쾡이 소리처럼 들려."라고 말이야.

릴리스는 더 묻지 않았어. 그냥 접시 위로 고개를 숙이고 다시 야채를 먹었어. 그 즉시 죄책감이 들었어. 릴리스는 나보다 어려 보였어. 한 열 살 정도 됐으려나? ⋀⋀⋀⋀, 그러니까 사실상 아직 아기였어! 저 아이는 그저 친절하게 대하려고 질문했을 뿐인데 지금 내가 뭘 한 거야?

나는 릴리스가 기분이 상했는지 살펴보았어. 하지만 릴리스는 내내 부드럽게 웃고만 있었어.

릴리스와 함께 기숙사 방으로 들어온 건 저녁 8시가 넘은 시간이었어. 밖은 칠흑같이 깜깜했고, 방은 동굴처럼 컴컴해서 창문이 어디 있는지조차 보이지 않았어. 다만 빗줄기가 창문을 때려서 대충 창문이 어디쯤 있는지만 짐작할 수 있었어.

릴리스는 전등을 켜지 않은 채 나에게 방을 보여주며 이것저것 설명했어. "창가 쪽에 있는 게 내 침대야. 오른쪽 옷장하고 책상도. 네가 괜찮았으면 좋겠는데 말이야."

릴리스는 방을 가로질러 가볍게 걸으면서 가구와 수건을 가르켰어. "내 수건은 파란색이야. 네 건 빨간색을 줬지. 여기, 네 침대 위에 있어."

그때까지도 난 릴리스가 어떤 상태인지 전혀 눈치 채지 못하고 있었어. 릴리스의 웃음 소리가 들렸지만 볼 수는 없었어. 그래서 난 아무 말 없이 팔을 뻗어 조용히 전등을 켰어.

전등 불빛이 릴리스의 웃는 얼굴을 비쳤어. 하지만 릴리스는 눈치 채지 못했어. 릴리스의 눈은 그저 내 눈이 있을 거라 추측하는 지점에 못 박혀있었어. ~~~~~ 놀랍게도 불과 2센티미터 정도만 시선이 비켜나 있었어. 전등을 켜지 않았더라면 난 전혀 알아채지 못했을 거야. 릴리스는 시각장애인이었어.

난 아무런 말도 하지 않고 내색도 하지 않았지만, 마음속으로는 릴리스에게 ~~~~ 깊이 머리 숙여 경의를 표했어. 작고 귀엽고 천진난만한 성격의 릴리스는 내가 만나본 중에 최고의 거짓말쟁이였어. ~~~~~, 대박! 어쩌면 바로 이 점 때문에 내가 릴리스에게 속아 넘어가 내 계획을 말해주게 된 걸까? 릴리스는 어떻게 친구의 비밀을 지켜야 하는지 잘 알고 있을 것 같아서? 그것도 아니면 릴리스가 가엾어서?

"너, 누군가가 보고 싶니?"

시간이 조금 지나 우리가 속삭이는 소리를 거의 삼켜버릴 정도로 빗소리가 커졌을 때 릴리스가 물었어. 전등을 꺼버렸기 때문에 우리 둘 다 눈에 아무것도 보이지 않았어. 창문 손잡이에 걸어놓은 셔츠에서 물이 뚝뚝 떨어지는 소리만 들렸어. 그건 내가 세수하면서 샴푸로 빨래한 노아의 셔츠였어.

"응." 난 빗소리를 들으며 대답했어. 첫날밤에 내리는 비를 난 좋아했어. 이런 날 밤에 밖에 있었을 수도 있으니까.

"부모님?" 릴리스가 조용히 물었어.

"아니, 오빠. 노아."

노아 이름을 크게 말하니까 갑자기 기분이 좋아졌어. 난 오빠가 한 명 있어. 그리고 오빠도 분명히 나를 보고 싶어 한다는 걸 알고 있어. 지금쯤 노아는 ~~개새끼~~ 교장이 사무실에 밀봉해 넣어둔 내 핸드폰으로 천 번이나 전화를 걸었을 거야….

"부모님이 아니고?" 릴리스가 놀라며 물었어. 사랑스럽고 다정하게.

"응. 지금은 아니야." 내가 말했어. "부모님은 돌아가셨거든. 비행기 추락 사고였어."

릴리스는 잠시 말이 없었어. 난 릴리스가 매우 유감이라고 말하기를 기다렸어. 모두들 그렇게 말하니까. 하지만 그 말은 건너오지 않았어. 나는 릴리스가 아무 말 하지 않은 걸 높이 평가했어. 진심 어린 연대를 느꼈다고나 할까.

"여기 처음 왔을 때 난 자주 울었어." 릴리스가 말했어. "울고 싶으면 울어도 돼. 괜찮아."

나는 어둠 속에서 웃었어. "이젠 괜찮아, 릴리스."

난 열네 살이야. 이 나이가 되면 더 이상 울지 않아, 완전 패배자가 아닌 이상. 게다가 난 계획이 있어….

"혹시…, 혹시 우리 친구가 될 수 있을까?" 황금방울 목소리로 릴리스가 물었어. 처음 묻는 게 아닌 사람처럼. 이미 자주

거절하는 대답을 들은 사람처럼.

　나는 거짓을 말할 수도 있었어. 그것도 거짓말을 ~~Wwwwwww~~ 잘해서 릴리스가 절친을 찾았다고 여기고 행복해하며 잠들 수 있게끔 할 수도 있었어. 그렇지만 나는 누군가 날 건드릴 때만 완전 ~~⬛⬛⬛~~ 가 돼. 릴리스는 그저 친절한, 앞 못 보는 금발의 천사일 뿐이야. 그래서 나는 결정을 내렸어. 규칙 제1번을 깨고 릴리스에게 진실을 말하기로.

　"릴리스, 난 친구가 될 수 없어. 여기서 안 살 거거든." 내가 속삭였어. "난 계획이 있어, 알겠니? 난 도망쳐서 노아를 찾아갈…."

천사의 두 얼굴

다행히 삭스에는 전기 충격기나 얼음덩어리 욕조는 없었어.
사방이 고무 벽으로 둘러싸인 폐쇄병동에 갇히는 일도 없었고
환자 구속복을 입어야 하는 것도 아니었어. 하지만 사이코들의
대화 시간이 있었어! ▨▨▨▨▨▨, 내 이럴 줄 알았지.

일요일 아침, 열다섯 명의 기숙사생과 나는 마음속 사이코를
밖으로 내보내기 위해 모두 음악실에 둥그렇게 둘러 앉았어. 그
리고 이 자리에 삭스의 사이코 삼촌 메아겐 박사가 있었어.

내가 음악실에 들어서자 메아겐 박사가 갑자기 의자에서 튕
기듯 일어나더니 활짝 웃으며 내 손을 잡고 흔들어댔어.

"어서 와, 엔니! 엔니라고 불러주길 원한다고…, 맞지?" 박사
는 크리스마스에 태어난 아기 예수를 본 것 마냥 날 보며 환하
게 웃었어. "난 마빈 메아겐이야."

나중에 보니, 박사의 사무실 문에는 박사학위가 자그마치 두

개나 붙어있었는데, 자기소개를 할 때 그걸 떼버린 거였어.

나는 고개를 끄덕이고 빈자리를 찾아 최대한 잽싸게 앉았어.

어디서나 신참은 뭘 잘 모르게 마련이야. 그리고 뭘 잘 모른다는 건 사는 게 훨씬 힘들어진다는 걸 의미하지. 대개 신참들은 처음 며칠 동안 다른 아이들을 정면으로 쳐다보면 안 된다고 생각해. 그리고 남들이 계속 자기를 빤히 쳐다보는 걸 모르는 척 행동하기도 하지. 사실은 그럴 필요가 전혀 없는데 말이야. 그걸 모르기 때문에 사는 게 더 힘들어지는 거야.

그 방법은 완전 ~~~~~ 틀렸어. 너희들도 잘 들어둬. 오히려 그런 행동은 신참들이 반드시 해야만 하는 일이라고.

나는 의자에 구부정한 자세로 앉아 손은 무릎 위에 둔 채 내 맞은편에 앉아있는 아이의 눈을 똑바로 쳐다보았어. 그 아이는 내가 삭스에 온 첫날 저녁 식사 때 음식을 나르며 혼잣말을 하던 남자애였어. 당연히 나는 그 애가 나를 쳐다보는 것처럼 그 애를 쳐다봤어. 모두가 나를 쳐다봤어. 우리의 눈이 마주치자 남자애는 그 즉시 중얼거리기 시작했어. 그만큼 몹시 충격을 받은 거야. 이 정도면 충분해. 넌 패스!

이젠 시선을 왼쪽으로 옮겨 중얼거리는 남자애 옆에 있는 여자애를 바라봤어. 대충 열네 살 정도 되어 보였고, ▬▬▬ 엄청나게 두꺼운 안경을 쓰고 있었어. 처음에는 그 안경으로 도대체 나를 볼 수나 있는지 확신할 수 없었어. 여자애는 내가 자신을 뚫어지게 보고 있다는 게 확실해질 때까지 고개를 갸우뚱한 채 몇 차례 눈을 깜빡였어. 그러다 쥐처럼 날카로운 소리를 내더니 재빨리 옆 자리 남자애의 발만 쳐다봤어. 몸을 위아래로 약간 흔들흔들 하면서. 너도 패스! 자, 다음 희생자.

그동안 메아겐 박사는 나에 대한 소개와 베를린, 그리고 사이코 이야기 모임에 대해 설명하고 있었어. 미안하게도 난 집중할 수가 없었어. 내 영역 표시를 ▰▰▰▰ 해야만 했으니까.

메아겐 박사는 내가 눈으로만 영역 표시를 한다는 걸 기뻐해야 할 거야. 예전에 살았던 그룹홈에 엘비스란 남자애가 있었는데, 걔는 구석에 오줌을 싸곤 했어. 겁나 대단하지 않냐? 바지를 쓱 내리고 그대로 발사! 이런 것도 하나의 해결책이 될 수 있어. 어쨌거나 모든 애들이 엘비스를 혼자 있게 내버려뒀으니까.

"자, 오늘은 누가 먼저 시작할래?" 메아겐 박사가 물었어.

아무도 손들지 않을 거라고 난 혼자서 작은 내기를 했어. 처음엔 내가 거의 이긴 줄 알았거든. ~~~~~ 영역 표시에서.

단테에게 시선이 멈췄을 땐 원 안의 아이들을 한 명씩 쳐다보는 일이 거의 끝나가고 있었어. 내 왼쪽 방향으로 세 번째 자리에 앉은 단테는 날 관찰하면서 자기 차례가 오기를 기다리고 있었어. 그러다 단테가 내게 웃어보였어. 뭔가 내가 대단하다는 듯 하얀 이를 모두 드러내고. ~~~~~, 단테는 내가 뭘 하고 있는지 알고 있었던 거야.

난 우쭐하고 싶지는 않았어. 하지만 가끔은 내가 뭔가를 해내고 누구 한 사람이 그걸 봐주면 기분이 좋아져. 왜냐하면 내가 틈틈이 배운 ~~~~~한 비결과 요령은 아무나 쉽게 얻을 수 있는 게 아니기 때문이야. 나는 오로지 스스로 터득한 비결과 요령으로 이 세계에서 살아남았어. 이런 건 노아가 건물 외벽에 뿌린 빨간 스프레이 같은 게 아니야. 여기에 *mmmm* 숨겨진 메시지 같은 건 없어.

단테가 나를 향해 미소 짓는 그 즉시 내 입 언저리가 또 햇빛 아래 놓인 고무처럼 헤벌쭉해지는 게 느껴졌어. 나는 어떻게든 웃음을 참아보려고 애를 썼어. ▬▬▬▬, 한 5초 성공했나? 그러자 단테가 눈썹을 치켜올렸어. 대충 이런 의미였어. '왜 그래? 우린 이미 친구잖아. 기억 안 나?'

난 얼른 몸을 돌려버렸어. 그리고 릴리스가 번쩍 팔을 치켜드는 바람에 내기에서 지고 말았어.

"그래, 릴리스?" 박사가 다정하게 말했어. 열려있는 문 같은 목소리로. 그 안은 밝고 따뜻할 것 같은.

"저는 그냥 고민이 돼서요⋯." 릴리스는 방울처럼 낭랑한 목소리로 말했어. "정확히 잘 모르겠어요, 어떻게 해야 할지⋯. 그러니까 어떤 사람을 돕고 싶은데 그래도 될까요? 그 사람이 전혀 부탁하지 않아도요?"

단테만 아니었다면 그때 벌써 릴리스가 무슨 말을 하려고 하는지 알아차렸을 거야. 하지만 난 아무것도 눈치 채지 못했어. 이 모임은 항상 이렇게 진행되는 거라고 생각했거든. 질문, 생각, 사이코 어쩌고저쩌고⋯.

"음⋯, 너무 막연한 질문이라 답하기 쉽지 않은데." 박사가 말했어. "어떤 종류의 도움을 말하는 거니?"

릴리스가 이마를 찡그렸어. 이 상황이 무척 괴롭다는 듯이. 왜 릴리스는 나와 얘기하지 않았을까? 여기 있는 모든 사람들

앞에서 그 얘길 장황하게 늘어놓는 건 좀 창피하지 않
나, 안 그래, 릴리스?

"흠…." 릴리스가 망설였어. "그러니까 어떤 사람이 자기한
테 좋지 않은 뭔가를 계획하고 있다면…."

"그러니까 네 말은, 자해하거나 죽고 싶다고 누군가 너한테
몰래 털어놨다는 거니?" 이제 박사의 목소리는 긴장했고, 열려
있던 문을 다시 닫을 준비를 하고 있었어.

곁눈질로 보니, 단테의 표정이 심각해지고 있었어. 단테는
릴리스를 보다가 이마를 찡그리면서 묻는 듯한 표정으로 날 바
라보았어. 왜 그런 표정으로 날 보는 거야?

"예." 이 상황이 몹시 힘들다는 듯 릴리스가 말했어.

모두의 시선이 지금 자기를 향하고 있다는 걸 릴리스는 알
까? 중얼대던 남자애가 갑자기 혼잣말하는 걸 멈췄어.

릴리스가 낮게 한숨을 쉬었어. "어떤 남자애가 여기서 도망
갈 거라고, 비밀을 말해줬어요!"

mmmm!

"그 아이는 이게 우리만의 비밀이라고 했어요." 릴리스는 말
을 이어갔어.

_⟹_!

릴리스의 말을 더는 알아들을 수 없을 정도로 강력한 소음이

귓속에서 시작됐어. 이 금발의 악마가 무슨 말을 지껄이는지 이해하려면 집중해야 했어. 눈 안에 빨간색이 번지기 시작했고, 피가 아주 빠르게 혈관 속을 쏜살같이 흘러서 만약 내 몸에 생채기가 하나라도 있다면 그 즉시 출혈이 일어나 몇 초 안에 죽을 것만 같았어. 그러면 방 전체가 시뻘겋게 물들고 내 피로 흘러넘치겠지.

릴리스에게 화가 난 게 아니었어. 살면서 나 자신에게 이렇게 크게 분노해본 적은 없었어! 나 스스로에게, 무지하게 많이. ▬▬▬, ▬▬▬, ▬▬▬! 어떻게 내가 릴리스를 믿을 만큼 〰〰〰 멍청할 수 있었을까? 절대로, 절대로 규칙 제1번을 깨지 마라. 최애애소한 첫날밤에는. 첫날밤에는 주둥이를 닫아라! ▨▨▨▨! 〰〰〰〰!! ▨▨▨▨!!!

"저는 그 아이도 완전 이해돼요." 그 남자애에 대해 너무나 잘 안다는 듯 이 거짓말쟁이 작은 악마는 말을 이어갔어.

"걔 부모님은 비행기 추락 사고로 돌아가셨대요. 그리고…."

▬▬▬, 일말의 거리낌도 없이 주둥이를 놀리는군!

"… 형은 아주 멀리 떨어진 이탈리아에 있대요. 그치만 그래도 이건 해결책이 아니잖아요. 무작정 도망치겠다니. 더군다나 그 아이는 겨우 열네 살밖에 안 됐거든요!"

릴리스가 남자아이라고 말했어도 그게 누구를 말하는 건지 당연히 모두 알고 있었어. 나는 아까 겨우 힘들게 박살낸 시선들이 다시 내게로 돌아오는 걸 느끼고 있었어. 모두가 날 쳐다보았어.

그때 박사가 헛기침을 했어. "누구를 말하는 건지 난 아무리 생각해봐도 모르겠구나, 릴리스." 박사는 차갑게 말했어. "난 모든 학생의 서류를 봤다. 부모님을 비행기 추락 사고로 잃은 사람은 여기 아무도 없단다."

그때 릴리스의 얼굴은 돈을 주고도 볼 수 없을 정도였어. 정말이야! 마치 박사가 그 작은 ~~ 악마를 얼음이 가득 든 욕조에 던져버리기라도 한 것 같았다니까.

흔들어놓은 캔에서 흘러나온 미지근한 콜라 같은 웃음이 단테 입에서 부글부글 솟아올랐어. 그리고 실제로 엄청난 압력과 함께 웃음을 뿜어냈어.

작은 ~~ 악마는 어찌된 일인지 영문을 몰라 했어. 전날 밤 내 말이 아주 솔직하게 들렸을 테니까. 꼴좋다. 그래, 내가 규칙 제1번을 깬 건 맞아, 작은 천사 릴리스. 하지만 규칙 제1-1번은 아니야! 순수한 진실은 다르다고.

나는 릴리스를 또 한 번 과소평가했는데, 이 곱슬머리 악마는 그렇게 빨리 포기하지 않았어.

"아, 그럼 제가 그 계집애를 확실히 오해했네요." 릴리스가 앙증맞은 이를 드러내고 작게 웃으면서 말했어. 그리고선 얼굴을 내게로 돌렸어. 나는 속으로 생각했어. 어떻게 이게 가능하지? 릴리스는 앞을 못 보잖아! 그런데도 릴리스가 아주 ~~~~ 정확하게 내가 어디 앉아있는지 알고 있었기 때문에 난 앞을 못 본다는 것도 연극이 아닐까 잠깐 의심했어.

"그렇다면 네 오빠에 관한 것도 사실이 아니니?" 릴리스가 물었어. "너무 보고 싶어서 오빠 셔츠를 입고 있었다며. 네가 찾고 싶어 하는 사람. 그렇게 그리워하는… 이름이 노아라고 했던가?"

셔츠란 말이 나왔을 때 소음은 벌써 시작됐어. 그러다 릴리스가 노아 이름을 말했을 때 두 가지 일이 일어났어. 우선 머릿속 ~~~~ 노아 문이 확 열렸고, 갇혀있던 기억이 쏟아져 나왔으며, 그 밀물로 내 뇌가 범람했어. 낚시를 갔을 때 노아와 난 크리스마스 트리 아래서 컴퓨터 게임을 했고, 둘 다 배 위에 각자의 게임패드를 손에 들고 있었어. 공원에서 바비큐 파티를 했을 때 우린 그을음과 바비큐 양념이 얼굴에 묻어있었지. 해수욕장에 갔을 땐 우리가 어떻게 서로를 물속에 빠뜨렸는지….

다른 한편으로는 이 ~~~~~~ 작은 악마가 노아 이름을 말했을 때, 그 애에 대한 증오가 한 움큼 더해졌어. 동시에 아무것도 듣지 못할 정도로 소음이 무지막지하게 커졌고, 눈 안의 빨강은 더 이상 아무것도 볼 수 없을 만큼 엄청 진해졌어. 내가 아는 마지막은, 의자에서 벌떡 일어났다는 거야. 난 내가 릴리스에게 덤벼들 걸 알고 있었어. ▰▰▰▰▰, 눈이 멀었든 안 멀었든 간에 릴리스, 널 목 졸라 죽일 거다, 이 ▰▰▰▰▰ ▰▰▰▰▰▰▰!

그런데 이상했어. 뭔가가 달랐어.

나는 폐에 공기를 집어넣기 위해 몸이 뻣뻣해질 정도로 애를 쓰고 릴리스에게 덤벼들기 위해 이빨을 드러내고 주먹을 불끈 쥐었다는 것까지는 느꼈지만, 아무것도 치지 않았고 아무와도 맞닥뜨리지 않았어. 평소와 달리 호흡이 더 어려웠어. 내 상체를 에워싼 아주 강력한 괄호가 있었어. 그다음 난 다시 자리에 앉아있었어. 내가 왜 앉아있지? 넘어졌었나?

"이렇게 해서 네가 얻는 게 뭐야?" 내 머릿속에서 단테 목소리가 물었어. "잘 생각해봐!"

싫어! 머릿속이 아니라 귀 옆에서. 아주 가깝게, 정말 가깝게 소음을 뚫고 계속 그 소리를 들었어. 내가 뭘 얻느냐고? 도대체 그게 무슨 말이야?

그러고 나서 단테가 소리쳤어. "카란, 문 열어!"

그다음 나는 붕 떠 있었어, ▰▰▰▰!

소음은 견딜 수 없이 커졌어. 하지만 여전히 단테 목소리를 들을 수 있었어. "도대체 네가 얻는 게 뭔데, 응?"

! 이게 무슨 말이지? 어쩌란 말이야? 왜 단테가 나랑
말하고 있는 거지? 왜 난 걔 말을 듣고 있는 거고? 발버둥 치면
서 단테를 마구 때리고 싶었지만 내 팔은 몸 옆에, 쇠로 된 괄호
안에 놓여있었어.

"엔니? 엔니, 코로 숨 좀 쉬어봐."

단테를 때리고 싶었지만 어디 있는지 알 수가 없었어. 내 뺨은 축축해졌고, 토할 것 같은 느낌이 들었어. 이런 적은 없었어! 난 절대로 ▬▬▬ 패배자처럼 울지 않아! 아, 정말 속이 ▨▨▨ 메스꺼웠어. 울음보다는 차라리 구토를, 제발!

니는 코로 호흡하는 데 성공했어. 그건 하마를 작은 열쇠 구멍에 밀어넣는 일만큼이나 무지하게 어려운 일이었지만 결국 해낸 거야.

"잘했어." 단테가 말했어.

〰〰〰!

그래도 코로 숨을 쉬니까 좀 진정이 되는 것 같았어. 내가 어디에 있는지 둘러봤더니 호수가 내려다보이는 목재 발코니에 앉아있었어. 바람은 차가웠고, 맞은편 언덕은 야생화로 뒤덮여 있었으며, 그 너머 산들은 내가 알던 모습 그대로였어.

나는 앉아있었어. 의자가 아니라 휠체어에. 단테의 무릎 위에. 단테는 껴안듯 내 상체를 팔로 빙 두르고 있었어. 내지는 압박하고 있었거나. 아니, 오히려 압박에 가까웠어. 장담컨대, 그것 때문에 내 팔은 파란 멍이 들었을 거야.

당장 단테의 팔을 뿌리치고 싶었지만 어림없었어. 단테 팔은 나무였어. 팔꿈치로 단테의 배를 치고 싶었지만 그것도 어림없는 일이었어. 단 1밀리미터도 팔을 움직일 수 없었어.

"무슨 말이든 하면 그때 널 놔줄게" 단테가 약속했어.

난 다시 한 번 코로 숨을 들이마셨어. 하지만 말을 할 수는 없었어. 아직은 아니었어. 그때 내 목구멍에는 너무 많은 게 박혀있어서 아직은 어떤 말도 뱉어낼 수 있는 상황이 아니었어. 그렇게 몇 분이 흘렀어. 바람이 불자 야생화들이 일렁였고, 호수가 물결쳤어. 내 안의 소음이 차차 사라졌어.

"뭐야." 내가 힘없이 말했어.

그 즉시 단테 팔에서 압력이 사라졌지만 두 팔은 여전히 느슨하게 나를 두르고 있었어. 나는 뛰어 오르듯 일어서고 싶었지만 그럴 수 없었어. 그러기엔 너무 힘이 없었어. 난 떨고 있었어. 만약 지금 일어난다면, 제풀에 무릎이 꺾일 게 분명했어. 내 인생에서 제일 ~~~~~~ 부끄러운 순간이었어.

"아주 잠시만." 내가 쉰 목소리로 말했어.

"시간은 아주 많아." 단테가 긴장을 풀며 말했어. "게다가 나도 지금은 일어서고 싶지 않아."

다시 한 번 숨을 들이마시고 호수를 바라보았어. 정적 덕분에 소음은 잦아들었지만, 난 여전히 빨강을 보고 있었어.

"넌 릴리스를 죽이지 않았어." 단테가 말했어. "네가 알고 싶어 할까 봐 하는 말이야. 그 전에 내가 널 붙들었고 밖으로 데리고 나온 거야."

난 고개를 끄덕였어. 내가 아무것도 기억하지 못한다는 걸 단테가 어떻게 알았는지 궁금했어.

"릴리스는 악마야." 나는 힘겹게 구역질을 했어.

단테가 코로 한숨을 쉬었어. "아니, 걔는 사탄일 뿐이야." 그리고는 씩 웃었어. "내가 미리 너한테 경고했었지."

"~~━━━━━━~~ 같은 소리 하지 마."

"카란처럼 하라고 너한테 말해줬잖아."

"카란은 아무 말도 안 하잖아!"

"그러니까. 내 말이 그 말이야."

나는 아무 말도 하지 않았어. 그냥 코로 숨을 내쉬었어. 빨강이 사라질 때까지 오랫동안.

"고마워." 내가 이어 말했어. "생각해보니 그렇네."

"천만에. 다시 안으로 들어갈래?"

나는 고개를 저으며 일어섰어. 무릎이 여전히 조금씩 떨렸어. 단테가 나를 위해 조금 뒤로 물러나주었어. 처음으로 난 단테의 얼굴을 잠깐 동안 바라보았어. 단테는 나를 아직은 무너지기 쉬운 카드로 만든 집 쳐다보듯 보고 있었어. 이제 손을 놔도 되는지, 만약 손을 놓으면 무너질지 확신하지 못하는 것 같았어.

"그래도 넌 비참하게 불의의 사고를 당한 부모님 얘기로 릴리스한테 아주 훌륭하게 복수를 했잖아. 처음이었어, 릴리스에게 완전히 넘어가지 않은 사람…." 단테가 미소 지었어.

"근데 그 얘기는 뭐야?" 조금 있다 단테가 물었어. "네가 도망가고 싶어 한다는 거 말이야. 정말이야?"

난 호수를 바라보았어. 단테한테 거짓말을 하고 싶지 않았어. 하지만 이 순간 뭔가 말을 한다면 진실이 조금 망가질 것 같은 느낌이 들었어.

"이해해." 단테가 말했어.

내가 다시 돌아봤을 때, 단테는 사라지고 없었어. 난 목재 발코니 난간 위로 몸을 굽히고 마지막 남은 분노를 밖으로 토해냈어.

의문의 장학금

물론 이 사건 이후 사방에서 잔소리를 해댔어. 맨 처음은 교장이었어. 그렇다고 아주 심하게 혼나지는 않았어. 어차피 삭스에는 ▬▬▬ 사이코들만 있으니까. 그래서 그런지 아무도 내가 정상적으로 행동하기를 기대하지 않는 것 같았어.

교장은 앞으로 내가 독방을 쓰게 될 거라고만 말했어. 내가 귀여운 릴리스를 죽이지 못하도록. 대놓고 이렇게 말한 건 아니지만, 그거 말고 다른 이유가 뭐가 있을까.

난 기꺼이 동의했고 지붕 바로 밑에 있는 방을 배정받았어. 방은 4층에 있으며 아직 보수공사가 끝나지 않았노라고 교장이 덧붙였어. 아마도 그 방이 지금 비어있는 유일한, 고무 벽으로 둘러싸인 폐쇄병동일 거야.

이미 전날 발코니에서 보수공사를 위한 흉물스러운 철제 구조물이 건물 벽에서 지붕 아래까지 세워져 있는 걸 봤어. 계곡

쪽 건물 외벽과 창문은 최근에 페인트칠을 한 것처럼 보였어. 하지만 반대편 산 쪽의 건물 외벽은 무슨 이유인지 잘게 부스러져 내리고 있었어. 오래된 목재 발코니는 페인트칠이 벗겨져 있었고, 유리창의 덧문은 삐딱하게 매달려있었어.

건물 2층에는 기숙사 침실과 휴게실이, 1층에는 교실이 있었어. 뭔가 엄청나게 █████ 세련된 교실! 학급은 나이가 아닌 학업성취도에 따라 나뉘었어. 그래서 나도 교장실에 앉아 모든 과목의 배치고사를 봐야 했어.

대부분의 시험은 죽을 만큼 지루했어. 난 시험을 위해 뭘 특별히 준비하지도 않았어. 당연하잖아. 노력해야 할 아무런 이유가 없으니까! 하지만 수학은 흥미진진했어. 열 문제가 나왔는데, 어떤 문제를 풀지 내가 선택할 수 있었어. 처음 여섯 문제는 누구라도 발로 풀 수 있을 만큼 쉬웠어. 이 사람들이 나를 심각한 지적장애가 있는 걸로 착각한 게 아닐까 궁금해질 정도였어. 다음 세 문제도 그럭저럭 괜찮았어. 지겨웠지만 봐줄만 했어. 다음 열 번째 문제, 그건 정말이지 흥미로웠어. 두 개의 변수 'x'와 'y'가 있는 긴 방정식…. 수학 선생한테 어떤 첫인상을 심어줘야 할지 충분히 고민하기도 전에 난 이미 수학 문제에 빠져들고 있었어. 마지막에는 'x'가 곧 'y'이라는 답이 나왔어. █████, 도대체 누가 이런 답을 상상이나 했겠어?

할바흐가 빨간 안경을 똑바로 고쳐 쓰면서 말했어. "혹시 네가 발코니에서 토했니?"

"아닌데요."

교장이 입을 다물었어. 우리 둘 다 내가 거짓말하는 걸 알고 있었어. 그리고 할바흐가 그걸 증명할 수 없다는 것도.

"교장선생님 딸인가 봐요?" 책상 위에 있는 사진을 가리키며 내가 물었어.

"응, 이름이 알바란다." 할바흐가 짤막하게 대답하고는 조금 억지스럽게 미소 지었어. 사생활 얘긴 하고 싶지 않다는 뜻.

"그런데 엔니…."

"알바도 이 학교 다니나요?"

"그렇단다. 그런데 엔니, 아무래도…."

"저기서 휴가를 보내신 거예요?"

이맛살을 찌푸리는 걸 보니 이제 짜증이 난 모양이었어. "그래, 맞아. 거긴 태국이야."

태국. 알바. 난 머릿속에 이 두 단어를 저장했어. 그리고 다시 한 번 ░░░░ 저장. 금발의 악마가 내 계획을 말해버렸기 때문에 도망치는 게 더 쉽지 않게 되었어. 하지만 릴리스가 부모님에 대해서는 바보 같은 얘길 했기 때문에 그 말을 그대로 믿는 사람은 어차피 없을 수도 있었어.

릴리스한테 제대로 뒷통수를 맞기는 했지만, 그렇다고 해서 모든 걸 포기한 건 아니었어. 좀 더 철저한 계획이 필요할 뿐이었어. 먼저 내 핸드폰을 다시 손에 넣어야만 했어. 미리 분명히 말해두는데, ///////, 이건 절대로 훔치는 게 아니야. 베를린 여자 경찰이 말했듯이, 그 핸드폰은 엄연히 내 소유물이니까. 노아가 아직 새 주소를 문자로 보내지 않았을 수도 있지만 언젠가는 보낼 거야. 내가 스위스로 노아를 찾아가려면 첫 번째로 돈이 필요하고, 두 번째로 여권이 필요했어.

알바는 열다섯 살, 어쩌면 나랑 똑같이 열네 살일지도 몰랐어. 우린 닮았어. 최소한 우리 둘 다 머리카락이 갈색이고, 눈동자도 갈색이었어. 내가 염색만 하지 않았더라면 말이야. 그리고 뭐 어차피 여권은 그렇게 자세하게 뜯어보지 않을 걸?

내 계획은 이랬어. 난 기차나 비행기 말고 버스를 탈 생각이었어. 장담컨대, 이 방법은 틀림없이 아무도 예상하지 못할 테니까. 그리고 버스는 인터넷으로 예약할 수도 있고, 또 독일 프라이부르크에서 스위스 바젤까지 가는 심야 버스도 있었어. 아주 늦은 밤 심야 버스에서 어른들은 내리 잠만 자잖아. 아니라고 생각하는 사람? 만약 누군가 나한테 보호자가 어디 있냐고 물으면, 그땐 자고 있는 아무 아줌마나 가리키면서 이렇게 말할 생각이었어. 우리 엄마라고. //////, 그거면 충분했어.

"엔니?" 할바흐 교장이 말했어. "괜찮은 거니?"

내가 고개를 끄덕였어. "네, 그런데 교장선생님도 여기 기숙사에 사세요?"

교장이 눈을 깜빡거렸어. 보아하니 그동안 내가 교장의 질문 몇 개를 흘려들은 모양이었어.

"그래." 교장이 마지못해 대답했어. "학교 안내 못 받았니? 선생님들은 서쪽 건물에 있는 아파트에서 산단다."

교장은 '아파트'라는 단어를 프랑스어처럼 발음했어. 아빠흐-트-모흐. 나는 교장 딸의 빠스-포*를 찾기 위해 할바흐의 아빠흐-트-모흐에 들어가는 게 얼마나 어려울지 생각해봤어. 아니면 그냥 여기 사무실에 두었을까?

"엔니." 교장은 내 이름을 좋아하지 않았어. 학생들의 성과 이름을 같이 부르기를 좋아했거든. 가장 좋은 건 이름이 두 개 이상일 때였어. 예를 들어 콘스탄틴 마그누스라던가 혹은 막달레나 오이게니아 같은 이름을 교장은 확실히 마음에 들어 했어.

하지만 교장은 나를 엔니라는 이름으로만 불렀어. 아마도 경찰 더크가 내 원래 이름을 부르지 않는 게 좋을 거라고 경고를 한 모양이었어.

"엔니, 여기가 어떤 시설인지 정확히 알고는 있니?"

---

* 여권의 프랑스어 발음.

물론 알고 있지. 정신장애인을 위한 시설. 사이코를 위한 ┉┉┉┉ 창고, 정신병원, ┉┉┉┉ 뻐꾸기 둥지.

"삭스 연구소는 사립이고, 그중에서도 엘리트 시설로 분류된단다. 여긴 재단의 까다로운 지원 과정을 거쳐 장애가 있는 학생들만 입학이 허락되지. 대기자 명단은 정말 길단다. 상당수는 벌써 몇 년째 이름만 올려두고 있지. 수업료는… 결코 싸지 않아. 일반 직장인들의 평균 월수입보다 높아."

과연 교장이 이해할지 모르지만, 자신의 의지로 이 학교에 온 게 아니라면 감옥이 얼마나 근사한지는 ┉┉┉ 상관없었어. 새장이 황금으로 되어있느냐 쇠로 되어있느냐는 순전히 꼰대들을 위한 것이니까. 그리고 난 이 학교에 들어오기 위해 얼마나 ┉┉┉ 오래 걸리든 말든 그런 것도 관심 없었어. 중요한건 오직 하나, 여기서 어떻게 다시 나가느냐, 그것 뿐이었어.

그렇지만 여전히 풀리지 않는 의문이 하나 남아있긴 했어. 나는 교장의 비위를 맞추기 위해 일부러 이렇게 질문을 했어.

"여기 학비가 그렇게 ┉┉┉ 비싸다면, 제 학비는 누가 내는 거죠? 하겐 씨인가요?"

갑자기 노아 엄마가 넣어준 100유로*짜리 지폐를 내 짐 가방에서 찾아낸 게 떠올랐어. 더 이상 함께 살지 않아도 내가 어

* 우리 돈으로 약 66만 원.

딘가에서 잘 지내는 게 중요하다고 판단하신 걸까? 이 생각 때문에 아주 잠깐 동안 마음이 따뜻해지는 게 느껴졌어. 할바흐가 고개를 내젓기 전까지는.

"아니, 양부모님은 아니야. 넌 전액 장학생이란다. 네가 졸업 시험을 치르겠다고 한다면, 고등학교 졸업시험 때까지 장학금을 받는 거지. 그건 그렇고, 방금 한 욕은 50센트 벌금 또는 30분 가사 노동감이다." 교장은 노란 공책에 뭔가를 휘갈겨 쓰더니 빨간 안경 너머로 날 뚫어지게 쳐다봤어. "이따가 학교 관리인 아무트 씨에게 가서 말하도록 해라. 벌칙으로 무슨 일을 해야 하는지 그 사람이 말해줄 거다."

그렇지만 이젠 내가 더 궁금해졌어. "왜요?"

"왜냐하면 우리 학교에서 욕설은 왕따나 폭력과 마찬가지로 용납이 안 되는 행동이기 때문이야. 욕설은 사람을 거칠게 만들거든."

"아니, 제 말은 왜 제가 장학금을 받느냐고요."

교장이 나를 빤히 쳐다봤어. 마치 내가 던진 ~~━━━~~ 같은 농담을 전혀 이해 못했다는 듯이. 내가 다시 죽은 새 한 마리를 끌고 오기라도 한 것처럼.

"나도 그 이유를 알고 싶구나." 이렇게 중얼거렸지만, 그건 나한테 하는 말이 아니었어. 나도 이유를 모른다는 걸 교장도 이미 알고 있었으니까.

"여기는 모든 학생이 장학금을 받나요?"

"아니. 딱 두 명만. 그리고… 아니, 됐다. 참고로 네 시험 성적은 평균이었어." 내 서류철을 펼치면서 교장이 말했어. 그러니까 시험 성적은 교장이 기대했던 설명, 즉 내가 장학금을 받는 이유가 ░░░░ 한 천재여서라든가 하는 게 아니었다는 거지. "대체로 나이에 맞는 평균 성적이군. 수학은 제외하고." 교장이 다시 날 쳐다보았어. "이런 경우, 넌 에드문트-호어바스 선생이 맡고 있는 영재반에 들어가게 될 거다."

깜짝 놀랄 일은 아니었어. 그냥 뭔가 시도해볼 타이밍.

"할바흐 교장선생님…. 베를린 경찰이 제 핸드폰을 가져갔어요. 그러면서 그저 잠깐 동안만이라고 말했는데, 대체 언제까지…."

교장은 기다렸다는 듯 고개를 끄덕였어. "핸드폰에 대한 건 '교칙'에 나와 있단다. 학교에 처음 온 날 내가 너한테 줬었는데…."

그럼요. 교칙은 이미 ░░░░░ 다 외웠습죠. 《반지의 제왕》보다 더 길었던 교칙 말이죠! 난 교장을 계속 바라보면서 미소 짓기 위해 애썼어.

할바흐가 한숨을 내쉬었어. "핸드폰은 주말에만 허용되는데,

새로 온 기숙사생은 첫 6주 동안은 사용 불가다."

"! 도대체 이 무슨 ━━━, ━━━ ━━?"

난 불같이 화를 냈어. "전 가족한테 전화해야 한다고요!"

교장은 다시 노란 공책을 펼치더니 연필로 끼적거렸어. "자, 이것으로 벌금 3유로 또는 3시간 가사 노동이 된 거다."

"ⅣⅣⅣⅣⅣ!"

"3시간 반!"

귓속이 쇄쇄 거리기 시작했어. 나는 단테가 가르쳐준 코 호흡을 시도했어. 당장 ▨▨▨▨한 주둥이를 닥치지 않는다면,

삭스에서 내 남은 인생 동안 ▃▃▃▃▃ 감자 껍질만 벗겨야 할 테니까!

조금씩 코로 호흡하는 게 가능해졌어. 최근에 내가 얼마나 자주 핸드폰을 꺼내려고 했었는지, 그리고 그때마다 얼마나 실망했는지 생각하지 말자. 흔히 신체 절단수술을 받은 사람들이 수술 후에도 절단 부위에 계속 감각을 느끼는 것처럼, 내게는 핸드폰이 그랬어. 환상통 같은.

"아주 잠깐만요…, 네? 의붓 오빠가 메시지를 보냈는지만 확인해볼게요." 내가 듣기에도 너무 애걸하는 것 같아서 스스로에 대해 화가 치밀었지만, 달리 어쩔 도리가 없었어. "그냥 오빠가 잘 있는지 알고 싶어요. 그리고 오빠가…."

"가족들은 인터넷에서 얼마든지 삭스 연구소 연락처를 쉽게 찾을 수 있어. 마음만 먹으면 언제라도 너한테 연락할 수 있단 뜻이지." 교장이 쌀쌀맞게 내 말을 잘랐어.

대화는 끝났고, 나는 일어나 문 쪽으로 갔어.

"아 참, 엔니?"

난 다시 한 번 뒤돌아섰어.

"물론 현명하게 대처하리라 생각한다만, 그래도 너한테 미리 얘기하마. 새로 배정받은 방에 대한 어떤 헛소문도 믿지 말도록."

내 귀가 움찔했어. 이것도 보육원이나 그룹홈에서 빨리 배우는 것 중에 하난데, 만약 뭔가 소문이 난다면 소문 뒤에는 항상, ▨▨▨ 반드시 뭔가 있다는 거야!

"헛소문이라고요?" 내가 물었어.

교장은 파리를 쫓는 것처럼 손짓을 했어. "말도 안 되는, 유령이나 귀신이 출몰한다는 헛소리 말이다. 4층은 여태껏 사람이 살지 않았어. 보수공사도 아직 안 끝났고. 학생들은 그런 방을 두고 없는 이야기를 지어내는 걸 좋아하지. 다 허튼 소리야, 말했다시피."

"알았어요."

유령이라고? ▨▨▨ 유령이라니! 저 마녀 같은 할망구가 날 ▨▨▨ 귀신 방에 처넣었구나!

교장실 문을 열려고 하는 순간, 노크 소리가 들리고 문이 열렸어. 앞에 단테가 앉아있었어. '릴리스 발작' 사건 후로 단테와는 더 얘기하지 못했어.

교장이 일어섰어. "단테로구나." 나한테는 들려준 적 없는 목소리였어. 아마도 교장은 이 목소리를 특별히 값비싼 크리스마스 장식과 함께 상자에 보관할 것 같았어. "뭘 도와줄까?"

단테가 산봉우리가 반사된 회색 눈동자로 나를 바라보았어.

"▨▨▨" 단테가 욕을 했어. 그다음엔 할바흐 교장 쪽을 향하더니 상냥하게 웃으면서 부드럽게 덧붙였어. "〰〰〰!"

할바흐가 한숨을 쉬면서 노란 공책을 꺼냈어. "그냥 좋게 물어볼 수도 있었을 텐데. 한 시간 동안 잔디를 깎아도 되겠느냐고 말이다."

단테가 웃었어. 이를 다 드러내고.

와일드카드

동물원에서 2분 거리에 있는 그룹홈에서 살았던 적이 있어. 학교 가는 길에 울타리 너머로 야마와 가젤, 플라밍고를 보곤 했었지. 나한테는 그 동물들이 매번 대박이었어. 하지만 여자아이들 중에 한 명은 동물을 싫어했어. 유리 전시관에 있는 뱀을 보고 엄청난 공포에 사로잡힌 거야. 그 안에 비단뱀부터 코브라까지 거의 모든 종류의 뱀이 살고 있기 때문이었어.

"이해가 안 돼." 내가 말했어. "거긴 온통 ꟿꟿꟿ 한 우리로 막혀있고, 심지어 두꺼운 벽에 ▰▰▰ 한 짐승들로 사방이 둘러싸여 있잖아. 그리고 그런 집 안에 있는 또 하나의 유리로 된 우리에 뱀들은 갇혀있는 거라고. 설사 뱀이 우리를 탈출했다 해도 길을 건너오진 못할 거 아냐. 게다가 우리 집은 6층에 있으니, 뱀이 여기까지 못 올라오는 건 당연하잖아."

그 여자애는 내가 사람이 어떻게 물을 마시는지도 모른다는

듯 뜨악하게 날 쳐다보았어. "██████, 그런 건 어차피 하나
도 중요하지 않아!" 여자애가 씩씩거리며 말했어.

"뱀이 거기 있다는 걸 내가 알고 있잖아!"

학교 관리인 아흐멧 아무트를 만났을 때 이 뱀에 대한 기억
이 떠올랐어. 삭스에 온 첫날 저녁 식사 시간에 할바흐와 얘기
를 나누고 있던 저격수가 바로 아흐멧이었어.

그때 아흐멧은 창고 앞에 서서 두껍고 냄새가 지독한 여송연
꽁초를 피우고 있었어. 주위에는 그 냄새 말고도 더 깊이 스며
있는 다른 냄새가 있었는데, 그건 폭력과 감정이 메말라버린 딱
딱함, 잔인함, 그리고 고통의 냄새였어. 내가 아흐멧한테 두려
움을 느꼈다는 걸 말하고 싶은 게 아니야. 전혀 다른 얘기를 하
려는 거야. 아흐멧의 뱀은 아무것도 하지 않지만, 그럼에도 뱀
이 벽 너머에 있다는 걸 우리가 알고 있다는 거야.

비록 문신이기는 하지만 아흐멧은 정말로 팔에 뱀이 있었어.
그리고 용과 한자 문신도. 아흐멧은 소매 없는 흰색 러닝셔츠를
입고 있었기 때문에 멀리서부터 용과 한자를 볼 수 있었어. 또
문신 사이에 흉터가 있었어. 작고 둥글고 긴 흉터가 두꺼운 벌
레처럼 피부 위에 그어져 있었고, 목 위쪽까지 뻗어있었어. 그
리고 목에는 실패한 악당처럼 ██████한 넥타이가 대롱대롱 매
달려있었어.

아흐멧에게 넥타이에 대해 물어보려다가 문득 그런 내 자신 때문에 웃음이 나왔어. 수많은 문신에 대해서도 아니고, 숱한 흉터에 대해서도 아니고 고작 넥타이나 궁금해하다니.

단테가 곁눈질로 날 보더니 나랑 똑같이 웃었어.

"일을 구하게 되면 직장에서는 넥타이를 매기로 아빠랑 약속했었대." 아흐멧이 우리 목소리를 들을 수 있는 사정거리에 들어오기 바로 직전에 단테가 조용히 말해주었어.

"어이." 아흐멧이 단테를 먼저 알아보고 입을 움직이지 않은 채 미소 지으며 말했어. 그저 눈 바깥쪽 끝에만 잔주름이 생기는 미소였어. "벌칙을 얼마나 받았지?"

"✍ 그리고 〰〰." 단테가 말하자 아흐멧이 웃었어.

"그러니까 한 시간이군. 그 정도는 너끈히 일할 수 있도록 이미 기름을 채워놨지."

아흐멧이 나를 보았어. "이 와일드카드는 얼마나?"

"엔니는 세 시간 반이요. 얘는 저랑 같이 하면 돼요."

"그… 뭐라고?" 내가 물었어. "와일드 캣?"

그때 아흐멧이 내 쪽으로 반걸음 다가오자, 난 한 치도 물러서지 않기 위해 정신을 바짝 차렸어.

"나한텐 아직 네가 수수께끼투성이거든." 아흐멧이 낮은 목소리로 말했어.

아흐멧이 무섭지는 않았어. 하지만 경외심은 갖고 있었어. 사람들은 학교 관리인에게 이런 눈을 기대하지는 않아. 아흐멧의 눈은 방아쇠에 손가락을 걸고 있는 저격수의 망원조준경에서나 볼 법한 것이었어.

내가 수수께끼투성이라는 말이 뭘 뜻하는지 난 정확히 이해하지 못했어. 하지만 할바흐가 목구멍에 걸린 듯 께름칙하게 여겼던, 내 장학금과 관련이 있다는 것만은 확실했어. 난 턱을 앞쪽으로 쭉 내밀었어.

"당신은 날 알 필요가 전혀 없잖아?"

허세를 부린 거야. 내가 아흐멧을 경외의 눈길로 바라봤다는 바로 그 이유 때문이었어. 절대로 두려움을 보여주지 마라. 만약 위험이 진짜로 도사리고 있다면 더더욱.

아흐멧이 웃었어. 가슴 속에서 터져 나온 웃음이었어.

아흐멧과는 반대로 단테는 두 눈을 질끈 감았어. 차마 못 보겠다는 듯이. 그때 아흐멧이 내 등쪽으로 손을 뻗었던 거야. 기껏해야 어깨뼈 한두 개 부러지겠지 생각했는데, 아흐멧은 그냥 내 등을 툭툭 두드리기만 했어. 아마도 별 생각 없이 그렇게 한 것 같았어.

"네 말이 맞다." 아흐멧이 창고 문을 활짝 열면서 말했어. "계속 그렇게, 네가 하던 대로 하도록 해. 근데 네 머리카락 색깔 멋진데."

단테는 다시 눈을 떴고, 나를 아래서부터 올려다보더니 한쪽
눈썹을 약간 치켜올렸어. '진짜로?' 하고 단테가 소리 없이 물
었어. 난 어깨를 으쓱했어. 아무려면 어때. 우리는 서로를 보고
웃었어.

핑음을 내며 시동이 걸렸고, 아흐멧이 창고에서 작은 트랙
터를 후진시켰어. 이런 건 아직껏 본 적이 없었어. 그 물건에는
가죽 시트와 운전대가 있었고, 아마도 깎아낸 잔디를 담기 위한
거대한 통이 뒤에 달려있었어. 앞쪽에는 ▄▄▄한 불꽃이 그려
져 있었어. 트랙터는 헬리콥터 같은 소리를 내고 있었어.

"난 이걸 '모'라고 불러." 엔진 소음을 뚫고 단테가 소리쳤어.
"아흐멧이 손을 좀 봤지."

모는 잔디 깎는 트랙터였어. 단테가 두 가지 빠른 몸동작으
로 휠체어를 트랙터 앞바퀴 옆으로 후진시켰을 때, 난 아흐멧과
함께 운전석으로 단테를 들어 올려줘야 하나 생각하고 있었어.

단테는 운전대 쪽을 잡더니 힘들이지 않고 자신의 몸을 위로
끌어올렸어. 그게 어려운 일도 아니었던 것이, 단테 팔뚝은 내
허벅지보다 두꺼웠어. 그렇게 순식간에 운전석에 앉아 한쪽 다
리는 왼쪽에, 다른 한쪽은 오른쪽에 두고 있었어. 그리고 팔뚝
과는 비교되게 단테의 다리는 내 팔보다 두껍지 않았어.

그 사이 아흐멧은 단테의 휠체어에 앉아 그 자리에서 앞뒤로 운전을 해 보고 있었어. 단테의 반도 못 따라갔지만 나름 우아하게. 단테처럼 전혀 힘들이지 않고서.

단테가 날 보았어.

"올라타."

난 단테 뒤쪽에서 운전석으로 기어 올라갔어.

"근데 원래 이거 네가 운전해도 되는 거야?"

"아니." 단테가 대답했어. "원래는 아무도 운전하면 안 돼. 모를 몰 때는 시속 10킬로미터를 넘으면 안 되거든. 그래서 아흐멧이 소형 오토바이로 개조한 거야."

아흐멧이 단테를 노려보며 손가락을 입술 위에 얹었어.

단테는 거수경례를 하고 트랙터를 출발시켰어.

미친 듯이 질주하리라 기대했지만, 모는 통통 소리를 내며 천천히 호수 쪽으로 움직였어. 사람들 몇몇이 물가를 산책하고 있었어. 케이블카를 타고 올라왔거나 펜리스 숲을 지나온 관광객들 같았어.

호수 뒤에 자리한 언덕은 첫 번째 바위 꼭대기까지 높이 이어져 있었어. 초원의 꽃들은 파랑, 노랑, 흰색 점들과 함께 초록색 바다처럼 일렁였어. 우린 호수를 따라 나아갔어. 옅은 기름 냄새, 허브 냄새, 샴푸 향이 퍼졌어. 샴푸 향은 단테한테서 나는 거였어. 난 금발 머리를 그렇게 가까이에서 본 적이 없었어. 단테 머리카락은 한 올 한 올 황금색으로 반짝였어. 나는 머리카락을 만져보려고 손을 올렸다가 이내 관두었어. 이건 그냥 머리카락이다. 하지만 그게 단테 머리카락이라면.

━━━━ !

난 기숙학교 쪽으로 고개를 돌렸어. 공사를 위해 설치한 철제 구조물이 풍경을 조금 방해했지만, 삭스는 기숙사나 학교라기보다는 차라리 고급 호텔처럼 보였어. 건물이 호수에 비치면 정말이지 평화롭고 안락해 보였어. 여기서 가족들과 휴가를 보낼 수도 있었을 텐데. 배낭과 등산화가 있는 도보 여행.

━━━━ 쥐트티롤에서.

이 생각이 머릿속 노아 문을 열었어.

노아 가족이 이탈리아에 있는 동안 포장이사 회사는 베를린에 있는 노아네 집에서 박스에 짐을 포장하고 있을 거야. 여행에서 돌아오면 그 집은 더 이상 예전 같아 보이지 않겠지. 그리고 내가 살았던 8개월 동안에 대해 아무것도 기억하지 못할 거야. 흰 벽만 남은 텅 빈 내 방은, 그 후엔 아마도 노아를 그렇게까지 힘들게 만들진 않을 거야. 아니면 혹시 그럼에도 노아가 마음 아파할까? 문가에 서서, 책상에 앉아있던 내가 어떻게 뒤돌아서 자기를 보고 웃었는지를 그리게 될까?

단테가 트랙터 키를 돌리고 엔진을 멈췄을 때 머릿속 노아 문이 닫혔어. 소음 뒤에 갑자기 찾아온 정적으로 오히려 귀가 먹먹했어.

우린 언덕의 맨 꼭대기에 있었어. 위로는 산들이 삐죽삐죽 솟아올라 있었고, 발밑에는 호수와 기숙학교가 엎드려있었어. 만약 사람들이 날 여기로 끌고 왔기 때문에 몹시 화가 나지 않았다면, 삭스는 진짜 예쁜 곳이었을 거야. 난 이렇게 아름다운 곳에 와본 적이 없었어. 베를린의 티어가르텐 공원을 좋아하긴 하지만, 거기엔 산이 없어. 개미언덕 몇 개가 있을 수도 있지만 고작 그런 게 다였어. 또 티어가르텐 공원은 그렇

게 조용하지도 않지. 여기는 바람 소리만 들리고, 풀로 된 바다
가 넘실거릴 정도로 정말 고요했어.

"그러니까" 단테가 나를 향해 의자에서 몸을 돌려 말했어.
"넌 남자 형제가 있고, 남자 형제는 어떤 이유로 이탈리아로 갔
어. 그래서 넌 도망쳐서 걔를 찾고 싶은 거고."

난 눈을 몇 번 깜빡거렸어. 단테의 말 그대로라면, 그건 좀
~~우스꽝~~스럽게 들렸거든. 그런 까닭에 일단 아무 말도
하지 않았어.

"너보다 나이가 많아 아니면 어려?" 단테가 물었어.

"많아. 노아는 열다섯 살이야."

단테는 벌써 걱정된다는 표정이었어. 나는 단테가 뭔가 더
말하면 ~~반박~~ 반박해줄 생각이었어. 벌써 귀에서는 소리가
들리고 있었어. 하지만 단테는 더 이상 아무 말도 하지 않았어.

"정확히 어디 있는지 알고 있어?" 단테가 물었어.

"사람들이 내 핸드폰을 뺏어가 버렸어."

단테가 이해한다는 듯이 고개를 끄덕였어. "핸드폰은 모두
할바흐 사무실에 있어. 맨 위 책상 서랍 오른쪽에."

"~~열쇠가~~ 열쇠가 어디 있는지 혹시 알아?"

"아니, 하지만 열쇠를 딸 수 있는 사람을 알고 있지."

"아흐멧 아무트?"

단테가 웃었어. "그래. 하지만 난 가능하면 아흐멧한텐 부탁하지 않겠어. 어떻게 열쇠를 따는지 아흐멧이 보여준 사람이 한명 있긴 한데." 단테가 트랙터 열쇠를 손에서 놀렸어. "어떻게 갈 셈이야?" 단테가 낮은 소리로 물었어. "이탈리아로 가는 거말이야. 기차로? 히치하이킹?"

단순히 누군가를 관찰하고 그가 말하는 걸 듣는 것만으로 그 사람에 대해 모든 걸 알 수는 없어. 그렇게는 아무도 못해. 어떤 사람을 판단한다는 건 어느 정도는 항상 자기 자신과 하는 일종의 내기 같은 거야. 그건 암을 유발하는 방사선을 방출하는 공항의 스캐너 같은 거야. 스캐너 옆 모니터 앞에 한 사람이 앉아있고, 그 모니터를 통해 유리로 된 통 안에 서있는 사람들을 들여다보면 총 같은 것이 있는 데는 붉은색으로 번쩍여. 그렇지만 대부분은 총이 아니고, 피하지방이거나 셔츠 주름일 뿐이야.

난 이런 스캐너를 갖고 있어. 하지만 내 건 성능이 더 좋아. 사람을 딱 보면 1분 만에 어디가 붉은색으로 번쩍일지 알아. 사람들이 날 좋아하게 만들기 위해 내가 해야 하는 말, 사람들이 자제력을 잃게 만들기 위해 내가 해야 하는 말도…. 나는 내기를 하면 거의 대부분 내가 이겼어. 확신하지 못했던 딱 한 번을 제외하고는.

"난 릴리스를 믿었어." 이 말을 하는데 정말 ~~너무~~ 창피했어. "그 아이를 완전히 믿은 건 아니었지만, 걔가 날 배신하리라고는 생각도 못했어."

단테가 흥미롭다는 듯 나를 봤어. 단테 눈이 뒤에 서있는 단단한 회색 바위 같았어. 단테는 내 말 뜻을 정확히 이해했어. 단테 역시 스캐너를 가지고 있고, 자주 내기에서 이기는 게 틀림없었어. 그렇기 때문에 이 순간 우린 둘 다 문을 열었어.

"내 생각에, 그건 릴리스가 시각장애인이기 때문이야." 단테가 천천히 말했어.

뭔가 가슴 속에서 날개 치며 날아오르는 것 같은 느낌이 들었어. 지금껏 자고 있던 어떤 새 한 마리가. 단테는 이 문제에 대해 단 한 번도 다른 사람과 얘기해보지 않은 게 분명했어. 내기할 테면 해봐, 내가 이긴다고 장담한다. 그리고 그건 나도 마찬가지였어. ɯɯɯɯɯ, 사이코끼리는 서로를 알아보는 법이지!

"릴리스는 놀랐을 때나 슬플 때, 혹은 심심할 때 자기 표정이 어떤지 몰라." 단테는 계속 자기 생각을 이어갔어. "그래서 더 의식하면서 얼굴의 감정 표현에 주의를 기울이는 거야. 그렇기 때문에 릴리스의 표정을 읽기가 어려운 거고." 단테가 생각을 접고 날 보고 웃었어. "우린 모두 릴리스한테 이미 한 번씩은 다 속아 넘어갔어."

"하지만 왜 그런 짓을 하는 거지? 내 말은 그러니까, 날 배신

해서 릴리스가 얻는 건 하나도 없지 않느냐는 거야."

"내 생각에, 릴리스는 그냥 ▬▬▬이야!" 단테가 말했어.
"그리고 우연히 시각장애인 ▰▰▰인 거고."

"있을 수 있는 일이지. 단지 천사처럼 보이고 시각장애인이
기 때문에 그 사람은 착할 거라는 ▰▰▰ 재수 없는 선입견. 어
쩌면 그렇기 때문에 릴리스가 일부러 그랬는지도 모르고."

우리는 서로를 잠시 동안 그냥 바라보았어. 왜냐하면 그게
사실이라 해도 해결되는 문제는 아무것도 없었거든. 적어도 내
가 왜 단테를 믿어야만 하는가라는 질문에 대한 답은 아니었지.

그러고 나서 단테는 자기 상자를 열었어. 특별히 값비싼 크
리스마스 장식과 함께 상자 속에 넣어둔 무언가를 내가 들여다
볼 수 있게 해주었어.

"내겐 이복 여동생이 있어. 이름은 마리. 마리는 우리 엄마랑
마리 아빠랑 여기서 20킬로미터 떨어진 곳에서 함께 살아. 매
월 둘째 일요일에 엄마가 나를 보러 오지. 가끔은 여동생도 같
이 오고. 마리의 아빠는 멍청한 ▰▰▰▰인데, 지금까지 반 년
이상 같은 직업을 가져본 적이 없어. 마리 아빠는 날 좋아하지
않아. 게다가 늘 담배랑 맥주 냄새에 절어있지. 그치만 최소한
그 사람은 집에 있어, 자기 딸이랑 같이. 우리 아빠랑은 다르게
말이야. 난 ▰▰▰▰ 아빠 이름도 몰라."

슬픔이나 분노 없이, 완전 무덤덤하게 단테가 말했어. 하지만 그 건조함 때문에 얼마나 큰 슬픔과 분노가 그 안에 숨어있는지 알 수 있었어. 벽 뒤 어딘가에 있을 아흐멧의 뱀처럼.

나는 가슴 속 상자가 없었어. 있다 해도 신발 상자보다 크지 않았어. 하지만 나 역시 단테에게 꺼내 보여줄 수 있는 슬픔과 분노를 간직하고 있었어.

"난 이탈리아에 안 가." 내가 말했어. "스위스로 갈 거야. 노아는 부모님과 함께 스위스로 이사 가거든."

"스위스는 가기가 더 어려울 텐데."

"맞아. 그래서 실은 나 혼자서는 해낼 수 없어."

그다음 나는 단테에게 내 계획을 말해주었어. 또 노아에 대해서도. 작은 유리 조각들이 기억 속에 섞여있는 것처럼 노아에 대해 이야기하면 마음이 아파왔어. 하지만 단테가 귀 기울여 듣고 있었어. 단테가 뭔가 얘기하지 않을까 몇 번 생각했지만 그 아이는 계속 듣기만 했어.

"… 난 작별 인사를 할 수 없었어." 마침내 내가 말했어. "그랬다면 아마 모두에게 너무 힘든 일이 됐겠지."

단테가 돌아서더니 아래쪽 기숙학교를 내려다보았어. 왜 내가 여기서 그토록 나가고 싶어 하는지가 궁금하겠지. 그때 단테의 아래턱에 경련이 일고 간신히 호흡하고 있는 걸 보았어. 뭔가 말하고 싶은 걸 참느라 싸우고 있는 것 같았어. 그리고 단테는 마침내 이겼어.

단테는… 화가 난 걸까? 아니면 실망? 그걸 깨닫는 순간 갑자기 가슴 속에 고드름이 돋는 느낌이 들었어.

"너희들, 그래서 어떻게 할 건데?" 단테가 차갑게 물었어. "노아는 부모님한테서, 그리고 넌 여기서 도망친 후에는? 숲속에 오두막을 짓고 밤이나 산딸기를 모을 거야? 아니면 산속에서 염소라도 키울 거니? 대체 그다음 계획이 뭔데?"

좀 전에 내가 마음의 ~~쇠사슬~~ 쇠사슬 갑옷을 벗지 않았더라면 맞닥뜨리지 않았을 상황이었어. 대답할 때의 목소리가 텅 빈 것처럼 들릴 정도로 난 심하게 상처받았어. "그게 너랑 무슨 상관인데?"

영원 같은 짧은 침묵이 흘렀어.

"좋아, 오케이." 뭔가를 놓아버린 것처럼 한층 가벼워진 목소리로 단테가 말했어.

"다른 애들이랑 이야기해볼게. 네가 도망가는 걸 돕고 너무 빨리 들키지 않도록 준비하지. 돈은 갖고 있니?"

난 어깨를 으쓱하며 고개를 끄덕였어. 100유로. 그건 내가 여태껏 한 번도 받아본 적 없는 큰돈이었어. 그리고 너무 적은 돈이기도 했어. 스위스까지 가기엔. 하지만 돈에 대해서 더 이상 설명하지 않았어. 난 다시 쇠사슬 갑옷을 입었으니까.

단테가 뒤에 서있는 바위처럼 차갑고 쌀쌀맞은 눈으로 나를 봤어. "대신 한 가지 조건이 있어."

당연히 그렇겠지. 거래할 땐 누구나 ▰▰▰▰ 같은 조건을 내거니까.

"뭔데?"

단테가 바위 같은 눈을 반짝이며 나를 보고 웃었어. "우리가 도망가는 걸 네가 먼저 도와야 해."

예전에 물침대에서 자본 적이 있는데, 몸의 방향을 바꿀 때마다 난 거의 토할 뻔했어. 잠을 자든가 수영을 하든가 해야 하는데, 둘 다를 동시에 하는 건 진짜 ▰▰▰ 정상이 아니었어. 근데 방금 난 물침대에서 몸을 돌린 것 같은 기분을 느꼈어.

"너도 도망칠 거야?"

"응, 카란과 루키, 그리고 마티스도." 단테가 말했어. "더 설명하기 전에 걔네들이랑 먼저 얘기해봐야 해. 근데 우리 잔디 깎기 벌칙 시간이 끝났어."

창고로 돌아왔을 때, 아흐멧은 벌써 우리를 기다리고 있었어. 단테의 휠체어에 앉아 새 여송연을 입가에 빼문 채로.

"여기요." 단테가 시동을 끄자 아흐멧이 말했어. "수고했다."

트랙터에서 내려 돌아서자 허리 높이로 자란 풀밭 사이로 새로 난 길이 보였어. 그 길은 호숫가를 따라 이어지다가 언덕으로 올라간 다음 내리막으로 이어졌어. 마치 거꾸로 된 'R'자 모양의 도로처럼 보였어.

"고마워." 단테가 말했어. "우리 정말 열심히 일했네." 단테가 아흐멧과 자리를 바꿨어. 아까처럼 똑같이 힘 들이지 않고. 아흐멧은 손가락 하나 움직이지 않았어. 아흐멧은 나도 그렇고 단테 역시도 도움이 필요 없다고 생각하는 것 같았어.

"엔니, 저기서 누가 널 기다리고 있는 것 같은데." 단테가 기숙학교 쪽을 보면서 말했어.

루키가 야생화를 뿌리째 뽑아 꽃다발을 만들어 손에 쥐고 앞니 빠진 웃음을 짓고 있었어. 내가 쳐다본다는 걸 알고 루키가 꽃다발과 함께 손을 흔들자, 뿌리에 달린 흙이 머리 위로 우수수 떨어져 내렸어. 오, █████!

단테는 내 쪽은 돌아보지도 않고 학교로 곧장 가버렸어. 상관없었어. 난 지금 온몸을 ══════ 쇠갑옷으로 둘러쌌으니까.

그때 아흐멧에게 뭔가 더 물어보고 싶었던 게 떠올랐어.

"아까 왜 저한테 와일드캣이라고 했어요? 그게 무슨 뜻이죠?" 나는 창고 문을 닫고 있는 아흐멧에게 물었어.

아흐멧은 잠깐 생각했어. 아마도 대답하고 싶지 않은 모양이었어. 하지만 곧 한쪽 어깨를 으쓱하며 말했어.

135

"와일드 캣이 아니고 와일드카드. 이건 스포츠 용어야. 시합에 낄 자격이 없는데도, 어떤 이유에서든 함께 시합할 자격을 얻은 사람을 말해. 포커 게임에서는 원래 손에 쥐고 있으면 안 되는 한 장의 카드를 의미하고."

내가 뭔가를 말하기 전에 아흐멧이 바로 조용히 덧붙였어. "이봐, 꼬마. 내 말 잘 들어. 단테 말이다…, 누구나 걔한테 쉽게 마음이 기운다는 건 나도 안다. 단테 같은 종류의 인간은 세상에 많지 않지. 그 아이는 다른 애들보다 특별히 빛나. 음…, 어떻게 해도 숨길 수가 없지. 하지만 말이다, 만약 할 수만 있다면 단테한테 너무 의존하지는 마. 어디에나 그늘은 있는 법이야. 단테한테도. 그러니 거리를 유지하도록 해. 이게 모두를 위해 더 나은 거야. 내 말 명심해."

아, 〰〰〰 눈물 나게 고맙네요. 저도 이미 알고 있거든요.

그건 그렇고 〰〰〰, 이 인간이 엉뚱하게 첫 테이프를 끊었잖아! 와우, 기꺼이 박수를 보내주고 싶다! 아흐멧은 내 인생 최초로 내게 다른 사람에 대해 조심하라고 경고해준 사람이었어. 다른 사람에게 나를 조심하라고 경고하는 게 아니라.

유령이 나오는 방

　물론 세상에 ▨▨▨▨한 유령은 없어. 투명하게 둥실둥실 떠다니면서 히히 소리를 내고 사슬을 끌고 다니는 그딴 건 없다고. 나도 알고는 있지만, 그런다고 뭔가가 내 방 안 어둠 속에서 바스락거리고 있다는 사실이 바뀌진 않아. ▬▬▬▬!

　루키 엄마와 루키가 새로 배정받은 4층 방을 처음 보여줬을 땐 얼핏 모든 게 좋아 보였어. 바깥은 이미 어두워졌고, 그 방에 딱 하나밖에 없는 창문, 그것도 비스듬히 지붕에 난 창문 밖에는 헤아릴 수 없이 많은 별이 빛나고 있었어.

　복도에 있는 전등은 고장 나 있었고, 전등이 있던 자리엔 그냥 천장과 벽에 있는 구멍에서 삐져나온 전깃줄만 매달려있었어. 그래서 루키 엄마는 손전등을 가지고 왔어. 큰 사다리가 곳곳에 세워져 있고, 통로에는 문 대용으로 두꺼운 비닐이 불규칙한 간격으로 걸려있었는데, 앞으로 나아가려면 계속 두꺼운 비닐을 옆으로 밀쳐야만 했어. ~~//////~~, 완전 무서웠어!

전깃줄을 감아놓은 나무통이나 페인트 통에 걸려 난 계속 넘어졌어. 여기저기서 비닐 문들은 바람에 펄럭거렸어. 아마도 어딘가 유리창이 깨진 것 같았어.

"여기 있으면 진짜 죽을 수도 있을 것 같은데." 루키 엄마가 투덜거렸고, 루키는 내 손을 잡았어. 짐작컨대 나를 보호하거나 아니면 자기가 겁에 질려서 그런 것 같았어. 루키 엄마는 만약을 위해 우유 1리터와 초코 쿠키를 가지고 왔어. 내가 혼자 4층에서 굶어죽지 않도록 하기 위해서였어.

"이런 방에서 사는 거, 정말 괜찮은 거니?" 루키 엄마가 물었어. "다른 애들이랑 바꿔달라고 부탁해볼 수도 있어."

그건 상황을 더 악화시킬 게 분명했어. 그렇게 되면 난 기숙학교에서 ~~======~~ 겁쟁이가 될 테니까. 그밖에도 독방 덕분에 한 가지 문제를 해결할 수 있었는데, 그건 바로 내가 침대에 없더라도 대개 다음 날 아침까지는 아무도 모르기 때문에 누구도 경보를 울리지 않을 거라는 사실이었어.

"괜찮아요." 내가 대답했어. "아직 한 번도 한 층 전체를 독차지해본 적은 없거든요."

"여긴 근데 유령이 나타나잖아." 미심쩍어하면서 루키가 말했어. "왜냐면 마고랑 루벤이 말했어, 여자…."

"그만!" 루키 엄마가 화를 내며 아들의 말을 잘랐어. "무서운 이야기는 굳이 엔니한테 안 해도 되거든."

손전등 불빛이 비닐 문과 페인트칠이 벗겨진 벽 위, 시멘트 자루와 무거운 공구 상자 위를 미끄러져 움직였어. ▨▨▨, 서서히 뭔가 차오르기 시작했어.

"하지만 걔네들 전부 이상한 소리를 들었대." 루키도 굽히지 않았어. "지어낸 거 아냐!"

"루키!" 엄마가 아들에게 경고했어.

"도대체 뭘 들었는데?" 내가 물었어.

그때 루키는 아주 정확히는 모르고 있었어.

하지만 〰〰〰 어둠 속에서 침대에 누웠을 때, 나는 다른 아이들이 들었다는 소리가 불규칙하게 똑딱거리는 소리와 뭔가 긁히는 소리, 질질 끄는 소리라는 걸 확신할 수 있었어. 왜냐하면 10분 전부터 내가 듣고 있는 게 정확히 그런 소리들이기 때문이었어. ▅▅▅▅▅!

나는 조각된 침대 다리와 지붕이 있는, 거대한 구식 나무 침대에 누워있었어. 침대 모서리에는 노인 냄새가 나는 무거운 파란색 커튼이 걸려있었는데, 그건 마치 ▅▅▅▅▅ 중세 시대 것처럼 보였어. ▨▨▨! 〰〰〰〰〰!! 족히 열두 명의 기사들이 여기서 살다가 죽어나간 것 같았어. 릴리스의 방은 하얀색 가구와 연한 노란색 커튼이 걸려있었어. 고장 안 난 콘센트와 전등에, 벽은 노란색으로 칠해져 있었어.

새 방에는 전기 콘센트가 두 개 있었어. 하나에는 책상 스탠드 코드가 꽂혀있었어. 다른 하나는 침대 옆에 있는 전등 코드를 꽂으려고 했을 때 봤더니 망가져 있었어. 뿐만 아니라 사방 벽에 각기 다른 벽지가 발라져 있었는데, 처음 본 벽지가 그다음에 본 벽지보다 훨씬 ~~~~~~ 흉측했어. 그러니까 한쪽 벽지엔 밀림 속 꽃들이 구불구불 뻗어있었고, 다음 벽지에는 사자와 호랑이, 원숭이들이 집채만 한 코끼리 위에 앉아있었어. 또 다른 쪽에는 한 번 보게 되면 ━━━━━ 눈이 빙글빙글 도는 기하학적 무늬가, 나머지 벽에는 비둘기가 그려져 있었는데 어쩐지 새들이 서로를 향해 날고 있는 것 같았어. 아무튼 오래 쳐다보면 ~~~~~ 혼수상태에 빠지고 말 것 같은 벽지였어, 제기랄! 이 정도면 앞 못 보는 사람을 위한 완벽한 방 아닌가. 혹시 릴리스가 방을 바꿔주려나?

대략 10분쯤 지난 뒤로는 아예 벽지를 볼 수도 없었어. 왜냐하면 대박 오래된 책상 위에 있는 대박 오래된 스탠드의 ~~~~~ 오래된 전구가 고장 났거든. 그리고 보아하니 바로 이때가 방 안의 진짜 ~~~~ 유령이 깨어나는 순간이었어. 벽지 안 짐승들이 살아 움직이는 것도 충분히 가능할 것 같았어. 아

니면 ━━━ 벽지 속 식물들이 침대를 마구 휘감고 구불대거
나. 어쨌거나 난 아무것도 볼 수가 없으니. 〰〰!

　내가 불변의 법칙이 정해져있는 수학을 좋아하는 이유가 바
로 이런 것 때문이었어. 수학에서는 공식을 지키면 아무 일도
일어나지 않아. 수학은 도박이 아니니까. 논리적이기만 하면 수
학에서는 항상 이긴다고.

노아네 집에 들어가기 전 마지막 보육원에서 스무 명의 보육원생들과 함께 게임을 한 적이 있었어. '베를린-말스도르프'란 게임인데, 동네에 있는 이 집 저 집을 돌아다니면서 초인종을 누른 후, 뭔가를 교환하자고 집주인에게 부탁해야 하는 게임이었어. 우린 50센트로 게임을 시작했어. 그걸 주면 그 대신 이웃 사람들은 뭔가 다른 걸 내주어야 했어. 그러면 우린 그다음 집에 가서는 다시 다른 것과 바꾸는 거지. 마지막에는 모두 모여서 각자 특별히 길이가 긴 물건을 꺼내 보이는데, 이때 제일 긴 물건을 가지고 있는 사람이 이기는 게임이었어.

나는 게임에 전혀 흥미가 없었어. 별 의욕은 없었지만 그래도 같이 했고, 도중에 다른 아이들 중 한 명이 스카프를 손에 넣는 걸 보게 됐어. ▄▄▄, 진짜 기분 좋으시겠어요!

▰▰▰, 완전 대박! 부러워서 숨넘어갈 지경이었어. 그래서 나는 다음 집인 술집에 들어가서 화장실 좀 써도 되냐고 물어본 후에 화장실 휴지를 훔쳤어.

두 시간 뒤, 모두들 줄넘기, 전기 연장전선, 스타킹 등 자기가 바꿔온 긴 물건들을 비교하기 위해 꺼내놓았어. 각자 물건의 길이를 재기 시작했을 때, 난 인도에 서서 화장실 휴지의 끝을 잡고 힘껏 굴렸어. 휴지는 굴러가고 또 굴러가더니 우리가 볼 수 없는 데까지 굴러가서 길고 하얀 줄을 뒤에 남겼어. 와, 내가 이겼다! 그치? 아니, ━━━━, 틀렸어!

아이들은 날 실격시켰어. 절도가 실격 사유는 아니었어. 그게 훔친 휴지인 줄 아무도 몰랐기 때문이야. 그게 아니라 "화장실 휴지는 쳐줄 수 없다"는 거였어. 진짜로? ━━━ 진심?

이런 일은 수학에서는 일어나지 않아. 5 곱하기 2는 10이야. 그리고 어떤 ━━━도 "아니, 10은 안 쳐줘!"라고 말하지 않아. 그게 수학이라고.

자, 물론 나는 ━━━한 유령은 없다는 걸 알고 있어. 그러나 이 사실은 침대에 누워있는 순간엔 1도 도움이 안 됐어. 뭔가가 이 방 안에 있고, 그 뭔가는 어두워지면 밖으로 기어 나오니까.

"세상에 ━━━한 유령은 없어, 이 ━━━야!" 내가 소리쳤어. 그 즉시 창밖에서 어떤 소리가 들렸어.

"알려줘서 고마워."

그건 사람의 목소리였어.

신발 상자 속 내 전부

, 마비될 뻔한 심장을 진정시키는 데 정신을 팔지 않았더라면, 난 그 목소리가 단테라는 걸 금방 알았을 거야.

하지만 귓속은 쇄쇄 거렸고 심장은 티어가르텐 공원의 작은 토끼 앞에서처럼 쿵쾅쿵쾅 뛰고 있었어. 그러는 바람에 생각이 멈춰버렸어. 난 이성을 잃고 창가의 유령을 향해 돌진했어. 있는 힘을 다해 유령과 격돌했을 때도 이건 유령이 아니라는 생각은 전혀 하지 못했어. 유령이라면 몸뚱어리 없이 이리저리 떠다녀야 하잖아. 그런데 어라? 이 한 유령은 떠다니지 않았는데도 난 아무 생각 없었던 거야.

단테가 쉰 목소리로 비명을 한 번 지르더니 창문에서 뒤로 나가 떨어졌어. 그러면서 지붕에 있던 널빤지가 미끄러져 떨어졌고, 곧 땅바닥에 부딪치는 소리가 들렸어.

"미쳤어?" 단테가 소리쳤어. "너, 나 죽이고 싶어서 그래?"

창문으로 머리를 내밀어 보니, 달빛 속에서 단테가 지붕에서 한참 떨어진 곳에서 철제 구조물을 한 손으로 잡고 있는 게 보였어. 바닥에 떨어져 으깨진 죽처럼 되기 일보직전에 멈춘 거였어. 내가 낮에 토했던 목재 발코니까지는 팔 하나 길이밖에 떨어져 있지 않았어.

"단테니?"

"~~XXXX~~, 너 돌았어? 너 때문에 이 ═══════ 철제 구조물이 휘어졌잖아. 이러면 내가 더 이상 네 방 창문으로 못 들어간다고!"

손전등으로 밖을 비춰 보았어. 단테 말이 맞았어. 철제 구조물이 눈에 띄게 바깥쪽으로 비틀려 있었어. 그 전에는 내 방 창턱에 다리를 얹을 수 있을 때까지 철제 구조물에 가로질러 있는 쇠막대를 잡고 몸을 흔들어 움직일 수 있었을 거야. 그런데 이젠 그게 불가능해졌어.

~~WWWW~~ 소음 때문에 뭔가 쓸만한 물건을 생각해내기가 어려웠어. 뭔가 기다란 것! 휘어진 철제 구조물을 다시 벽 쪽으로 당기려면 뭔가 긴 것이 필요했어. 그리고 이번엔 ~~WWWWW~~ 화장실 휴지는 전혀 쓸모가 없었어.

내 방 바깥 복도에는 전깃줄이 감긴 나무통이 있었어. 30초 뒤, 나는 창문에 기대어 오렌지색 전깃줄을 철제 구조물에 매

달려있는 단테 팔 옆으로 던지고 전깃줄을 침대 다리에 감은 후 잡아당기기 시작했어. 먼저 ///////// 침대가 창문이 있는 벽에 가서 세게 부딪쳤고, 그다음엔 나를 거세게 잡아당겼어. 하지만 나는 구부러진 쇠막대에서 나는 소리를 들으면서 전깃줄을 계속 잡아당겼어. 그런 다음 손전등으로 창밖을 비춰 보니, 흔들리는 손전등 불빛 아래 단테가 쇠막대를 잡고 앞뒤로 몸을 흔들기 시작하는 게 보였어.

내 방 문 앞에서 움직이는 누군가의 발자국 소리가 났어. 그때 창문을 향해 도약하던 단테의 발이 맨 먼저 들어왔고, 단테가 도약 중간에 손을 놓고 마침내 창문을 통해 내 방으로 날아들어왔을 때, 귓속 소음은 ▬▬▬한 해일로 변해있었어.

단테는 매트리스 위에 착륙했고 그 즉시 몸을 옆으로 굴러 나무 침대 밑으로 들어갔어.

동시에 방문이 열렸어.

너무 많은 전등 불빛이 때문에 눈이 부신 나머지, 누구인지 알 수 없었어.

"무슨 일이냐?" 아흐멧 아무트가 떨리는 목소리로 물었어. "강도냐?"

단테가 죽지 않고 무사히 들어온 이후로 귓속 소음은 줄어들었어. 덕분에 생각하는 게 좀 더 수월해졌어.

"아무것도 아니에요." 나는 웃으려고 애썼어. "그냥 침대를 창가로 밀려고 했던 거예요. 너무 더워서."

눈으로 볼 수는 없었지만 아흐멧 아무트가 나를 𝒎𝒎𝒎𝒎한 사이코처럼 쳐다보는 게 느껴졌어. 누군가 전등 스위치를 이리저리 눌러보았어.

"전등이 왜 안 켜지지?" 할바흐였어.

"왜냐면 여기 꼭대기 층은 ▬▬▬ 공사 중이니까요!"

이번에는 요리사 루이자였어. "하여간 여기서는 어떤 학생도

147

재울 수 없어요. 이젠 제가 얘를 데려가겠어요. 오늘 밤 엔니는 우리 집에서 잘 거예요."

아흐멧이 쿵쿵거리며 방을 돌아다니다가, 책상 스탠드의 고장 난 전구를 빼고 대신 샹들리에서 빼낸 전구를 끼워 넣었어. 대번에 주위가 밝아지면서 또 먼지 타는 듯한 냄새가 희미하게 났어. 할바흐는 긴 목욕 가운을 걸치고 있었어. 안경과 화장기가 없는 할바흐는 완전 겁먹어 움츠러든 것처럼 보였어. 그 옆에 있는 루키 엄마는 평소와 똑같았지만 뭣 때문인지 우산을 하나 들고 있었는데, 아마도 무기로 쓸 작정이었던 것 같았어. 그리고 아흐멧은 의심의 눈초리로 날 바라보고 있었어.

"아뇨." 내가 재빨리 대답했어. "안 갈래요. 전 이 방이 마음에 들거든요. 여긴 모든 게 ~~~~ 끝내줘요!"

할바흐가 한숨을 쉬었어. "30분 가사 노동 추가."

아흐멧은 창가로 가서 전깃줄을 보더니 나를 보면서 눈썹을 치켜올렸어. 나는 아흐멧을 향해 웃으면서 어깨를 으쓱했어. 아흐멧의 시선은 전깃줄을 따라 침대 다리까지 옮겨갔어. 그러고는 무릎을 꿇더니 침대 밑을 살폈어.

아, ~~~~! ~~~~ 됐다!

1초가 끝도 없이 천천히 흘러갔어. 할바흐가 루키 엄마에게 뭔가 말했는데, 소음 때문에 그 소리는 듣지 못했어. 내겐 무릎을 꿇고 침대 아래를 보고 있는 아흐멧만 보였어. 만약 아흐멧이 여기서 뭐하냐고 물을 경우, 단테가 뭐라고 대답할지 짐작조차 할 수 없었어. 이제 어떻게 될까? 아, 이렇게나 빨리? 그럼 난 벌을 받을 거야. 항상 나야, ~~~~한 벌을 받는 건.

"다음에 가구를 옮길 땐 낮 시간에 하도록." 아흐멧이 사무적으로 말했어. "3층에서는 네가 여기서 자동차라도 폐차시키는 것처럼 들려." 표정으로는 아흐멧이 단테를 봤는지 어쨌는지 전혀 알 수 없었어. 하지만 단테를 볼 수밖에 없었을 거야, 안 그래?

아흐멧이 문 쪽으로 가자, 두 여자가 당황하며 아흐멧을 쳐다봤어. "어떻게? 그게 다예요?" 루키 엄마가 물었어. "이 아이를 여기 그냥 혼자 놔둘 거예요? 유령 하고 같이?"

난 큰 소리로 하품을 했어. 나름대로는 ══════ 대범한 연기였어! "▨▨▨ 피곤하네요. 여기서 그냥 잘래요."

할바흐가 "30분 가사 노동 또 한 번 추가."라고 말했어. "이젠 정말로 그만, 엔니!"

그때 침대 밑에서 마른 숨을 헐떡이는 소리 같은 게 들렸어. 이거 실화임? 이 ▨▨가 숨어있다 말고 웃는다고?

할바흐는 내 방을 둘러보았어. 최소한 교장은 아직도 의심을 거두지 않고 있었어. 하지만 아무것도 찾지 못했어, 나 말고는. 그리고 이 사실은 교장을 충분히 짜증나게 만들었어. 교장은 아직도 고양이가 집으로 뭘 끌고 들어왔는지 모르고 있었어.

루키 엄마가 다가오더니 두 팔로 나를 안았어. 밀쳐내고 싶은 충동을 참아야 할 만큼 너무나 갑작스럽게. ▨▨▨▨, 누가 날 안아준 게 언제가 마지막이었더라? 나는 그 순간 나를 간질이면서 웃던 엄마를 눈앞에서 보고 있었어. 목마를 태워주던 아빠도. 즉시 그 문들을 다시 닫고 옛 생각에서 빠져나왔어.

루키 엄마가 날 보며 한숨을 쉬었어. "아가, 그럼 잘 자라! 그리고 무슨 일이 생기면 2층에 있는 나한테로 와. 문에 루이자 크레빅이라고 쓰여 있어. 그냥 초인종 눌러, 밤이 늦었더라도 상관하지 말고. 알았지?"

난 고개를 끄덕였어.

문에서 아흐멧은 다시 한 번 뒤돌아서더니 여전히 뭔가를 찾듯이 방 안을 둘러보았어. 그러고 나서 나를 쳐다보았어. ━━━, 의문 하나를 해결하지 못한 것 같았어. 아! 휠체어. 아흐멧은 단테를 봤고, 당연히 휠체어를 어디에 뒀는지 궁금했던 거야! 난 거의 웃음을 터트릴 뻔했어.

▨▨▨, 어떤 미친 ▨▨가 건물 바깥 공사용 철제 구조물을 기어오른다는 생각은 실제로 아무도 하지 못했을 거야. 도대체 누가 그런 짓을 하겠어?

나는 천진한 표정으로 아흐멧을 쳐다봤어. 이런 건 내가 잘할 수 있지. 아흐멧이 살짝 미소 짓더니 거의 눈에 띄지 않을 정도로 고개를 끄덕인 후 방을 떠났어. 밖에서는 아직 사람들 목소리가 들려왔어.

난 기다렸어. 1분. 2분. 그다음, 마지막 사람이 얼마나 조용히 발을 끌며 사라지는지를 들었어. 할바흐일 게 분명했어. 내기해도 좋아. 무조건 내가 이길 거다! 할바흐는 사람들이 떠난 즉시 내가 비밀을 누설할 정도로 멍청한지 아닌지 문 앞에서 기다린 거야. 흥, 아니거든요, 아줌마! 나한텐 안 통한다고요!

"이젠 괜찮아, 나와도 돼." 내가 속삭이자, 단테는 침대 밑에

151

서 밖으로 몸을 밀었어. 처음엔 단테가 어디 아픈가 보다 생각했어. 그러다 웃고 있다는 걸 알았어. 단테는 간신히 숨 쉴 수 있을 정도로 심하게 웃어댔어.

"넌 ~~━━━━~~ 미친 ~~━━━━~~야!" 내가 씩씩거리며 화를 냈어. "그게 뭐하는 짓이야? 너 정말 ~~⦀⦀⦀⦀⦀⦀~~ 저 세상으로 가고 싶어? 왜 이런 짓을 하는 건데?"

단테가 침대 다리에 기대더니, 콜록대며 눈가를 훔쳤어. 나도 단테 옆 바닥에 앉았어. 단테가 무슨 말이라도 하려면 시간이 더 필요해 보였어. 난 팔꿈치로 단테 옆구리를 쳤어.

"야!" 단테가 소리치더니 내 팔을 꽉 잡았어. "아무도 병신을 때리진 않아!"

"병신이란 말, 쓰는 거 아냐!"

단테가 요란하게 웃었어. "아하, 여기서 선을 그으시겠다? 넌 방금 군부대를 슬그머니 내보내려고 애를 썼지. 심지어 그것 때문에 벌칙을 두 개나 받고 말이야."

이번에는 다른 팔로 단테 옆구리를 찔렀어. "도대체 무슨 ~~━━━━~~ 소리를 하는 거야? 왜 한밤중에 스파이더맨 놀이를 했던 건데?"

단테는 어깨를 으쓱했어. "구조물은 벌써 몇 년째 거기 서있던 거야. 일하는 사람은 오랫동안 본 적도 없고. 아마 돈이 다

떨어졌나보지. 아무도 안 쓰면 그것도 어차피 낭비라고."

"넌 하마터면 떨어져 죽을 뻔 했다고, ▬▬ ⋙⋙⋙!"

단테가 웃었어. "이런 경우 다른 애들은 아무도 날 창밖으로 밀치지 않아." 단테가 또 웃었어. "어쨌거나 너도 내가 유령이라고 생각한 거잖아."

나는 작은 장롱 위에 루키 엄마가 놓고 간 쿠키를 덥석 입에 물고, 단테 입에도 한 개를 쑤셔 넣었어. 단테는 약간 기침을 하더니 내 팔을 놓아주고 쿠키를 손으로 집어 들었어.

"너랑 거래하기 전에 다른 애들이 물어볼 게 있대." 조금 지나 단테가 말했어.

"좋아. 알고 싶은 게 뭔데?"

"나도 전혀 몰라." 단테가 실토했어. "이건 나만의 계획은 아니니까. 그리고 여기에서 도망치고 싶다면, 다른 애들이 다 네 편이 되어야 해. 만약 누군가 일러바치기만 해도 ▨▨▨▨ 일은 다 틀어지는 거니까."

단테 말이 맞았어. ▨▨▨▨!

단테는 쿠키를 삼키더니 청바지에서 작은 책 같은 걸 꺼내 건네주었어. 그건 책이 아니었어. 내 핸드폰이었어. 양부모한테 받은 사과 로고가 박힌 핸드폰.

떠들썩한 파도가 사방에서 날 덮쳤어. 노아! 핸드폰을 보니 마치 노아가 갑자기 이 방에 나타나 늑대 미소로 나한테 웃음을 보내는 것 같았어. 핸드폰이 있다는 건 모든 게 가능하다는 걸 뜻하기도 했어. 다시 노아를 찾았다! 단테가 헛기침을 할 때까지 난 내가 얼마가 기뻐하고 있는지 모르고 있었어.

난 단테를 안아주었어! ━━━, 내가 그딴 짓을 하다니, 잠시 정신을 놨던가봐. 짐작컨대 아까 루키 엄마가 부비부비 포옹 기능을 작동시킨 탓이었어. 곧바로 포옹을 풀었어.

"고마워." 겸연쩍은 목소리로 말하고 재빨리 뒤로 물러났어.

"괜찮아." 단테가 말했어.

난 어찌할 바를 몰랐어. 단테가 날 흥미롭게 관찰하고 있다는 것 때문에 더 \\\\\\\\ 당황스러웠어. 나 스스로도 그 상황을 설명할 수 없었어. 난 정말로 \\\\\\\\ 애교 부리는 타입은

아니었으니까.

"너네들, 할바흐 사무실엔 어떻게 들어간 거야?" 아무래도 상관없었지만 무슨 말이라도 해야 할 것 같아서 물어봤어.

"루키." 단테가 말했어. "내가 창문으로 사무실에 들어가서 루키한테 문을 열어줬어. 꼬마가 책상 서랍을 열었고."

난 놀라서 멈칫했어. 어쩐지 나는 그 사실을 받아들일 수 없었어. 루키는 이런 짓을 하기에는 너무 어리잖아. 어떻게 ~~자물쇠~~ 자물쇠를 따는지 루키는 알 필요조차 없었어. 남의 서랍을 몰래 연다는 건 나한테도 가당치 않은 일이었어.

계획이 발각되어 ~~걸레~~가 돼도 난 살아갈 수 있어. 하지만 루키가 나 때문에 곤경에 처한다면…, 그건 안 될 일이었어.

"어서 핸드폰 켜봐. 내가 잠깐 충전했어."

망설여졌어. 핸드폰 사진첩엔 친부모님과 책, 축하카드, 진주 펜던트가 달린 목걸이를 찍은 사진들이 들어있었어. 그 물건들은 모두 어렵지 않게 내 ~~~~ 신발 상자에 들어갔어. 오랫동안 우리 집을 떠나있지 않았다면, 더 많은 걸 집에서 들고 왔을 거야. 혹은 맨 처음에 결코 따라나서지 않았을 거야.

부모님 집에서 나온 다음, 열두 명의 보육원생들과 함께 나는 그룹홈으로 보내졌어. 그 전 집에서는 나만을 위한 방이 있었고, 노크 없이는 아무도 들어올 수 없었어. 누구도 내 서랍을 열어보지 않았어. 뭐 열었다 해도 상관은 없었지만. 어차피 그 안에 중요한 건 하나도 없었어. 남은 건 신발 상자에 들어있는 게 전부였어. 내가 가진 모든 것.

그 신발 상자를 그룹홈 내 침대 밑에 두었어. 신발 상자는 열쇠를 채워놓을 수가 없잖아. 그래서 어떻게 했는 줄 알아?

난 상자를 생일 선물처럼 항상 끈으로 묶어놓았어. 다만 아주 특별한 매듭으로. 그 매듭은 아빠가 가르쳐준 것이었어. 보통 사람들이 흔히 묶는 매듭을 '교차매듭'이라고 해. 마지막에 두 끈을 엇갈리게 하면 그건 '도둑매듭'이야. 선원들은 더플백을 도둑매듭으로 묶었대. 왜냐면 누군가 자기 물건을 샅샅이 뒤졌다면 마지막에 교차매듭을 묶어놓을 것이기 때문에, 선원들은 잘못된 매듭으로 그 사실을 알아차릴 수 있었대. 그다지 효과가 없었을 수도 있어. 더플백 안에 코브라 한 마리를 넣어두는 게 오히려 더 효과가 컸을 거야. 하지만 선원들은 알고 있었대. 적어도 배에서 사적인 것은 아무것도 없다는 걸.

내 경우, 누군가 용감하게 내 신발 상자에 손을 대기까지는 딱 이틀이 걸렸어. 매듭이 다르게 묶여있었어. ᴍᴍᴍᴍ, 교차매듭이 아니라 그냥 어떤 매듭으로. 손 댄 사람이 누군지 결코 알아낼 수 없었어. 아무것도 없어진 게 없었고, 목걸이도 그대로 있었어. 하지만 누군가 내 전부를 봤고, 내 물건들을 그

~~~~~ 같은 손으로 만진 거야.

그 길로 난 우산 하나와 신발 상자를 들고 휴게실로 갔어. 그
때는 성탄절 즈음이라 휴게실 한가운데 있는 큰 탁자 위에는 성
령강림절 장식 화환이 놓여있었어. 라이터를 챙겨온 나는 큰 탁
자 위에다 먼저 ~~~~ 쓰레기통을 쾅 하고 내려놓았어. 그리
고 모두가 날 볼 때까지 기다렸어. 곧 사람들이 나를 쳐다보았
어. 그다음 난 신발 상자에 있던 물건들을 쓰레기통 안에 쏟아
부어 상자를 비웠어. 그렇게 해서 정말로 모두가 내가 아무것
도, 그러니까 사진도, 카드도 더 이상 보관하지 않는다는 걸 알
게 되길 바랐어. 목걸이도 말이야. 그러고 나서 물건들을 불태
웠고 그 앞에 서서 사람들을 지켜보았어. 한 사람, 한 사람씩
차례로 돌아가면서.

그다음 화재경보기가 작동했어. ~~~~ 미치도록 시끄러
운 소리였어. 그리고는 스프링쿨러가 돌아가기 시작했어. 나를
비롯해 보육원생들 모두 휴게실 한가운데 물줄기 속에 서있었
지. 난 우산을 펴 쓰레기통 위에 올려놓았어. 그때 난 내가 우
산을 미리 생각했다는 것에 스스로가 조금 대견스러웠어. 아무
도 움직이지 않았어. 아니 움직일 용기가 없었어. 또한 이런 구
경거리를 놓치고 싶지 않아 하기도 했어. ~~~~!

물론 벌을 받았어. ~~~~, 벌 받는 거야 뭐 항상 있는 일이

니까. 하지만 사람들이 그 이상으로 날 어떻게 할 수는 없었어. 난 겨우 여덟 살이었으니까. 여덟 살짜리는 감옥에 가지 않아. 사람들은 내게 결코 아무 짓도 할 수 없었어.

그 뒤로 아이들은 날 사이코라고 불렀어. 미친 〰〰, 재수덩어리. 하지만 절대 내 앞에서가 아니라 항상 등 뒤에서. 사람들이 오직 등 뒤에서만 내 이야기를 한다면, 그건 내가 제대로 해냈다는 신호야. 사람들이 나를 ▰▰ 두려워한다는 신호.

그렇게 보육원 아이들은 제대로 겁을 먹었어. 하지만 왜 내가 갑자기 신발 상자를 불태웠는지는 이해하지 못했지. 나는 교차매듭도, 도둑매듭도 아닌 어떤 매듭을 보고 뭔가를 깨닫게 되서 그렇게 한 거야. 나는 절대로 안전하지 않다, 내가 아직 잃어버릴 수 있는 뭔가를 갖고 있는 한.

난 손에 들고 있는 핸드폰을 쳐다보면서 망설이고 있었어. 단테가 나를 바라보면서 한쪽 눈썹을 치켜떴어. 겁나? 단테 눈이 묻고 있었어. 무슨 ▰▰ 같은 소리야? 난 눈으로 대답했어.

엄지손가락으로 단추를 누르자 내 지문이 읽혔어. 핸드폰이 켜졌어. 10퍼센트 정도 충전이 되어있었고, 인터넷에 연결되어 있는 게 보였어. 아마도 하겐 씨는 핸드폰 계약을 해지할 생각을 아직 못한 모양이었어. 그러고 나서 우린 기다렸어.

딩-딩-딩-딩-딩-딩-딩.

메시지 들어오는 소리가 무슨 ▰▰▰▰▰한 성탄절 노래처럼 울렸어. 단테는 침대 다리에서 몸을 위로 끌어당겨 매트리스 위에 앉았어. 내 얼굴 전체가 핸드폰 불빛으로 번쩍였어. 단테는 아무 말도 하지 않았고 그저 나를 쳐다보면서 얌전하게 기다리고 있었어. 전화를 확인했더니 30통의 ▰▰▰▰▰ 부재중 전화가 찍혀있었어. 모두 다 같은 번호로부터 온 거였어. 다 똑같은 이름이 번호 뒤에 찍혀있었어.

'랄프 하겐.'

그 ▰▰▰▰▰ 같던 밤, 노아와 내가 도망쳤던 그 밤.

전화는 모두 그날 밤에 온 거였어. 전부 다 노아 아빠가 건 전화였고, 그날 밤 이후로는 아무것도 없었어. ▰▰▰, 그 어떤 메시지도. 그 어떤 ▰▰▰▰ 전화도.

"어떻게 됐어?" 단테가 물었어. "스위스에 있대?"

나는 바닥에 앉아 파도가 내 머리 위로 덮쳐오는 걸 내버려두었어. 더 이상 아무것도 듣지 못할 정도로 소음이 몹시 커졌어. 세상은 온통 빨강이었어. 나는 척추가 사라진 사람처럼 그자리에서 털썩 쓰러졌어.

"호흡해! 코로 숨 쉬어, 엔니. 딱 한 번만, 제발."

너무 어려웠어. 그땐 이미 너무나 엄청난 압력이 내 안에 가득 차 있었어. 어떻게 해야 좀 더 공기를 많이 들이마실 수 있을까? 노아는 전화하지 않았어. 아무런 문자도 보내지 않았어. 나한테 연락하려고 시도하지도 않았어. 자기가 어디에 있는지 말해주지도 않았고, 내가 어디에 있는지 묻지도 않았어. 작별 인사조차도 하지 않았던 거야.

나는 떨기 시작했어. 그러지 단테가 말을 걸기 시작했는데, 이제는 단테 목소리가 차갑지 않았어. 목소리는 거칠었고, 그 거친 목소리가 밧줄처럼 나를 붙잡아주는 듯했어.

"내 생각엔 아빠가 날 본 것 같아." 단테가 말했어.

나는 기침을 했고 빨강에 맞서 눈을 깜박거렸어.

"그때 난 세 살 아니면 네 살이었어." 소음 속에서 목소리가 말했어. "내가 어떻게 노는지 지켜보던 한 남자가 기억나. 그리고 우리 엄만 날 지켜보는 그 남자를 지켜봤지."

난 단테 말을 거의 알아듣지 못했어. 좀 더 크게 말해주었으면 싶었어. 목소리를 듣는 게 힘들었어. 집중해야 했고, ᄴ᷉ᴗᴗ~ 같은 소음을 진압해야 했으니까. 나는 조심스럽게 코를 통해 공기를 들이마셨어. 소음이 점점 잦아들었어.

"엄마는 내가 착각한 거라고 말해." 생각에 잠긴 채 단테는 이야기를 계속했어. "이건 그저 내 망상이고 아빠는 날 한 번도 본 적이 없다고. 엄마는 아빠가 어디 있는지 혹은 어떻게 연락할 수 있는지 절대 모른다고 주장하고 있어."

이제 난 바닥에 앉아 내 등을 단테 다리 쪽으로 기대고 있었고, 단테가 한 팔로 내 상체를 꽉 잡고 있는 걸 알 수 있었어. 다시 코로 숨을 쉬면서 나는 단테 목소리를 붙잡고 있었어.

"엄마가 거짓말하고 있다는 걸 알아. 거짓말 잘 못하시거든. 근데 좀 이상하지, 안 그래? 남자가 나를 봤는데 다시 가버렸다는 거 말이야. 집 보러 온 사람처럼. '방 세 개에 발코니?' '아뇨, 됐습니다.' 하는 것처럼 말이야. 남자는 다시는 연락하지 않았어. 그때 난 아직… 다리가 멀쩡했어. 그러니까 그건 이유가 아니었던 거지. 넌 자기 아이를 보고 나서 자신은 자식이 없는 셈 치고 평생 안 보고 살겠다고 작정하는 아빠에 대해 들어본 적 있니?"

난 아주 편안하게 호흡하고 있었고, 이제는 단테가 하는 말을 모두 이해할 수 있었어. 단테가 나를 자기 목소리로 만든 밧줄로 붙잡아준 덕분에. 암흑의 구렁텅이에서 기어 나올 수 있을 것 같았어.

"난 그 기억을 지워버릴 수가 없어, 엔니." 단테가 조용히 고백했어. "남자가 본 건 무엇이었을까? 그 사람 마음에 안 드는 어떤 것? 그때 내가 뭘 했던 걸까? 아니면 뭘 하지 않았던 걸까? 나한테 부족한 게 뭘까?"

나는 다시 한 번 숨을 들이쉬었어. "아무것도." 잠긴 목소리로 내가 대답했어. "네 아빠는 그냥 ▰▰▰▰▰ 같은 ▰▰▰▰▰인 거야. 그 상황에서 누군가 뭔가 부족했다면, 그건 그 사람이지, 네가 아니야."

단테는 코로 숨을 내쉬었어. 그리고는 내 손에서 아주 부드럽게 핸드폰을 가지고 갔어. 단테는 내 얼굴 앞에서 핸드폰을 잡고 연락처에서 노아 이름을 찾아내 전화를 건 다음, 스피커폰을 켰어. 신호는 가지 않았고, 즉시 여자 목소리가 들렸어.

"이 번호는 없는 번호입니다. The number you've dialed is not available. 이 번호는….."

단테가 전화를 끊었어. "부모님이 번호를 해지했나봐. 그리고선 노아한테서 핸드폰을 뺏어버린 게 분명해. 그래서 전화를 못한 거야. 네 번호도 안 갖고 있고 말이야."

난 머리를 단테 무릎에 기댔고, 아기처럼 울었어. ▰▰▰▰, 어떻게 해도 울음을 멈출 수가 없었어. 단테는 그 사실을 모르지만, 보육원에서의 성탄절 이후 난 내 자신이 바로 그 신발 상자였어. 내가 지금 또 잃을 게 있다면 그건 내 안에 있는 무엇이었어. 그리고 그건 방금 지옥처럼 불에 타버렸어.

계산 실수

학교는 언제나 ▬▬▬ 같아. 부모들이 그 사이에 일하고 쇼핑할 수 있도록 하기 위한, 아이들을 가두는 일종의 창고라고나 할까. 그 사이에 아이들이 엉뚱한 생각을 하지 않도록 하기 위해서. 아이들은 늘 사고 칠 궁리만 하니까 말이야.

하지만 삭스 기숙학교는 웬일로 나쁘지 않았어. 아부가 아니라 진짜 그랬어. 그중에서도 완전 대박이었던 일은, 월요일 아침마다 케이블카가 계곡에서 올라와 여기로 학생들을 뱉어낸다는 거였어. 학생 수가 그렇게 많을 줄은 몰랐거든.

학생들은 모두 여덟 살에서 열아홉 살 사이였어. 그리고 전혀 산골 사람처럼 보이지 않았어. 내 말은 그러니까, 베를린 아이들과 별반 다르지 않았다는 거야. 난 여자애들은 딘들*을 입고, 남자애들은 가죽 바지를 입을 거라고 조금 기대했는데 말이

---

* 독일 남부 바이에른, 오스트리아 지방의 전통 의상으로 여자는 원피스를, 남자는 가죽 바지를 입는다.

야. 아쉽다! 그랬다면 ~~=====~~ 재미있었을 텐데.

하지만 삭스 기숙학교의 수업은 여느 다른 학교와는 완전 달랐어. 독일어 시간에는 도서관에서 다른 학생 여덟 명과 함께 반원을 그리고 앉았어. 도서관은 거대했고 정말 오래되어 보였어. 오직 출입문 앞 금속으로 된 울타리만 새 거였어. 금속 울타리엔 기숙학교의 다른 문과 마찬가지로 전자 잠금장치가 달려있었어. 내 블루칩을 갖다 댈 필요도 없이 스캐너에 접근하자마자 삐, 소리가 나더니 금속 울타리가 옆으로 미끄러졌어.

다른 학생들은 벌써 다 와있었고 벽난로 주위를 빙 둘러 반원 형태로 앉아있었어. 여자는 다섯 명, 남자는 세 명이었는데, 내가 아는 애들은 기숙사에 사는 두 명뿐이었어.

독일어 선생 라우렌츠도 벌써 와있었는데, 투팍* 티셔츠를 입고 아이들 앞에서 ~~======~~ 랩을 하고 있었어. 그것도 하인리히 하이네의 시로 랩을 하는 중이었어. 나는 웃지 않으려고 애를 썼지만 정말로 ~~======~~ 웃겼어! 그렇다고 해서 '오, 난 무지하게 쿨한 선생이에요.' 하는 무지 쪽팔리는 타입도 아니었어. 내가 보기에 선생은 우리가 자기를 어떻게 느끼는지는 별로 중요하지 않은 것 같았어. 선생은 일주일 시간을 주면서 각자 직접 시를 쓰고 그걸 랩으로 만들어오라는 숙제를 내주었어. 뭐 그 정

---

* 90년대 초반 미국에서 활동한 갱스터 랩의 대표 주자 투팍(2PAC) 샤커를 말함.

도는 할 수 있어. 괜찮아!

"네가 원한다면, 내 독일어 공책을 빌려줄게." 갈색 눈동자에 큰 입과 작은 귀를 가진 갈색 머리 여자아이가 말했어. "네가 수업을 엄청 많이 빠진 건 아냐."

"고마워." 난 얌전하게 말했어. "언제까지 돌려줘야 해?"

"내가 딴 종이에 시를 쓰면 되니까, 다음 주 화요일까지 갖고 있어도 돼. 알았지?"

그 아이는 몹시 상냥했어. 나보다 키가 조금 더 크고, 확실히 한 살은 나이가 더 많은 것 같았어. 하지만 나랑 닮은 점이 있었어. 만약 내 머리가 파란색이 아니었다면, 우리가 얼마나 닮았는지 모두가 알아차렸을 거야. 알바 할바흐와 나는 자매라고 해도 될 정도였어.

"난 알바라고 해." 알바가 굳이 필요 없는 자기소개를 했어. "나는 엔니." 마찬가지로 필요 없는 일이었지만 나도 말했어. 그리고 나서 나는 수학 수업을 위해 오른쪽으로 갔고, 알바는 왼쪽으로 갔어.

난 수학 시간을 기대하고 있었어. 우리 반 열 명은 작은 교실에 앉아있었어. 그중에서 내가 가장 어렸어. 그리고 단테가 들어왔어. 그럴 줄 알았어. 할 수만 있다면 단테가 이 수업을 듣는다는 데 기꺼이 내기를 걸었을 거야. 나머지 다른 아이들은 모두 열여섯 또는 열일곱 살이었어.

"당신이 엔니 알서로군요." 수학 선생이 말했어. "난 노라 에
드문트−호어바스라고 합니다." 선생은 작고 깡말랐으며 미이
라처럼 건조했어. 난 선생이 곧장 좋아졌어.

"배치고사에서의 문제 선택이 아주 인상적이었어요, 알서.
가장 어려운 문제를 자발적으로 선택한 사람은 거의 없었거든
요. 그 문제를 그렇게 잘 풀 수 있었던 사람은 더더욱 적었고
요. 할바흐 교장선생님 말이, 당신은 그 문제를 30분 만에 풀었
다고 하던데요?"

'당신'이란 존댓말을 어떻게 이해해야 할지 몰랐지만, 그럼에
도 나는 고개를 끄덕였다. 단테가 나를 보더니 웃었어. 이를 많
이 드러내지는 않았지만, 그렇다고 다시 쌀쌀맞은, 그 바위 같
은 시선은 아니었어.

"도대체 왜 개한테 존댓말을 하는 거예요?" 단테 옆에 앉은
남자애가 질문했어. "개가 쉰 살이나 된다는 거예요, 뭐예요?"

그 아이는 대략 열다섯 살 쯤 돼 보였고 붉은 기가 도는 금발
에 주근깨, 불안해 보이는 파란 눈을 갖고 있었어. 그 파란 눈
은 빵 부스러기를 찾는 쥐처럼 교실 구석구석을 끊임없이 훑고
지나갔어. 셔츠 옷깃은 찢어져 있었고, 백 퍼센트 빨래를 안 한
상태로, 최소한 올해는 한 번도 안 한 것 같았어. 게다가 마치

저녁 사이에 키가 �ℐℐℐℐℐℐℐ 20센티미터나 커버려서 새로운 키에 아직 적응을 잘 못하고 있는 사람처럼 보였어. 내가 아직 잘 모르는 건 왜 그 아이는 나를 좋아하지 않는가였어.

"사람은 나이 들었다는 이유만으로 존댓말을 쓰는 건 아니야, 마티스." 에드문트─호어바스 선생이 말했어. "때로 존댓말 사용은 그저 존경에 관한 문제일 뿐이지."

난 아주 조용히 수학 선생을 바라보았어. 이런 건 그러니까, 만약 내가 평생 동안 외계인이었는데, 어느 날 누군가 나한테 이렇게 말하는 것과 같았어. "안녕, 난 네 고향 행성에서 왔어. 너, 나랑 같이 내 우주선 보러가지 않을래?"

"고맙습니다." 난 선생이 말한 모든 것에 대해 무언가 돌려줘야 할 것 같아서 그렇게 말했어. "재미있었어요, 그 문제. ▰▰▰▰ 흥미진진했죠."

선생은 웃지 않았고 그냥 나를 의미심장하게 바라보았어. "흥.미.진.진." 선생은 이 말을 음미하기라도 하는 것처럼 천천히 반복했어. "내 생각에…, 이건 아름다운 우정의 시작인 것 같군요." 에드문트─호어바스 선생이 완전 무표정하게 말했어.

"선생님, 방금 쟤가 ▰▰▰▰라고 욕했어요." 단테 옆에 앉은 마티스가 또 끼어들었어. "50센트 벌칙감이라고요."

"방금 너도 그 욕 했잖아, 이 똑똑아!" 내가 되받아쳤어.

"엔니는 그 말을 욕이 아닌 찬사의 의미로 쓴 거였어." 수학 선생이 재빨리 말했어. 그리고는 머리를 흔들며 태블릿을 켰어. "이 학교 윗사람들의 욕설에 대한 강박관념이라니." 마지막엔 "이런 거 ~~~~~ 힘들어."란 중얼거림도 덧붙였어.

난 웃음을 참았어. 단테가 마티스의 가슴을 치고 고개를 저을 때까지 그 아이는 나를 노려보았어.

선생은 태블릿에서 찾던 걸 발견하고는 뒤쪽 스크린에 다리 사진을 띄웠어. "자, 새 학년, 새 학기가 이제 막 시작됐어요." 선생이 말했어. "새로 학생이 들어왔으니, 다시 한 번 설명할게요. 독일어로 수학을 일컫는 'Mathematik'은 고대그리스어에서 온 단어예요. 뜻은 '배움으로 가는 길'이죠."

갑자기 머리에 전기가 오는 것 같았어. 이런 말은 한 번도 들어본 적이 없었어. 하지만 수학에 대해 생각해보면 이 단어의 뜻은 정말 합리적이었어.

"이 말의 뜻은, 사람은 실수에서 배워야 한다는 거고, 그중에서도 특히 다른 사람의 실수에서 배워야 한다는 겁니다. 우리, 이거 한 번 같이 볼까요…."

선생은 다리 밑의 강물을 가리켰어. "이건 캐나다 퀘벡 주의 세인트로렌스 강입니다. 이 자리에 1902년부터 다리가 세워집니다. 총 길이 987미터, 폭 29미터, 높이 104미터."

다른 아이들이 태블릿을 꺼내 전원을 켰을 때, 난 쪽지에 그 숫자들을 휘갈겨 썼어. 우리 모두가 방금 달에 착륙했는데 유일하게 나만 산소가 없는 것 같은 느낌이었어. 그때 에드문트-호어바스 선생이 아무 말 없이 내게 태블릿을 건네주었어. 처음에 난 그게 선생 것이라고 생각했어. 하지만 구석에 '엔니 알서'라는 표시가 붙어있었어. 그건 공식적으로 내 것이었어. 난 전원을 켰고 동시에 선생의 말에 계속 귀를 기울였어.

"당시 최고의 교량 엔지니어들이 이 임무를 맡았고, 수년 동안 숫자 계산을 하는 데 시간을 보냈어요. 건설 작업은 1905년에 시작되었고요. 그러다 1907년 8월 29일 17시 32분, 다리는 그 자체 무게 때문에 무너졌습니다. 육중한 대들보와 버팀대들이 성냥개비처럼 구부러졌죠. 15초 동안에 강철 9천 톤이 붕괴됐어요. 75명의 노동자가 사망했고 모두 그대로 강물 속으로 묻혔죠."

에드문트-호어바스 선생은 붕괴 중인 다리 사진도 우리에게 보여주었어. ⚡! 그때 강물은 가장 끔찍한 걸 삼킨 셈이었어. 사진 속에 아무것도 없었어. 겨우 다리

가 시작되는 지점의 흔적만 남아있었어.

"이것은 숫자입니다." 에드문트-호어바스 선생님은 계속 말을 이어갔어. "이 재앙의 원인은 계산 실수였어요. 교량 부분은 계산했던 것보다 약 24퍼센트 더 무거웠죠. 다리는 그 자체의 무게를 견딜 수 없었던 겁니다. 어떻게 이런 일이 일어날 수 있을까요? 그리고 어떻게 이런 일이 1916년 9월 11일에 또 한 번 일어날 수 있었을까요?"

〰️! 그 순간 난 모든 걸 잊고 말았어. 탈출 계획, 보육원, 스위스에 있는 노아, 방 안의 유령, 그리고 나와는 책상 두 개만큼 떨어져 있는 단테까지도. 그저 백 년도 더 전에 이 ▰▰▰ 같은 다리에 무슨 일이 일어났는지, 나라면 그 재앙을 막을 수 있었을지 알고 싶었어.

"최종 결론은⋯." 에드문트-호어바스 선생님은 40분 후에 수업을 마쳤어. "수학은 결코 문제 자체가 아닙니다. 모든 문제를 해결할 수 있는 도구죠. 혹은 모두는 아니더라도 거의 모든 문제들을."

"왜 '거의'죠?" 단테가 물었어.

에드문트-호어바스 선생은 태블릿을 끄더니 다른 곳으로 옮겼어. 선생님은 우리를 보지 않은 채 말했어. "대답해주기엔 너희들이 너무 어려."

모두가 시끄럽게 항의했으나 선생님은 아무 관심이 없었어. 에드문트-호어바스 선생이 교실을 떠나기 전 내게 짧게 윙크를 했어. 웃음기 하나 없이. 딱 내 스타일이었어.

"어때?" 단테가 내 옆으로 왔어.

난 고개를 끄덕였어. "선생님이 날 입양해줬으면 했어."

이번에는 이를 다 드러내며 단테가 웃었어. "내 생각엔 아까 벌써 그렇게 하신 것 같은데. 선생님은 나한테도 항상 반말을 하시거든. … 근데 지난번에 말했던 거 말이야, 마음의 준비는 됐어? 다른 애들이 너한테 물어볼 게 있대."

내가 씩씩거리며 말했어. "내가 너희들을 도와줘도 되는지 안 되는지 허락을 받으라는 거야?"

단테가 한쪽 눈썹을 치켜떴어. "까칠하게 굴지 마." 단테가 말했어. "우린 너한테 핸드폰을 찾아줬어. 핸드폰은 신뢰를 쌓기 위한 일종의 선물 같은 거였다고."

━━━━! 물론 그렇겠지! 모든 일엔 대가가 따르는 법이니까. 그럼에도 단테가 이 '우리'에서 나하고는 다른 쪽에 서 있다는 것 때문에 난 마음이 아파왔어.

협상의 법칙

삭스 기숙학교에는 방이 〰〰〰 겁나 많았어. 이 괴물 녀석들은 나를 어디서 만나고 싶어 할까? 당연히 ▰▰▰ 화장실이지. 삭스의 화장실은 여자와 남자가 분리되어 있지 않았어. 화장실은 모두 거대했고, 장애인도 이용 가능했으며, 각 변기마다 옆에 비상 단추가 달려있었어. 단테가 문 앞에서 멈칫했어.

"행운을 빈다." 단테가 말했어.

"같이 안 들어가?"

"들어가. 근데… 그래도 네 혼자 힘으로 해내야 할 거야." 단테가 나를 보며 환하게 웃었어. "그냥 하던 대로 하면 돼. 다만 평소보다 조금만 약하게 하도록."

의심의 눈초리로 단테를 훑어보았어. 이 아이는 나를 곤란한 상황에 몰아넣고 싶은 걸까? 릴리스 사건 이후로 내게 불가능한 건 없었어. 하지만 오늘 나는 단테의 회색 눈동자에서 따뜻

함만을 느꼈어. 한편으로 나는 아흐멧 아무트가 그늘에 대해 얘기했던 것 또한 잊지 않았어. 사람은 절대 알 수 없는 거니까.

화장실 문을 열었을 때 제일 처음 눈에 띈 사람은 루키였어. 루키는 창턱에 앉아있었어. 카란은 루키 옆 벽에 기대고 있었어. 아무도 자신을 쳐다보지 않기를 바라는 ~~침묵의~~ 침묵의 거인. 단테가 나를 따라오다 곧 문 옆 구석으로 휠체어를 굴렸어. 알았다고! 이건 공식적으로 나를 위한 쇼니까.

"안녕." 처음 소개할 때 항상 그러는 것처럼 ~~~~ 상냥하게 내가 말했어. 아이들이 마음을 바꾸면 안 되니까.

아무도 대답하지 않았어. 루키가 나를 수상쩍게 쳐다보더니 팔짱을 꼈어. ~~~~! 도대체 어떻게 된 거야? 며칠 전만 해도 나한테 꽃다발을 꺾어다 바쳤던 아이가….

그러자 문이 열리고 마티스가 들어왔어. 마티스는 수학 수업 전부터 이미 나를 안 좋아했는데, 이젠 정말 제대로 미워하는 것처럼 보였어. 그래도 마티스가 나타나면서 분위기가 바뀌었어. 다른 아이들은 어쩐지 좀 더 여유로워졌고, 모두들 마티스를 좋아하는 것처럼 보였어.

"헤이, 칭기즈 카란." 마티스가 말하면서 카란 옆 세면대 주변을 어슬렁거렸어. 그리고는 수돗물을 틀어 얼굴에 물을 조금 튕기더니 종이 휴지로 닦아냈어. "어이, 루키 루크?"

꼬마 루키에게 인사할 때 마티스의 얼굴은 완전히 바뀌었어. ~~~~! 화가 난 흰 족제비 같던 표정은 순식간에 사라지고, 교장의 자동차를 화장지로 잔뜩 감아놓고 나서 웃으면서 함께 달아날 수 있는 친구처럼 보였어. 물론 내 쪽을 돌아보자마자 그런 표정이 다시 사라지기는 했지만. 마티스는 할바흐처럼 대놓고 나를 적대적으로 바라보았어.

"엔니, 얘는 마티스." 뒤에서 단테가 말했어. "마티스, 여긴 엔니야."

"오!" 마티스가 깜짝 놀라는 척하며 말했어. "제가 앞서 교수님께 반말을 해도 될까요?"

"해도 돼." 내가 아주 부드럽게 대답했어. "그리고 ~~~~ 대범한 척하지 않아도 돼. 네 똥구멍에서 어떤 ~~~~가 기어 다니다가 거기서 뒈졌는지 모르겠지만 말이야. 그래봐야 네가 생각하는 것처럼 아주 재밌진 않거든."

마티스가 잠시 눈을 깜빡거렸어. 바로 이런 것 때문에 내가 욕을 한 거야. 이게 바로 미친 개가 ~~~~ 짖는 이유라고!

삭스 기숙학교 윗사람들은 제정신이 아니야. 욕에 대한 벌칙이라니. 그게 얼마나 ~~~~ 미친 짓거리냐고! 생각해봐, 만약 보육원생이고, 어디에서나 밀려났고, 아무 곳에도 속하지 않는다면, 그리고 아무나 나한테 무슨 짓이든 할 수 있는데도 나는 완벽히 혼자라면, 그렇다면 ▰▰▰ 욕이라도 해야 해! 아무도 날 잡아먹을 수 없도록 가능한 한 걸쭉한 ▰▰▰ 주둥이를 갖고 있어야 한다고. 감옥에서 문신이 필요한 것과 같은 이치야.

흉터까지 있다면 ▰▰▰ 대박이야! 제일 좋은 건 얼굴에 있고 쉽게 눈에 띄는 흉터야. '해 볼 테면 해 봐, 어차피 네가 처음은 아니니까. 네가 덤빈다 해도 하나도 겁 안 나.'라고 흉터는 말해. 이런 것 없이는 난 ▰▰▰ 한 약골일 뿐이야. 녹초가 되도록 흠씬 두들겨 맞게 될 뿐이라고. 욕설이나 흉터, 문신은 가장 먼저 사람들에게 이렇게 말해. 조심해, ▰▰▰, 가능하면 이 사람한테는 덤비지 말 것!

마티스는 그제야 이해했어. 내 흉터를 본 거야. 하지만 얼굴 표정은 아무것도 바뀌지 않았어. 오히려 그 반대였어.

"넌 어느 시궁창에서 굴러먹던 ▰▰▰ 개뼉다귀인데?" 마티스가 물었어.

"베를린."

단테가 내 뒤에서 작은 소리로 웃었어. 그런데 그 웃음은 다른 어떤 것보다도 마티스의 성질을 긁은 것처럼 보였어.

"단테 말이, 너네들이 물어볼 게 있다던데." 마티스가 계속 짖어대는 말에 전혀 위축되지 않은 채 내가 말했어.

마티스 역시 팔짱을 낀 채 나를 쳐다봤어. 만약 우리가 ▰▰▰

개척 시대 미국 서부에 있었다면, 각자의 권총에 손을 얹었을 거야.

"왜 우리가 널 믿어야 하지?" 마티스가 물었어. 마티스 뒤 창턱에 앉아있던 루키가 팔짱을 끼기 전처럼 눈을 가늘게 뜨고 화난 듯이 나를 쳐다봤어. "네가 괜찮은 애라고 단테는 말했어. 하지만 내 생각에, 넌 완전 ▬▬▬▬▬이고, 그냥 다른 사람 앞에서 연기를 아주 잘하는 거 같아서 말이야."

그 말이 마음에 걸렸어. 노아가 내게 했던 말을 아주 많이 생각나게 했거든. 혹시 내가 단테에게 노아가 했던 말에 대해 얘기했었나? 아니야, 장담컨대 아니야.

말했다시피 난 자기가 생각한 대로 말하는 사람을 좋아해. 하지만 마티스는 그 말을 할 때 웃지 않았어. 오히려 누군가 자

신의 영역을 침범했을 때의 '베이컨', 그 개가 그랬던 것처럼 나를 노려보았어. 그 반응 또한 베이컨과 마찬가지로 나 때문에 생긴 마티스의 문제처럼 보였어. 마티스는 나에 맞서 뭔가를 방어하고 싶어 했어. 만약 오줌싸개 엘비스처럼 대처하고 싶다면, 마티스는 최소한 그럴 수 있는 가장 적합한 장소에 와있었어.

"누군가 건드릴 때만 난 가 돼." 이 말을 하자마자 소음이 시작됐고, 그 소리가 나를 한 발 더 앞으로 나아가게 했어. "그리고 넌 방금 날 제대로 건드렸어, !"

화가 나서 씩씩거리고 있는 들고양이한테서 분노한 흰 족제비가 한 치도 물러나려고 하지 않았기 때문에 누구 하나가 마티스를 뜯어내야만 했어. 그것까지는 참아줄 만했어. 그런데 카란이 눈을 질끈 감았어. 더 이상 여기 있고 싶지 않아 하는 것 같

앉아. 지금 벌어지고 있는 일이 모두 자기 잘못이라도 된다는 듯이. 나는 이해할 수가 없었어. 여긴 뭐 ▰▰▰ 사이코들로 꽉 찼군 그래!

"그만둬!" 루키가 소리쳤어. "엔니한테 그냥 묻자고!"

마티스가 한숨을 내쉬었어. 모든 게 자기 마음에 들지 않던 거야. "좋아, 그러니까 단테 말이, 네가 여기서 도망치고 싶어 한다면서? 맞아?"

다른 아이들을 둘러보았어. 대체 뭔 말이지? 그건 릴리스가 진즉에 세상 사람들한테 죄다 까발린 거잖아. 최악의 상황이라면 단지 여기 있는 몇몇 아이들이 내 계획에 대해 좀 더 안다는 거야. 그리고 한 명의 어른이라도 내가 도망치려고 한다는 말을 믿지 않는 이상, 내 계획은 방해받지 않을 거야.

"그래."

"하지만…." 루키가 고개를 떨궜어. 아랫입술을 살짝 앞으로 내밀었고 눈은 수상스럽게 반짝거렸어. 아, 그래서 그랬구나! 루키는 나한테 화를 낸 거였어. "난… 왜냐면…."

루키가 창턱에서 내려와 내 옆을 지나쳐 곧장 뛰쳐나갔어. 본능적으로 붙잡으려고 했지만, 화장실 밖으로 달려 나가기 전 겨우 손가락 끝으로 가볍게 스쳤을 뿐이었어. 꼬마가 나 때문에 울고 있다는 사실이 나를 바늘처럼 찔렀어.

마티스가 이제 싸움에서 승리한 사람처럼 나를 봤어. 처음부터 그럴 줄 알았다는 것처럼. 얘들아, 쟤 좀 봐, 저기 한 여자애가 서있어. 베를린에서 굴러먹다 온 개뼈다귀가!

"다음 질문, ▨▨▨▨." 하고 내가 말했어. 사냥 중에 잠복하고 있는 살쾡이 같은 목소리로.

흰 족제비가 웃었어. 자기가 생각하고 있는 게 맞는다는 걸 한층 더 확신하는 그런 웃음이었어.

"넌 우리 도움이 필요하다면서." 마티스가 계속 말했어. "무슨 도움이 필요한데?"

난 그게 싫었어! 그게 ▬▬▬ 싫었다고! 난 이 ▧▧▧▧▧한테 도움을 청하고 싶지 않았어, 이 사이코한테는 아무것도.

소음은 계속 더 커지고 시야의 가장자리는 이미 빨간색이었어. 단테는 왜 아무 말도 하지 않을까? 만약 뭔가 말한다고 해도 그렇게 나쁘진 않을 것 같은데. 그렇지만 난 내 힘으로 해낼 거야. 나는 힘겹게 코로 호흡했고 소음은 다시 낮아졌어.

"난 여권이 필요해. 여권은 알바 할바흐가 갖고 있고. 알바는 나랑 닮았거든. 그렇지만 여권을 손에 넣으려면 할바흐 집에 들어가야 하지."

내 말에 마티스는 충격을 먹었고 그 충격을 잘 숨기지 못했어. 이것도 마티스의 문제였는데, 그 애는 안에 뭐가 들어있는지 밖에서 금방 볼 수 있는 유리병 같은 사람이었어.

"할바흐 집에 몰래 들어가고 싶다는 거야?"

"나도 진심으로 그러고 싶은 건 아니야." 내가 대답했어. "하지만 그것 말고는 어떻게 해야 할바흐 딸의 여권을 훔칠 수 있는지 다른 방법이 안 보여."

마티스가 큰 소리로 웃음을 터뜨리면서 동시에 화를 냈어. "완전 ~~~~~~ 돌았구나!"

"내가 미쳤다고?" 어이가 없어서 웃을 수밖에 없었어. "너희들 네 사람도 여기서 도망가려고 하잖아! 그다음엔 어떻게 할 건데? 숲속에서 살면서 나무 열매나 먹을 거야?"

난 기꺼이 돌아서서 그 말에 단테가 어떻게 반응하는지 보고 싶었어. 하지만 당장 그렇게 할 수는 없었고, 단테에게서는 아무런 소리도 들려오지 않았어.

마티스가 눈을 깜빡였어. "뭐? 너 도대체 무슨 ~~~~~ 같은 ~~~~~~ 소리를 지껄이는 거야? 우린 그저 딱 하루만 여길 떠나고 싶을 뿐이라고."

난 다른 아이들을 보았어. 만약 내가 포커페이스로 감정을 추스리지 않았다면, 내 아랫입술은 지금 마티스가 한 말 때문에 발에 걸려 넘어질 수 있을 만큼 아래로 축 처졌을 거야. 단테가 이 ~~~~~~ 세부 사항은 건너뛰었어. ~~~~~~!

"뭣 때문에?"

내가 묻자 마티스가 허락을 구하는 표정으로 카란을 돌아봤어. 카란이 고개를 끄덕였는데, 왠지 파격적이었어. 고개를 끄덕이면서 2밀리미터 정도 움직인 걸 알아볼 수만 있다면.

마티스가 계획을 읊었어. "우린 '매직 플레이스 파크'로 갈 거야. 롤러코스터 타러."

"너희…, 뭐?" 소음이 견딜만해 질 때까지 난 코로 숨을 쉬었어. 그다음엔 모든 경우에서 'χ'를 따져보기 시작했어. 그러나…, 그럼에도 불구하고….

"난 포기하겠어." 내가 말했어. "이해가 안 돼."

마티스가 한숨을 내쉬었어. "곧 카란 생일이야, 일주일 뒤에. 그리고 카란을 롤러코스터를 타고 싶어 해. '매직 플레이스 파크'에 있는 롤러코스터는 세계 최고 중 하나야. '지옥행 급행열차'라고, 보통 롤러코스터가 갖추고 있는 모든 걸 다 갖췄지. 어둠 속 자유낙하, 루핑, 롤오버, 사이드와인더, 인라인 트위스트, 캐터펄트 런칭 및 플로어리스, 코스터 중단…."

난 한 손을 들었어. "아, 제기랄! 지금 뭐라고 씨부리렁거리는 거야? 무슨 말인지 하나도 못 알아듣겠거든? 그냥 단도직입적으로 물을게. 왜 할바흐한테 직접 부탁하지 않는 거야?" 그리고 새로운 제안을 했어. "생일이라면 누군가 한 명이 카란이랑 같이 주말에 거길 가도 되잖아. 그 쪽이 더 낫지 않나?"

나도 그래 본 적이 있었어. 보육원 여자애 한 명이 8월 1일 날 생일인데, 그 애는 '판타지랜드'에 가는 게 소원이었어. 원래는 딱 한 명의 보호자만 함께 갈 수 있었는데, 그 여자애는 다른 아이들이 같이 못 간다면 자기도 가지 않겠다고 했어. 결국 보육원은 다 함께 가는 걸 허락했고, 우리 여덟 명은 '판타지랜드'에 갔어. 귀신 열차, 그리고 전혀 시시하지 않았던 롤러코스터, 곰 인형 맞추기, 토할 때까지 솜사탕 먹기….

우리는 그 여자애를 여왕처럼 축하해주었어. 우린 그 여자애가 그렇게까지 할 필요가 없다는 것, 하지만 우릴 위해 실제로 뭔가 |||||||||| 위험을 감수했다는 걸 감지하고 있었어. 그 여자애 같은 사람은 흔치 않지. 우리 모두는 여하튼 하나로 뭉쳤고 한마디로 최고의 날을 보냈어. 얼마 후 그 여자애는 이송되었어.

일 년 뒤 8월 1일, 난 그 여자애가 생각났어. 그래서 좀 감상적이지만 그 여자애에게 카드를 썼고 보육원 엄마에게 부쳐달라고 부탁을 했어. 보육원 엄마도 그 여자애가 그 뒤로 어디로 갔는지 찾기 위해 무진 애를 썼어. 사흘 뒤, 보육원 엄마는 몹시 심하게 울면서 내게 카드를 돌려주었어. 당시 그 여자애는 다른 시설로 가지 않고 병원으로 갔고, 그리고 거기서 죽었대. 무슨 암이었대. 그 아이는 그때 이미 그걸 알고 있었기 때문에 우리 모두를 판타지랜드로 데려갔던 거야. 그 여자애 이름은 한나였어. 릴리스처럼 금발 곱슬머리를 가진 한나.

마티스가 머리를 흔들었어. "▨▨▨▨, 빌어먹을. 우린 이미 모든 걸 시도해봤다고." 마티스가 말했어. "심지어 단테가 부모님들한테 서명까지 받았어. 단테는 불지옥에 사는 악마한테도 성냥을 팔 수 있는 능력자니까. ▬▬▬, 근데 할바흐랑 메아겐은 그게 너무 위험하다는 거야. 놀이 기구에 '지옥행 급행열차'란 이름이 붙어있는 것도 아마 불리하게 작용했을 테지. 또… 하긴 그렇긴 해. 우리 중 몇몇은 롤러코스터를 탈만한 인물이 아니지. 최소한 몇몇은 그렇다고 생각해. 아무튼 만장일치로 거부됐어. 그래서 우리끼리 가려고 하는 거야.

우리 큰 누나가 열여덟 살인데, 우릴 폭스바겐 미니버스로 데려다준다고 했어. 그치만 미니버스를 타려면 먼저 우리가 산 아래 계곡으로 내려가 있어야 해. 나는 아니지만, 단테와 카란, 루키 말이야. 이게 우리의 문제야. 이해됐냐?"

난 카란을 바라봤어. 그런 다음 돌아서서 단테를 보았어. 그리고 다시 마티스.

"왜 그런 위험을 감수하는데?" 내가 물었어. "너희들, 그러다 일이 틀어지면 문제가 엄청 커질 걸. 특히 카란. 너 몇 살이니? 열여덟?"

"이제 열여섯 살 돼." 단테가 내 뒤에서 부드럽게 말했어.

아, 이런. 내가 만난 사람 중에 제일 큰 열여섯 살짜리다!

"그 말인즉슨, 카란이 형사처벌을 받게 될 수도 있다는 거잖아." 내가 말했어. "카란, 네가 열여섯 살 아래면 사람들은 아무 짓도 못해. 그냥 널 어딘가 다른 곳에 처박겠지. 하지만 열여섯 살 이상부터는 ~~너를~~ 감옥에 처넣을 수 있다고."

카란은 시선을 떨구었어. 카란과 롤러코스터라니! 카란은 발코니 근처엔 가지 않았는데, 다름 아닌 고소공포증 때문이었어. 호숫가에도 가지 않는데 그건 물을 무서워하기 때문이었고. 또 휴게실에서는 아무 말 없이 서있다가 천정에 붙은 거미를 발견하고는 그냥 도망쳐버리기도 했어. 근데 지금 그 카란이 '지옥행 급행열차' 롤러코스터를 타고 싶어 한다고?

"야, 대체 뭐가 그렇게 문젠데? ~~정말~~!"

마티스가 신경질적으로 물었어. "카란은 정말로 롤러코스터를 타고 싶어 해. 진심으로…. 근데 네 머리카락 색깔 말이야, 진짜 ~~완전~~ 파랗네."

처음에는 마티스가 무슨 말을 하는지 바로 이해하지 못했어. 어쩐지 뭔가 이상했어. 미치광이와 재수덩어리, 사이코. 이런 사람들은 원래 서로를 첫눈에 알아보는 법이야. 하지만 마티스는 저기 서서 나를 인디언이 카우보이 쳐다보듯 보고 있었어.

내가 무슨 서방세계의 병원균을 가지고 있고 그 사실을 이미 알고 있다는 듯이. 마치 내가 병원균을 가진 숙주이고, 모든 사람을 좀비로 만드는 바이러스를 가지고 있기라도 한 것처럼.

그때 카란이 상체를 앞으로 기울였고, 목에 걸린 줄의 블루칩이 눈에 띄었어. 그 순간 난 뭔가를 깨달았어. 마티스의 목, 그리고 너덜너덜해진 옷깃으로 내 시선이 옮겨갔어. 마티스의 목엔 검은 줄이 없었어. 아, 그렇지! 마티스는 방금 누나가 있다고, 자기는 계곡으로 내려갈 필요가 없다고 말했잖아.

"넌 우리랑 다르네." 내가 말했어. "블루칩이 아니야."

원래는 이 말을 큰 소리로 할 생각이 전혀 없었어. 단지 우연히 갑자기 깨달았기 때문에 그렇게 된 거야. 'x'가 갑자기 'y'가 됐던 수학 문제처럼.

마티스는 여기 기숙학교가 아닌 계곡에 살고 있기 때문에 여태껏 그 아이를 본 적이 없었던 거야. 마티스는 혈연관계에 있는 친부모님과 형제자매랑 집에서 살고 있었어. 매일 밤 같은 침대에 누워 내일은 다른 데로 보내질 수 있다는 걱정을 하지 않았고, 엄밀하게 말하면 지금 있는 곳에서 아무것도 잃을 게 없었어. 그렇기 때문에 우리 사이엔 통하는 게 없어. 그래서 긴밀한 결속력이 없었던 거야. 왜냐하면 마티스는 세인트로렌스 강 저편에 살고 난 이쪽에 살며, 그 사이에 ▨▨한 다리를 놓는 걸 아직은 아무도 생각하지 않기 때문이었어.

"도대체 그게 무슨 말이야, ~~XXXX~~, ~~XXXXX~~."

내가 한 말 때문에 충격을 먹은 기색이 역력한데도 마티스는 고함을 질렀어. 잠깐 움찔하더니 그다음엔 나에 대한 증오를 더욱더 노골적으로 드러내기 시작했어. "너, 겨우 이제 막 들어온 신참 주제에, ~~XXXX~~! 난 이 학교를 다닌 지 2년이 넘었다고."

더 이상 아무 말도 하지 않았어. 마티스는 어차피 이해하지 못할 테니까. 우리는 같은 언어를 사용하지 않으니까.

하지만 그때 카란이 벽에 다시 등을 기대고 날 바라보고 있는 모습이 눈에 들어왔어. 겨우 아주 잠깐 동안 눈이 마주쳤고, 나는 카란의 눈에서 내 생각에 동의한다는 뜻을 읽었어. 난 카란이 좋아. 하지만 그보다 훨씬 더 중요한 건 카란이 날 좋아한다는 거였어.

"너희들을 도울게." 내가 말했어.

그때 난 봤어. 마티스가 내내 뭔가를 무지하게 애써 피하다가 지금은 더 이상 어떻게 하지 못한다는 걸. 마티스는 단테에게 눈길을 보냈는데, 정확히 말해 비굴한 건 아니었지만 군인이 상사를 바라보는 눈길과 비슷했어. 명령을 기다리는 군인처럼. 하지만 아직 단테 말에 복종할지 말지 확실하지 않은 눈빛.

이건 그러니까 마티스가 내게 맞서서 지키고 싶어 했던 그 무엇이었어. 단테와의 우정은 내가 실수로 그 안으로 발을 디딘, 마티스 자신만의 영역이었던 거야.

"우릴 어떻게 도와줄 거지?" 마티스가 물었어. "케이블카는 4시 30분에 마지막으로 계곡으로 내려가. 그러고 나선 다음 날 6시 30분에야 다시 움직이지. 어떻게 세 사람을 데리고 계곡으로 내려갈 건데? 날아서?"

"난 계획을 잘 세워."

절반은 허풍이었어. 세 사람과 함께 어떻게 계곡으로 내려갈지에 대해 난 아주 구체적인 계획을 갖고 있었어. 단지 그걸 어떻게 해내야 할지 알지 못할 뿐이었어.

어느 그룹홈에서 살 때, 항상 자기 아빠를 자랑하고 다니는 세안이라는 남자애가 있었어. 세안 아빠는 아일랜드 출신의 양아치 같은 사람이었어. 그러니까 실제로 총이나 //////은 안 갖고 있는, 그냥 사기꾼이었어.

한 번은 세안 아빠가 ᄴᄴ 평범한 고압청소기를 샀어. 스팀청소기라고 불리는 건데, 작동을 시키면 거대한 압력으로 물이 뿜어져 나왔어. 세안 말로는 그걸 사는 데 300유로가 들었대. 그런 다음 세안 아빠는 스팀청소기를 가지고 두 명의 친구와 함께 베를린의 부유한 동네로 갔대. 아저씨는 그냥 아무 집이나 초인종을 누른 뒤, 지금 막 이웃집의 진입로나 지붕, 그 밖의 곳을 특수 기계와 스페셜 세제로 청소했다고 말했대. '혹시 댁도 이런 청소서비스를 받고 싶으십니까? 오늘은 제가 어차피 이 동네에 와있기 때문에 절반 가격에 해드립니다….' 그리고 나서는 집주인이 청소를 하도록 그냥 생각나는 대로 주절거렸대. '지금 현금이 없으시다고요? 문제없어요!' '남편이 집에 없어요? 전혀 상관없다니까요, 남편 분께서 나중에 대단히 흡족해하실 겁니다.' '벌써 청소를 했어요? 네, 하지만 잡초와 이끼를 3년 동안 방지해주는 스페셜 세제를 쓰지 않았을 걸요.' '비용이 너무 비싸요? 에이, 이건 절반 가격이에요. 이렇게 싼 가격은 절대 다시 없어요. 그래도 비싸다고요? 47유로 50센트 정도는 어차피 누구나 갖고 있잖아요!'

그렇게 해서 청소를 할 수 있게 되면, ▰▰▰▰▰, 성탄절 거위 껍질을 홀라당 벗겨먹듯이 돈을 갈취했대. 갑자기 청소 비용을 1제곱미터당 50유로로 올려서 불렀던 거야. 만약 50제곱미터를 청소했다면 대략 2,500유로*가 되는 거지. ▰▰▰▰▰! 그 다음에 아저씨는 돈을 현금으로 받고 싶다고 말한대. '제가 처음부터 현금으로 받고 싶다고 말하지 않았습니까? 그렇게 많이는 없다고요? 하지만 이미 청소를 다 해버렸는데요!'

* 우리 돈으로 약 330만 원.

188

"너 순 거짓말이지!" 내가 세안에게 말했어. "아무도 그렇게 멍청하지 않아. 진입로 청소에 현금으로 2,500유로를 지불하진 않는다고."

세안은 웃었어. "맞아. 하지만 그 사람들은 진짜로 집에 보관해둔 현금으로 계산을 해. 부자 동네잖아. 500유로일 때도 있고 1,000유로일 때도 있지만, 그 사람들은 항상 집에 현금을 보관해둬. 만일의 비상사태를 위해서. 부자들의 비상사태란, 보통 사람들보다 훨씬 더 큰 비상사태이기 때문이야."

난 그 말을 믿을 수 없었어. 그래서 세안은 어느 날 오후에 나를 자기 아빠에게 데려갔어. 뚱뚱한 배에 머리숱이 적은 자그마한 사내였어. 아저씨는 남들이 자기 머리숱을 보지 못하도록 항상 공사용 흰 안전모를 쓰고 다녔어. 또한 낡은 흰색 화물차를 몰고 다녔고, 개를 키우지 않는데도 늘 젖은 개 냄새와 술 냄새를 풍겼어.

세안 아빠는 독일 말을 전혀 할 줄 몰랐어. 그렇지만 다른 사람들처럼 영어는 할 줄 알았지. 아저씨는 남자들에게는 "선생님 (sir)"이라고 말했고, 여자들에겐 "러브(love)"라고 말했는데, 그렇게 말하면 모두 좋아한다는 걸 알기 때문이었어.

속임수는 항상 똑같았는데, 맨 처음엔 이런 저런 말을 붙여가며 청소서비스를 받든 말든 큰 상관이 없다는 투로 말해. 만약 서비스를 받지 않는다면 뭔가를 놓치는 거고 미련한 일이 되겠지만, 본인에겐 ▨▨▨▨ 상관없다는 투로. 대부분의 사람들은 그럼에도 거절했어. 열 명 중 아홉 명은 말이야. 하지만 그러다 보면 아저씨가 완전 대박을 칠 수 있는 집 하나가 나타나는 거야. 진입로는 이끼로 수북이 덮여있었고, 집주인 여자는 진작부터 누구라도 오기를 바라고 있었노라고 말했어.

"그렇게에에~ 덜컥, 덫에 걸려드는 거지!" 자동차 안에서 세안이 말했어. "대박."

세안 아빠와 두 친구들은 일을 천천히 했어. 진입로가 정말로 깨끗해질 때까지 모든 돌바닥에 물을 뿜어 씻어냈어. 그다음엔 그 불쾌한 순간이 닥쳐왔어. 왜냐하면 집주인 여자는 대략 300유로*쯤이면 될 거라고 이해하고 있었기 때문이야. 난 이 300유로도 ▨▨▨▨▨▨. 비싸다고 생각했지만.

당연히 세안 아빠는 무지 격분했어. 아저씨 계산으로는, 집주인 여자가 1,430유로를 내야 했으니까. 처음부터 제곱미터당 47유로 50센트라고 분명하게 말했더라면 그런 일은 없었을 텐데. 그다음에는 집주인 여자가 펄쩍 뛰었어. 아저씨가 총 합계 금액을 불렀기 때문이야. 아저씨는 절대로 제곱미터당 계산될 거라고 말하지 않았어. 그저 자기가 보유한 특별한 청소용

* 우리 돈으로 약 40만 원.

품에 대해 잡소리를 지껄인 다음, 비용은 47유로 50센트 내지는 대략 얼마 정도라고만 말했어. 그런 다음 다시 한 번 ~~헷갈리는~~ 헷갈리는 숫자인 47유로 50센트를 불렀어. 그렇게 해서 집주인 여자를 엄청 혼란스럽게 만들고, 현금을 찾아 온 집안을 뒤지게 만들었으며, 700유로 하고도 얼마를 더 주게 만들었어.

~~우와~~, 700유로라니, 완전 도둑! 하지만 세안 아빠는 사실상 집주인 여자가 자기를 속였다며 더 길길이 날뛰었어. 아저씨는 '알았어요, 됐어요, 사람을 너무 잘 믿는 제 잘못'이라고 말했어. 그리고는 머리를 절레절레 흔들며 손을 내밀었고, 집주인 여자도 아저씨의 손을 잡았어. 그때 여자의 남편 차가 집에 도착했어. 그래서 우린 잽싸게 내뺐어. 아저씨의 화물차 안에서 우린 모두 웃었어. 정말 웃기는 짬뽕 아니냐! 50분 노동에 700유로가 넘는 돈이라니.

"비결이 뭐죠?" 내가 세안 아빠에게 물었어. 아저씨가 내 말을 이해하지 못했기 때문에 영어로 다시 물었어. "왓츠 유어 시크릿(Whats your secret)?"

아저씨는 자동차 백미러로 날 보더니 웃었어. "올웨이즈 노우 유 아 롸잇, 러브(Always know you are right, love)."

세안이 어떻게든 내게 통역을 해주려고 애를 썼어. "아빠 말이, 마음 속 깊이 완전히 네 말이 옳다고 확신해야만 한대. 왜

191

냐하면….”

난 한 손을 쳐들었다. “됐어, 세안. 이해했어.”

나는 그 말을 배짱이라고 이해했어. 또한 지금 여기 화장실에서도.

“나한테 생각이 있어, 마티스. 거래할래?”

이건 내가 원하는 걸 얻느냐 마느냐의 문제였어. 동시에 누군가 나를 일러바치거나 나에게서 내가 원하는 걸 다시 빼앗아가기 전에 도망치는 것에 관한 문제이기도 했어.

난 손을 뻗어 마티스의 코앞에서 멈췄어. 마티스가 주저하긴 했지만, 이렇게 뻗은 손을 그냥 거절하긴 쉽지 않지. 아무리 ////////// 성난 흰 족제비라도 말이야.

마티스는 동의의 뜻으로 내 손을 마주 쳤어.

그렇게 덜컥, 덫에 걸려들었어.

하이에나들

솔직히 릴리스는 친구가 하나도 없을 거라고 생각했어. 나 진짜 ～～～ 바보 아니냐? 세상에는 재수덩어리들이 엄청 많고, 걔네들도 친구는 필요할텐데 말이야.

릴리스의 친구들은 계곡에서 온 아이들이었어. 모두 릴리스와 나이가 같았고 똑같이 예뻤어. 그 아이들은 시각장애인이 아니었어. 하지만 네 명 모두 마치 원피스를 입고 학교 복도를 뛰어다니는 크리스마스 천사처럼 보였어. 걔네들이 무슨 짓을 하는지 내가 알기 전까지는 말이야.

그날 카란은 평소처럼 구석에 서있었어. 큰 창문을 내려다볼 수 없는 자리에. 카란은 고소공포증이 있으므로.

그 작은 짐승들도 그 사실을 알고 있었어. 카란이 휴식 시간이 끝나고 다음 교실로 이동할 때까지 그 자리에서 꼼짝 않고 서있으리란 걸 말이야. 문득 일이 어떻게 흘러갈지 감이 왔어.

예상했던 것보다 상황은 훨씬 심각했어. 카란과 그 작은 짐승들이 몇몇 과목은 같은 교실에서 수업을 받고 있었던 거야!

카란 얼굴에는 열댓 개의 종이 총알이 흰 여드름처럼 붙어있었어. 카란은 속눈썹도 움찔하지 않았고 종이 총알을 떼버리지도 않았어. 그냥 마음속 신발 상자 안, 아주 깊은 곳에 머물러 있었어. 반면 릴리스와 그 친구들은 정말로 즐거워 보였어. 분홍색과 보라색 볼펜대를 작은 분홍 입술에 담배처럼 물고 저항하지 않는 거인을 향해 계속 종이 총알을 쏘아대고 있었어. 이런, [redacted]!!

가끔씩 잠이 안 올 때면 난 유튜브에 들어가서 동물비디오를 봐. 우리 가까이로 다가오는 사람들을 향해 원숭이들이 오줌을 싼다든가, 다른 고양이를 계단 아래로 밀치는 고양이 같은 재미있는 동영상 말이야. 그러다 보면 꼭 재밌지만은 않은 동영상도 나오잖아. 뱀과 싸우는 고양이 동영상이라든가, 하이에나 열여섯 마리가 사자 한 마리를 공격한 다음 잡아먹는 것과 같은.

하이에나는 웬만해서는 사자에게 덤비지 않아. 그렇더라도 16대1이라니! [redacted], 너무 비겁하고 잔인한 거 아니냐?

내가 만약 하이에나라면 [redacted] 창피할 거라고 내내 생각했어, 진짜로. 살아있는 한 마리의 하이에나보다는 차라리 죽은 사자가 나을 것 같았어.

그렇지만 저기 서있는 네 명의 하이에나들은 한 치도 부끄러워하지 않았어. 카란이 사자가 아닐지라도.

　카란은 도리어 어린 수사슴 같았어. 적어도 내 눈엔 그렇게 보였어. 물론 카란은 그 네 ~~놈~~들에게 와락 달려들어 변기에 거꾸로 처넣을 수도 있었어. 카란은 팔 힘이 세니까. 그렇지만 오직 거기, 카란의 마음이 녹아버린 촛농처럼 물러 터졌어.

　카란이 나를 쳐다보았어. 도움을 구하거나 간청하는 것처럼 보이지는 않았어. 그냥 당황하면서 눈을 아래로 떨궜어. ~~젠장~~! 그 하이에나들이 카란한테 하는 꼬라지를 내가 보고 있는 게 부끄러웠던 거야. 그게 내 마음을 아프게 했어. 게다가 하이에나들은 계속 킥킥거리며 웃었어.

　나는 그 장면을 귓속 소음과 함께 옅은 빨간색으로 지켜보고 있었어. 그럼에도 화학 실험실 옆 유리 상자에서 ~~빨간~~ 소화기를 꺼내들었을 때, 난 내가 뭘 할지 아주 명확하게 알고 있었어. 물론 소화기를 어떻게 작동시키는지도 알고 있었어.

　예전에 보육원에 살 때, 크리스마스 직전에 그곳을 방문한 소방관이 있었는데, 그 사람이 우리에게 소화기 사용법을 보여준 적이 있었어. 소방관은 아주 능숙했어. 모든 사람이 시범만 보고도 소화기 사용법을 이해할 수 있을 정도로 노련했다고나 할까.

크리스마스 이브에 오줌싸개 엘비스가 소화기를 크리스마스 트리에 뿌렸어. 양초가 달린 트리가 아니라서 불이 난 것도 아니었어. 엘비스는 그냥 그렇게 한 거였어. 그때 엘비스의 얼굴은 온통 환하게 빛나고 있었어.

보육원 원장이 소화기를 빼앗으며 말했어. "대체 이게 무슨 짓이냐, 엘비스?"

엘비스는 이해할 수 없다는 듯 원장을 바라봤어. "눈이요." 엘비스가 말했어. 원장 역시 당연히 알고 있지 않느냐는 듯이! 크리스마스 트리엔 눈이 덮여있어야 한다는 걸 모두가 알지 않느냐는 듯이.

그래도 엘비스는 아무런 벌을 받지 않았어. 절대 혼나지 않았어. 엘비스에게는 자기 존재 자체가 형벌이었으니까.

, 나는 벌을 받을 거야. 난 항상 벌을 면하지 못해. 하지만 이번엔 그렇게 나쁘지만은 않았어. 왜냐하면 벌이 그냥 사이코 삼촌과의 면담 한 번이었으니까.

"소화기라, 흠?"

그렇게 해서 나는 메아겐 박사를 만났어. 난 박사 사무실에 있는  편안한 소파에 앉아있었어.

"이 소파에선 케케묵은 방귀 냄새가 나요." 내가 말했어.

박사는 웃었어. "항상 나는 냄새라 놀라울 것도 없구나."

메아겐 박사는 옛날 영화에서 노인들이 입은 것 같은 체크무늬 조끼를 또 입고 있었어. 조금 더 정확히 말하자면, 그런 옷차림엔 기다란 수염이 딱 제격이었어. 하지만 박사는 수염을 기르지 않았어. 그리고 안경 역시 쓰지 않았어.

"왜 문 앞에 박사란 글자가 두 개나 붙어있어요?"

내가 긴장하고 있다는 걸 들키고 싶지 않았어. 사실은 경찰 더크와의 면담 때보다 더 긴장됐거든. 왜냐하면 더크는 나한테 아무 짓도 할 수 없었으니까. 하지만 박사의 경우에는 날 어떻게 할지 확실하지가 않았어.

"아, 내가 학생이었을 때 그냥 시간이 많아서 전공 과목을 두 개 공부했고, 박사 논문을 두 개 써서 그렇단다."

"뭐에 대해서 썼는데요?"

"〈운동 기능에 있어서의 국부적 발달장애〉, 〈제도화된 아동 및 청소년들에게 나타나는 파괴적이고 반사회적인 행동〉."

"아, 그게 박사님 거였어요?" 그 논문들을 읽기라도 한 것처럼 내가 말했어.

박사는 웃었어. "미안. 제목이 좀 그렇지?"

"파괴적이고 반사회적인 행동이 대체 어떤 거예요?"

박사는 입술을 쑥 내밀고 무슨 말을 해야 할지 생각했어. "다른 아이들과의 싸움, 하지만 어른과도 싸우는 거. 다른 사람의 물건을 망가뜨리고, 자기 물건도 망가뜨리는 거. 도둑질, 거짓말, 반항, 심각한 분노폭발, 학교 땡땡이, 가출….”

난 눈을 가늘게 뜨고 박사를 바라봤어. “그거 제 서류에서 읽은 거예요?”

“아니, 이런 건 다른 서류에도 흔히 적혀있는 거란다.”

“그럼 전 별로 특별한 건 아니네요?” 실망한 척하며 내가 말했어. “전 정상인가요?”

박사는 웃었어. 난 박사가 ‘모든 아이들은 아주 특별하단다.’ 내지는 이와 비슷한 ━━━━ 속임수를 말할 줄 알았어. 하지만 박사는 “오스트리아의 심리치료사 알프레드 아들러는 잘 알지 못하는 사람만이 유일하게 정상인 사람이라고 말했단다.” 라고 말했어. 솔직히 말하면, 이 말에 어쩐지 안심이 되었어.

난 박사 같은 사람 앞에 앉아있는 일에 대한 두려움을 항상 갖고 있어. 그 사람들은 나더러 최강 ━━━━ 사이코라고 말하거든. 내가 지니고 있는 어떤 문제도 더 이상 도와줄 수 없겠다고. 나한테는 ━━━━ 환자 구속복을 입히고 이것저것을 해대는 독방에 감금하는 게 그저 최선이라고 말이야.

“왜 여자아이들에게 소화기 분말을 뿌렸던 거니?” 박사는 마치 어떤 공식을 아주 정확히는 이해하지 못했다는 듯이 물었어. 논리적인 답이 존재하고 있다는 것처럼. 내가 그 비밀을 알려줘야만 한다는 듯이. 좋은 속임수였어. 하지만 난 넘어가지 않았어. 보육원생은 절대로 다른 사람을 고자질하지 않거든.

"걔네들이 화염 속에 있는 것처럼 보였어요."

잘 이해한다는 듯이 박사는 고개를 끄덕였어. "난 릴리스를 2년 전부터 알고 지내고 있단다." 그러고 나서 말했어. "그 아이는 항상 화염 속에 서곤 하지. 내 생각엔 누군가가 다른 방식으로 그 열기에 상처 입었을 것 같은데?"

난 소스라치게 놀랐어. 정말로. 완전 명중.

"카란이요." 내가 말했어.

나는 박사에 대해 잘 모르고 있었어. 박사는 마티스처럼 속이 환히 들여다 보이는 유리병 같은 사람이 아니었어. 하지만 그럼에도 아주 조금 박사가 화가 났다는 걸 알 수 있었어.

"아, 그건 물론 특별히… 그건 좀 비열하구나. 카란은 좋은 아이야. 다만 보호막이 없어서 걱정이란다. 카란 주위에 어떻게 불을 끄는지 알고 있는 사람이 있다는 건 좋은 일이다."

박사는 엉거주춤 절반 정도 일어섰어. 그날 면담에서 내가 가장 크게 놀란 대목이었어.

"이게 다인가요?"

박사는 깜짝 놀라 나를 보더니 다시 자리에 앉았어. "나한테 얘기하고 싶은 게 더 있니?"

아, 이 양반 똑똑하네. 정말로 ░░░░ 노련하십니다요.

"저는 항상 사이코 삼촌은 친부모에 대해 제일 먼저 물어본다고 생각했어요."

"부모님에 대해 얘기하고 싶니?" 박사가 물었어. "그분들과 연락은 하니?"

나는 자리에서 거의 튀어오를 정도로 놀랐고, 갑자기 소음이 시작됐어. 소음의 파도에 익사할 수도 있을 것 같았어. 즉시 내 시야는 빨강이 되었어. 반면 박사는 침착하게 앉아있었어.

"내가 대학을 다닐 때, 아니, 아마도 훨씬 그 전부터…." 박사는 침착하게 겨우 알아들을 정도로 작은 목소리로 말했어. "그때 가끔씩 나를 갈가리 찢어놓는 순간들이 있었단다."

나는 아무 말도 하지 않았어. 그저 코로 숨 쉬려고 안간힘을 다했어. ▬▬▬▬, 코끼리를 개집에 밀어 넣는 것처럼. 하지만 그건 불가능했어.

"지금의 난 그걸 '공황발작'이라고 부르지." 박사는 설명을 이어갔어. "숨 쉬기가 힘들었어. 가슴은 너무 답답했고, 내 눈은 내 몸과 따로 놀았단다. 갑자기 아무것도 보이지 않았어. 그리고 어지러웠어, 아주 많이. 뭔가를 아니면 누군가를 꽉 붙잡아야만 할 정도로."

"어떻게 하셨어요?" 난 속이 메스꺼웠어.

"도망쳤단다." 박사가 말했어. "상관없었어. 내가 지금 어디 있든지 간에 다른 어딘가로 도망을 갔어. 난 내가 항상 기절할 수도 있다고 생각했거든. 아니면 토하거나. 혹은 둘 다. 난 그냥 누군가 그런 나를 보는 걸 원치 않았어. 대부분 화장실로 가서 안에서 문을 잠갔어. 지금은 그게 얼마나 바보 같은 짓인지 알아. 내가 만약 정말로 기절하게 되면 그 안에서는 아무도 날 도와줄 수 없을 테니까. 하지만 그 정도로 정말 지독히도 부끄러웠단다."

내가 고개를 끄덕였어. ━━━━, 그래요, 완전 창피하죠.

"저는 소리가 들려요." 갈라진 목소리로 내가 말했어. "그리고는 뵈는 게 없어지죠."

박사는 고개를 끄덕였어. 오랫동안 아무 말도 안 했어. 그러다가 "그 소리는, 너도 이미 알고 있을 것 같은데, 네 피란다. 아드레날린이 네 심장박동을 점점 빨리 뛰게 만드는 거야. 그리고 그 뵈는 게 없…, 네 눈이 빨개졌구나. 이건 실핏줄이 터진 거야. 스트레스 호르몬 때문에 그런 거란다."라고 말했어.

난 고개를 끄덕였어. 좋아. 이건 새로운 정보로군.

"어떻게 그렇게 빨리 다시 네 자신을 통제하는지 정말 놀랍구나." 박사가 이어서 말했어.

통제? ━━━━, 지금 통제라고 말한 거야? 박사는 대관절 어떻게 갑자기 그걸 알아낸 거지?

"스스로 방법을 찾아낸 거니?"

난 무슨 말인지 여전히 이해하지 못하고 있었어.

"그게 무슨 뜻이에요?"

"천천히 코로 숨 쉬는 거 말이다. 본능적으로 하는 거니?"

"단테요." 내가 말했어. "코로 숨 쉬도록 노력해야 한다고 단테가 말했어요."

박사는 큰 소리로 웃음을 터뜨렸어. "아, 알겠다."

"뭐가 그렇게 ⁓⁓⁓ 우습죠?"

박사는 머리를 흔들었어. "유감이지만 말해줄 수 없어. 아이들이 나한테 혹은 내가 아이들에게 한 말은 모두 엄격하게 비밀에 부쳐진단다. 난 직업상 비밀 엄수의 의무가 있거든. 하지만 너야 단테에게 물어볼 수 있지. 아마도 단테가 말해줄 거다. 어느 쪽이든 간에 난 그게 놀랍구나." 박사가 내게 묻듯이 다시 한 번 쳐다보았어. 그리고 우린 둘 다 동시에 일어섰어.

"박사님, 아흐멧 아무트가 저한테 말해준 게 있는데요…, 저더러 단테를 너무 믿지 말래요. 빛이 있으면 그늘이 있게 마련이라나 뭐라나. 이게 무슨 말인지 이해가 되세요?"

박사가 이맛살을 찌푸리고 몹시 화가 나 보였어. 못 보고 지나치기 어려울 정도였어.

"무슨 뜻인지 아주 잘 이해하지. 한 학생에 대해 떠들고 다니는 아흐멧 아무트 스스로가 명백히 하나의 그늘이야. 이 무슨 쓸데없는 소린지!"

"제 생각에 그 사람은 단테를 좋아하는 것 같아요. 그냥 어떻게든 저한테 경고하고 싶은 것 같고요. 제가 이해 못하는 건, 아흐멧이 왜 그랬냐는 거예요."

박사는 잠시 고민했어. 내가 이 질문을 하지 않았더라면 얼마나 좋았을까 하고 바란다는 걸 알 수 있었어. 그럼에도 박사는 대답했어.

"다른 사람을 믿는다는 건 당연히 위험한 일이란다. 혹은 그 사람을 좋아한다든가, 가까이 오도록 허락하는 일은 말이다. 그건 상처 입을 위험이 항상 있다는 거니까. 하지만 다른 한편으로는, 위대한 에리히 케스트너*의 말을 인용해보자면, 생명은 항상 다른 생명을 위태롭게 하지. 그러니 어쩌겠니? 위험해도 다른 사람을 믿거나 사랑하는 수밖에."

"~~~~~~, 다시 한 번만 말씀해주시겠어요, 사이코 박사님?" 난 말을 끊었어. "단테 문제는 뭐죠?"

"아주 솔직하게 말할게, 엔니. 난 아무 문제도 없는 사람은 이 세상에서 단 한 명도 알지 못해. 무엇보다 나 자신부터가 그

* Erich Kastner(1899~1974) 독일의 시인이자 소설가, '제2의 안데르센'이라 불리는 인기 동화작가.

러니까. 만약 아무것도 변하는 게 없다면 우린 도대체 뭘 위해 아침마다 일어나야 할까? 그리고 이젠 그만 실례, 릴리스가 문 앞에서 기다리고 있어서 말이야."

정말이었어. 금발의 곱슬머리 악마가 박사 사무실 문 앞에서 욕실 가운을 입고 앉아있었어. 손은 무릎에 얌전히 포개고 머리카락은 젖어있는 채로. 내가 밖으로 나오자 커다랗고 파란 눈동자가 그 즉시 날 쏘아봤어.

"어이, ▬▬▬?" 릴리스 옆을 지나가면서 내가 속삭였어. "거품 목욕은 즐거웠니?"

"완전, ▨▨▨이었어. ▧▧▧, ▨▨▨하게, ▬▬▬ 같이 미친 ▨▨▨처럼, ▬▬▬, ▬▬이었어." 릴리스가 달콤한 목소리로 말했어.

"아무리 못해도 10시간 가사 노동 벌칙은 받을 거다. 네가 방금 한 욕을 할바흐한테 전한다면 말이야. 그 여잔 너한테 제대로 ▬▬▬▬하게 실망하겠지."

만약 그 순간에 단테가 모퉁이에서 잽싸게 나타나지 않았다면 할바흐가 아니라 내가 완전 실망할 뻔했어. 단테 얼굴엔 올림픽 경기에서 내가 모든 금메달을 모조리 따버린 것 같은 표정이 떠올라 있었어. 기꺼이 박수 갈채를 보내고 싶어 하는 표정이랄까.

"소화기 짱!" 단테가 나를 향해 소리쳤어. "훌륭해, 엔니! 최고로 훌륭해!"

내 얼굴에는 감추려고 전혀 애쓰지 않는 웃음이 지랄맞게 활짝 퍼졌어. 가장 좋았던 건, 릴리스가 박사 사무실 안으로 사라지기 전에 단테의 말을 들었다는 거야. 그리고 릴리스의 얼굴이 박사의 소파에서 나는 냄새를 맡은 것처럼 찌그러졌어.

작전 변경

이젠 내 입장에서 'χ'를 살펴볼 차례였어. 모든 경우엔 답이 있게 마련이야. 단지 그걸 해낼 계획이 필요할 뿐이지.

혼자 방에 있게 되자마자 나는 태블릿을 꺼내 조사를 시작했어. 그래, 내가 노아한테 연락할 수 없는 거나, 노아가 내게 연락하지 못하는 건 ▬▬▬ 열받는 일이었어. 하지만 난 노아 아빠가 어느 회사에서 일하는지 알고 있었어. 그 회사는 벌써 스위스 바젤의 주소가 포함된 새로운 홈페이지를 인터넷에 올려두고 있었어. 심지어 하겐 씨의 사진과 핸드폰 번호, 이메일 주소도 나와 있었어. 당연히 집 주소는 없었지만 아무려면 어때? 하겐 씨는 매일 저녁 7시면 집으로 가거든. 난 그저 회사 앞에서 하겐 씨를 기다렸다가 뒤따라가면 되는 거라고.

노아가 집에서 나오고 내가 노아 앞에 서있는 모습을 상상해봤어. 혹은 노아가 내 곁을 스쳐 지나가고, 내가 입에 손가락

두 개를 넣어 휘파람을 부는 거야. 노아는 항상 내게 두 손가락으로 휘파람 부는 걸 가르쳐주고 싶어 했어. 매번 성공하는 건 아니기 때문에 상상한 대로 하려면 연습을 더 해야만 했어. 그러니까 내가 두 손가락으로 휘파람을 불면 노아가 나를 돌아보고, 그다음 늑대 미소를 짓고, 그리고 나를 향해 걸어온 뒤에 나를 높이 들어 올려 내 모든 갈비뼈가 으스러질 만큼 아주 세게 껴안아주는 거야.

난 노아를 벌써 찾은 거나 마찬가지였어. 남아있는 문제는 나한테 ⠀⠀여권이 필요하고, 그건 오직 단테의 도움을 통해서만 손에 넣을 수 있다는 사실이었어. 다행히 할바흐의 아빠흐-트-모흐 창문 앞에 ⠀⠀철제 구조물이 있었어. 그러니까 다음 단계는, 할바흐가 정확히 어디에 여권을 두었는지 알아내는 거였어.

그다음 난 매직 플레이스 파크의 '지옥행 급행열차'를 검색했어. 심지어 유튜브에서 동영상도 발견했어.

일부 미치광이들이 이 물건을 타는 것 같았어. 동영상을 보니, 롤로코스트를 타면 '고무새총 출발'이라는 걸 하는데, 이건 롤러코스터가 질주하기 전에 실제로 등 쪽에 강한 타격을 받는 걸 의미했어. ⠀⠀, 핀볼 게임기 안의 구슬처럼 말이야. 그다음에는 토할 수 있을 정도로 아주 ⠀⠀높이 혼자서 올라갔어. 앉는 좌석도 보통의 놀이 기구처럼 일반 자동차 좌석 같은 데가 아니었어. 비행기처럼 안전띠가 달린 좌석인데, 그 좌석은 오로지 머리 쪽만 레일에 붙어있고, 의자 부분은 레일과 붙어있지 않았어. 그래서 커브 구간을 돌 때마다 마치 체인으로 연결된 회전목마를 탈 때처럼 다리가 바깥을 향해 덜렁덜렁 날아다녔어. ~~~~~, 또 어느 시점에서는 탑 같은 게 나오는데, 거기서 동영상이 갑자기 깜깜해졌어. 탑 안에서는 롤러코스터가 엘리베이터처럼 가파르게 위쪽으로 올라갔어. 그 안은 칠흑처럼 깜깜했는데, 그러고 난 다음엔 아래로 추락했어.

젠장! 누가 이런 걸 타지? 게다가 이런 걸 타려고 돈을 낸다고? 진짜로? ~~~~~, 수영장 안에 상어와 함께 자기 자신을 가두는 사람들? 아니면 ~~~~~ 많은 뱀이 엉켜있는 욕조에 드러눕는 사람들? 이건 정말이지 완전 ~~~~~ 악몽이었어, 제기랄! 그리고 이걸 카란이 타고 싶어 한다고? ~~~~~ 이해하기 힘들었어! 전혀 납득이 안 됐어. 만약 나라면, 열 마리 코끼리가 한꺼번에 달려든다고 해도 절대로 나를 그 롤러코스터에 데려다 앉히지는 못할 거야!

다행히 매직 플레이스 파크는 그리 멀지 않았어. 기차를 타면 두 시간도 채 걸리지 않았어. 게다가 우리는 기차를 탈 필요조차 없었어. 우리에겐 폭스바겐 미니버스와 마티스의 누나가 있으니까.

다음으로 지도를 살펴봤어. 최근에 난 양부모와 함께 쥐트티롤 여행을 위해 지도를 살펴본 적이 있었어. 지금은 삭스산에서부터 펜리스 숲까지를 살펴보고 있지만. 산 이름이 무엇인지도.

케이블카 운전사는 거짓말을 하지 않았어. 삭스산의 다른 쪽은 암벽이 아니라, 끝도 없이 펼쳐질 것 같은 어두운 침엽수림으로 이뤄져 있었어. 위성사진에서는 길이 보이지 않아서 지도보기로 이동했어. 지도보기에서는 도보 여행을 위한 길이 표시되어 있었어. 하지만 당연히 그 침엽수림 역시 ~~가파랐~~ 가팔랐어. 케이블카가 있는 다른 쪽만큼 가파르지는 않았지만, 단테에게 문제가 될 만큼 충분히 경사가 있었어.

에드문트–호어바스 선생님이 얘기한 것처럼, 세상의 모든 문제에는 답이 있게 마련이야. 그렇기 때문에 난 이 '𝒳'를 보고 있는 거고. 여기서 '𝒳'는 휠체어에 앉은 한 소년이었어. 소년은 따라서 휠체어를 타야만 했어. 그리고 최소한 나는 이미 삭스산

에 있고, 우리를 문제없이 계곡으로 데려다 줄 수 있는 탈것 하나를 알고 있었어. 한 번 채운 연료로 얼마나 버틸 수 있는지와 네 사람이 거기에 탈 수 있는지가 유일한 문제였어. 하지만 그에 대한 답 역시 인터넷에서 찾을 수 있었어. 난 생산업체 홈페이지에서 연료통의 용량과 지도상에서 펜리스 숲을 지나는 도보 길이 몇 킬로미터인지 찾아봤어. 적당했어!

유감스럽게도 아직 해결이 안 된 게 있었는데, 그건 바로 그 길이 곧바로 어떤 도시나 역, 고속도로 등으로 이어지지 않는다는 사실이었어. 숲 아래쪽에는 ▨▨▨ 전혀 아무것도 없었어. 삭스로 돌아오기 위해서는 삭스산 기슭까지 내려온 다음, 산을 빙 둘러 돌아야만 했어. 그리고 그곳엔 기차역은 하나도 없고 오직 버스 정류장 하나만 달랑 있었어.

빌어먹을, 누가 이런 장소에 호텔을 지을 생각을 했을까? 대관절 이런 데서 뭔가를 할 생각을 어떻게 했을까? 내 말은 그러니까, 대체 몇 백 년 전 어떤 외치* 같은 인간이 여기를 성큼성큼 걷다가 삭스산을 보고 '자, 이제부턴 여기 머물러 볼까' 하고 생각했느냐는 거야.

창가로 가 밖을 내다보니, 저 멀리 계곡 아래 불빛 몇 개가 빛나고 있었어. 여긴 물론 도시가 아니었어. 그 불빛은 기껏해

---

* Ötzi, 알프스 산맥 외츠 계곡에서 발견된 약 5300년 전 청동기 초기 중년 남성의 자연 냉동 미라.

야 몇 개의 집들과 가로등일 거야. 그럼에도 반짝이는 점들은 정말 아름다웠어. 밖은 아직 아주 어두워지지는 않았고 짙푸른 황혼에 가까웠어. 문득 이렇게 아름다운 곳에서는 한 번도 살아본 적이 없었다는 생각이 들었어. ▬▬▬, 상관없어. 노아는 여기 없으니까.

아마도 양부모는 노아를 벌써 새로운 학교에 집어넣었을 거야. 노아는 부모님과 싸우고 있을까? 나를 데려오지 않았다고 화를 내고 있을까? 노아는 다른 학생들과 당최 대화가 통하기는 할까? 혹시 다른 애들은 모두 스위스독일어를 하기 때문에 ▬▬▬ 한 마디도 이해하지 못하고 있을까?*

밖이 어두워지자 정확히 유령이 다시 신호를 보냈어. 방 오른쪽 모퉁이 위에서 사각거리는 소리와 부스럭대는 소리가 났어. 덩굴나무 벽지와 코끼리 벽지가 만나는 지점이었어.

물론 아무것도 보이지 않았어. 아마 유령도 자신을 드러내기 전까지 일단 내가 완전 ▬▬▬인지 아닌지 두고 보는 것 같았어. 뭐, 물건을 집어던지고 시끄러운 장난을 좋아하는 유령만 아니라면 난 아무래도 상관없었어.

이메일을 확인할까 잠시 고민했지만, 노아는 확실히 이메일

* 스위스에서 사용하는 '스위스독일어'는 표준독일어와 많이 달라서 독일 현지인들이 곧바로 이해하기는 힘들다.

을 보내지 않았을 거야. 백 퍼센트 내가 받았을 것 같은 메일들은 지금 읽고 싶지 않았어.

이때 누군가 방문을 두드렸어. 아마도 벽지 뒤 유령의 친구들, 그러니까 서쪽 건물에서 온 시끄러운 유령들인 것 같았어.

"네?"

유령이 아니었어. 빗자루도 아니고 다른 어떤 것도 아니었어. 적 그리스도였어. 바로 릴리스.

"안녕?" 릴리스는 눈이 내가 앉아있는 자리 언저리를 헤매고 있음에도 방 안에 대고 말했어. 이 작은 계집애가 그 어떤 유령보다 ══════ 섬뜩했어.

"뭘 원해, ▨▨아?" 난 릴리스에게 소리를 질렀어.

릴리스는 다정하게 미소 지었어. "이 방에서 이상한 냄새가 나는데." 릴리스는 냄새를 맡고는 작은 들창코를 찡그렸어. "한번도 청소를 안 한 설치류 우리 냄새 같아."

"아마 쥐일 걸." 내가 응수했어. "네가 이 방에 들어오고 난 후부터 냄새가 났단다."

릴리스는 계속 미소 지었어. "너한테 사과해야 한다고 메아겐 박사님이 말씀하셨어."

"뭣 때문에? 넌 나한테 종이 총알을 쏘지도 않았잖아."

"카란한테도 사과해야 해." 릴리스가 시인했어.

"잘됐네."

릴리스는 문가에 서서 움직이지 않았어.

"넌 왜 그런 짓을 하는데?" 내가 물었어. "그러니까 내 말은, 어떤 유전적인 결함이 있어서 그런 ~~WWWW~~ 재수 없는 ~~WWWWWWWW~~이 된 거냐는 뜻이야."

릴리스는 계속 귀엽게 웃었어. "네 도덕 설교 따윈 접어서 도로 네 ~~WWWW~~에 집어넣어도 돼." 릴리스가 훈계하듯이 말했어. "넌 내가 정말 모든 사람에게 친절해야 한다고 말하고 싶은 거니? 네가 나라면, 누군가를 목 졸라 죽이려고 덤벼들지 않고서는 ~~WWWW~~ 하루도 못 지낼 걸? 난 앞을 못 보지만, 그게 내가 너희들의 ~~====~~ 같은 동정심까지 알아채지 못한다는 걸 의미하진 않아. '야, 저것 봐, 금발 곱슬머리를 가진 저 아이, 진짜 예쁘다! 그런데 아, 저런, 웬걸. 쟤는 장님이구나. 오, 저 가엾은 아기! 눈물이 나오려고 하네.' ~~WWWW~~, 그러든가 말든가 난 너희들한테 관심 없거든. ~~WWWW~~, ~~====~~!"

그래, 물론 나는 릴리스가 실제로 이런 사람이라는 걸 알고 있었어. 하지만 릴리스가 그렇게 말하는 걸 들으면서 동시에 사랑스러운 미소를 지으며 서있는 걸 보니 ~~====~~ 몸서리가 쳐졌어. 그리고 내 유령은 그때 아주 아주 조용하게 행동하고 있었어. 아마도 릴리스를 무서워하는 것 같았어.

릴리스는 가려고 돌아섰다가 다시 나를 향해 돌아섰어.

"그건 그렇고, 단테하고 네 새 친구들에게 전해주겠니? 내가 너희들의 계획을 알고 있고, 그 일이 어그러지게 만들 거라고 말이야. 만약 그게 싫으면 너희들 중에 누구 한 명이 내게 핸드폰을 마련해주든가. 그리고 그 핸드폰은 할바흐가 알 수 있는, 이미 번호가 어딘가에 기록된 ▨▨▨한 핸드폰이어선 안 돼, 알겠어? 사흘 줄게. 그리고 마지막으로…, 만약 네가 해골에 아주 쬐끔이라도 뇌라는 게 있다면, 아이들이랑 같이 도망치는 짓 따윈 하지 마. 단테는 네 생각만큼 훌륭하진 않아, ▨▨▨! 아무도 그런 사람은 없다고."

릴리스가 방문을 부드럽게 닫았어. 입으로 화살을 쏘아댈 때처럼 부드럽게. 그래도 이 작은 악마가 과녁의 정 가운데를 ▨▨▨ 명중시켰다는 사실에는 변함이 없었어.

문이 닫히자마자 난 튀어 올라 알바의 독일어 공책을 와락 움켜잡았어. 원래 카란 생일까지 일주일이란 시간이 남아있었어. 이제 어떻게 하지? 릴리스 때문에 탈출 계획이 예정보다 앞당겨졌어. 우리에겐 사흘이란 시간 밖에 없었어.

기숙학교는 한 마디로 ▨▨▨▨ 거대하게 넓었어. 별도의 교사 아파트가 있을 정도로 충분히 커서, 집이 아니라 하나의 도시 같았어. 다행히 어디에나 문 앞에 이름이 붙어있었어.

일단 루이자 크레빅이란 이름이 붙어있는 문 앞에 섰어. 하지만 루키 엄마와 루키에게 가고 싶지 않았어.

할바흐란 이름이 붙어있는 문을 두드렸어. 사무실에 불이 아직 켜져있는 걸 봤기 때문에 나는 알바 엄마가 아직 사무실에 앉아있다는 걸 알고 있었어. 알바가 바로 문을 열었어. 뒤쪽 거실에서 텔레비전 소리가 났는데, 만화영화 소리 같았어. 우리가 서로 얼마나 닮았는지가 다시 눈에 들어왔어. 10센티미터 정도의 키 차이만 빼고. 그리고 파란색 머리카락도.

"안녕, 알바." ⎓⎓⎓⎓ 상냥하게 인사를 했어. "나야, 엔니. 네 독일어 공책을 돌려주려고 왔어. 너, 랩으로 만든 시 숙제, 벌써 다했니? 잠깐 들어가도 될까?"

당연히 알바는 들어오고 싶은지 어쩐지 내게 묻지 않을 거야. 하지만 들어가도 되냐고 내가 물어보면, 거의 대부분은 안 된다고 말하지 않지. 알바는 아무 말도 하지 않았어. 그저 옆으로 한 걸음 비켜섰을 뿐이었어. 전혀 모르는 사람을 집 안으로 들이는 건 엄마가 마음에 안 들어 할 거라고 알바가 속으로 생각하는 소리가 내 귀에 들리는 듯했어.

난 아주 뻔뻔하게 텔레비전이 켜져있는 거실로 성큼성큼 들어갔어. 무슨 애니메이션 영화였어. 나는 소파에 앉아 ▨▨▨ 바보처럼 알바를 보고 웃었어.

"네 공책, 정말 큰 도움이 됐어. 고마워!"

알바는 서있었는데, 왼쪽 발로 오른쪽 다리를 긁고 있었어. 무슨 말부터 시작해야 할지 망설이고 있는 것 같았어. 제일 좋은 건 내가 다시 사라져버리는 것일 텐데 그 말을 어떻게 꺼내야 할지 방법을 몰랐던 거야. 지루한 순간이었어. 무엇보다 그건 내가 아무 말도 하지 않았기 때문이었어.

"어떻게… 삭스는 어때, 마음에 드니?" 마침내 알바가 물었어. 그렇게 덥석, 덫에 걸려들었어.

"좋아." 내가 말했어. "삭스는 내가 가본 데 중에서 젤 아름다운 곳이야."

그렇게 나는 거의 목표에 이르렀어. "근데 난 아직 한 번도 정말 어딘가로 여행을 가본 적이 없어. 넌 태국에 갔었다고, 엄마가 말씀하시더라. 진짜 짱이었을 것 같아. 비행기 타고 제대로 멀리 떠나본 거잖아!"

물론 나 역시 이미 비행기를 타봤어. 태국은 아니었지만 어쨌든 비행기는 비행기야, 그렇지 않냐? 하지만 그런 건 알바가 알 필요가 없었어.

알바는 그 즉시 누그러지기 시작했어. 그리고 맞은편 소파에 무릎을 꿇고 앉아 웃었어. "그 여행은 진짜 너어무~ 환상적이었어." 알바는 이야기에 열중하기 시작했어. "아빠랑 같이 갔던 뤼겐 섬보다 천 배는 더 좋았어. 엄마랑 나는 어떤 호텔 지역에 있었는데, 거기서는 하루 종일 원하는 걸 뭐든지 먹을 수 있었거든. 온종일 초코푸딩, 아이스크림, 감자튀김, 스파게티 또…."

혼자서 ⟋⟍⟋⟍⟋⟍ 음식들을 열거하는 데 알바에겐 영원의 절반만큼 시간이 필요해 보였어. 알바가 내가 좋아하는 시리즈의 다음 시즌이 어떻게 진행되는지 알려주기라도 하는 것처럼 나는 정말로 알바의 말을 ▟▟▟▟▟▟ 넋을 잃고 들었어. 딱 한 번, 중간에 아주 잠깐 말을 잘랐는데, 그건 방 안이 너무 더우니 창문을 열어도 되겠느냐고 부탁하기 위해서였어. 그리고 한 번은 잠깐 화장실에 가서 내가 찾고 있던 것, 즉 할바흐의 갈색 머리 염색약을 찾기 위해서였어. 염색약은 세면대 밑 장롱에 네 통이 놓여있었어. 한 통쯤 없어져도 눈치 채지 못할 것 같았어.

나는 또 재빨리 창문을 연 다음, "너 거기 가기 전에 무슨 주사 같은 거 맞았어?"라고 물어도 하나도 이상하지 않을 때까지 알바의 말을 계속해서 들었어. "태국에 가기 위해서는 미리 무슨 주사를 맞아야 한단 소릴 들었거든. 너는 당연히 여권을 가지고 있겠지, 그치? 거기에 무슨 도장 같은 거 받았니? 내가 좀 봐도 될까?"

알바는 쉴 새 없이 수다를 떨면서 내 질문에 대답하려고 거의 자동으로 창문 아래 나무 서랍장으로 갔어. 그러니까 거기에 ~~~~~~~ 여권이 있다는 거지. 알바는 첫 번째 서랍의 손잡이를 잡고 당겨보더니 "아, 엄마는 밖에 나갈 때 항상 서랍을 잠가놓고 가서. 언제 다른 날 보여줄게, 알았지? 그다음에 이헤파… 무슨 주사랑 다른 주사를 또 맞았는데 시간이 지나니까 팔이 완전 테니스공 절반만큼 부어오르더라…."

난 ~~~~~~ 조금도 실망하지 않았어. 어차피 지금 당장은 여권을 가져갈 수 없을 테니까. 하지만 그게 어디 있는지는 이제 알았으니 반은 성공한 셈이었어. 이제 나는 루키가 내게 더는 화내지 않기를 바랐어. 안 그러면 아마도 자물쇠 따는 데 루키는 아무 의욕도 없을 테니까.

아빠흐-트-모흐 침입 작전

루키와 나는 단테가 어떻게 창턱에서 몸을 흔들다가, 거기서 힘 들이지 않고 철제 구조물을 움켜잡는지 구경했어.

그다음에는 그냥 빈 휠체어만 남아있었어. 단테는 별이 총총한 하늘 아래, 떨어지면 자기를 죽으로 만들어버릴 수 있는 높이에 매달려있었어. 그런 일은 절대로 불가능한 것처럼 단테가 나를 보고 웃었어. 아이작 뉴턴이 땅으로 떨어지는 사과에 대해 잘못 이해했다는 듯이. 단테 달렘에게는 중력이 적용되지 않는 것 같았어.

"나중에 보자, 너희 둘."

단테는 그다음으로 높은 위치에 있는 가로막대를 잡기 위해 다리를 앞뒤로 흔들었어. 두 막대의 높이 차를 어렵지 않게 극복할 수 있을 때까지.

"단테는 저걸 영원히 할 수도 있을 걸." 루키가 안심시키듯 말하며 내 손을 잡았어. 루키가 너무 잘 대해줘서 혹시 루키에게 나를 좋아하지 않는 또 다른 쌍둥이 형제가 있는 건 아닌지 진심 궁금해졌어. 그래서 루키에게 계획을 전부를 얘기할 마음이 아직은 없었어. 그저 카란과 단테, 루키와 마티스에게 우린 내일 어둑한 새벽에 떠날 거라고만 말해두었어.

내가 아직 말하지 않은 건, 아이들이 오후에 삭스로 돌아올 때 나는 같이 오지 않는다는 거였어. 그리고 또 하나 말하지 않은 건, 내가 릴리스와 거래를 했다는 사실이었어. 릴리스는 지금 내 핸드폰을 갖고 있었어. 릴리스가 협박을 했기 때문에 입막음을 하려고 한 게 아니라 뇌물로 준 거였어. 내일 우리가 없어진 걸 숨겨줄 수 있도록 하기 위해서였어.

그리고 지금은 루키가 앞니가 빠진 채로 날 보고 웃고 있었어. 난 루키와 함께한다는 것 때문에 마음이 하나도 편치 않았어. 우리가 들키면 어떻게 될까? 내 문제에 꼬마를 끌어들여서 루키 엄마가 일자리를 잃게 되면 어떡하지?

"부모님은 아무것도 모르시는 거 진짜 확실해?" 루키에게 거듭 물었어.

"응. 왜냐면 엄마는 엄청 크게 코를 골기 때문에 전혀 아무것도 못 들어." 루키가 재차 말했어. "그리고 아빠는 엄마 말을 안 들으려고 아예 귀에 못을 박아버렸고."

이것이 지금 루키가 자정 무렵 서쪽 건물 교사 아빠흐−트−모흐 앞 어두운 복도에서 내 옆에 서서, 단테가 할바흐 아파트 안에서 우리에게 문을 열어주기를 기다리고 있는 것에 대한 설명이었어. 이 일이 이렇게 극도로 신경을 소모시키는 일인 줄 전혀 생각하지 못했어.

루키는 전문가답게 할바흐 집의 자물쇠를 흘낏 보고는, 자기는 보안 잠금장치가 달린 건 열 수 없다고 말했어. 그렇다면 우리가 선택할 수 있는 경우의 수는 세 가지였어. 첫째, 전에 내가 열었던 두 개의 창문 중에 하나가 지금 열려있을지 모른다. 둘째, 할바흐와 알바가 정말로 벌써 잠자리에 들었을지 모른다. 셋째, 아흐멧의 차고 문이 계속 열려있고, 마티스 누나가 우리와 약속한 걸 잊지 않기를 바라는 수밖에 없다.

"단테가 벌써 창문까지 온 것 같아?" 루키가 물었어. 큰 소리로 얘기하지 않았지만 그래도 심장이 쿵 내려앉았어.

"쉿." 내가 말했어. "나도 더 이상은 안 보여."

어떤 생물 선생이, 전 세계가 세로토닌에 대해 처음부터 끝까지 사기만 친다고 이야기한 적이 있었어. 선생은 모두가 세로토닌을 행복호르몬이라 말한다고 했어. 혈액 속에 세로토닌이 많으면 많을수록 더 행복해진다고 말이야. 선생은 그러나 그 말은 완전 새빨간 거짓말이라고 했어. 또 선생은 어떤 연구에 대해서도 설명했어. 그 연구에서 사람들은 쥐를 눕히고 단단히 묶어놨다고 했어. 쥐들은 버둥거렸고 저항했대. 하지만 어느 시점에는 버둥거려봤자 아무것도 바뀌지 않는다는 걸 깨달았대. 쥐들은 계속 묶인 상태였고, 그때 쥐들의 세로토닌 수치가 계속 상승했다고 했어. 마침내 포기하고 더 이상 싸우지 않게 될 때까지.

쥐들은 결국 ▨▨▨ 죽었대. 하지만 선생은 이것이야말로 이 실험의 ~~✕✕✕~~ 핵심이라고 말했는데, 만약에 쥐들 입에 갉을 수 있는 막대기 하나만 물려주었더라면 세로토닌은 낮게 유지되었을 것이고, 쥐들은 죽지 않았을 거라는 거였어. 왜냐하면 놓여날 수 있을 거라고 상상할 수 있기 때문이래. 또한 뭔가 할 일이 있기 때문이기도 하고. 다 갉아놓은 막대기로 아마도 뭔가 바꿀 수 있다고 믿을 수 있기 때문이라는 거지. 그러니까 쥐들은 아무런 도움을 받지 못했고 완벽하게 무력했기 때문에 죽었다는 설명이었어.

단테가 철제 구조물을 기어오르고 있는데, 난 여기 앉아 기다리는 것밖에는 아무것도 할 수 없다는 게 난 죽도록 싫었어. 만약 단테가 추락하면? 만약에 발각되기라도 한다면? 혹시 나에게도 조금씩 갉을 수 있는 막대기가 필요한 걸까?

바로 그 순간, 할바흐 집 문이 딸각, 소리를 내며 열렸어. 단테가 그 뒤 바닥에 앉아있었어. 한 손으로는 루키가 내어준 휠체어를 잡고, 다른 한 손으로는 문 손잡이를 위로 당기면서 단테가 휠체어에 앉았어. 단테가 ~~머리~~ 머리끝까지 아드레날린으로 꽉 찬, 최고로 기분 좋은 얼굴로 우리를 보고 웃었어.

나는 아흐멧 아무트가 했던 말을 이해했는데, 단테는 정말 어둠 속에서도 빛이 나고 있는 것처럼 보였어. 피부는 머리카락처럼 거의 ~~빛~~ 황금빛이었고 눈엔 불꽃이 튀고 있었어. 그 모습은 바이러스처럼 전염성이 있었어. 난 나도 어느새 웃고 있다는 걸 알아차렸어.

그때 루키가 소매를 잡아당겨 나를 아파트 안으로 끌어들였어. 눈이 어둠에 익숙해질 때까지 잠시 시간이 필요했어. 그다음엔 내가 루키 손을 잡고 복도를 지나 거실로 이끌었어. 솔직히 난 완전 겁에 질려있었어. 허락받지 않고 남의 집에 들어와 있는 건 정말 ~~정말~~ 이상한 느낌이었어. 내가 이렇게 긴장하리라곤 생각하지 못했어. 마치 다른 사람의 신발 상자를 손으로 여기저기 헤집는 것처럼 느껴졌어. 나는 속이 좀 메스꺼웠어.

어둠에 잠긴 집은 항상 기이해 보였어. 이런 풍경은 보통 한밤중에 화장실에 가야 하거나, 전등 스위치를 누르기엔 너무 게으르거나 할 때만 볼 수 있는 것이었어. 여기서는 할바흐가 깰 수도 있다는 엄청 찌릿함까지 ~~더해~~ 더해졌어.

탁자 위에는 할바흐의 빨간 안경이 놓여있었어. 너무 사적인 물건이라 기분이 아주 언짢았어. 안경이 없는 할바흐는 등딱지 가 없는 ~~~~~ 거북과 같았어.

루키가 묻는 듯한 눈으로 나무 서랍장을 가리켰어. 별빛 아래서 루키의 작은 얼굴을 보면서 꼬마를 이런 상황으로 끌고 온 내가 완전 ~~~~~ 미친 건 아닌지 스스로에게 묻고 있었어. 하지만 루키는 그때 벌써 끝이 각각 다르게 구부러진 몇 개의 도구를 꺼내들고 서랍장 앞에 무릎을 꿇고 앉았어.

잠시 동안 루키가 어떻게 자물쇠 안을 이리저리 쑤시는지를 보았어. 이렇게는 절대 성공할 수 없다고 막 생각했을 때, 루키가 도구를 자물쇠에서 꺼내더니 나를 보고 웃으며 서랍을 열었어. 바로 그때 방 안의 전등불이 켜졌어. 맨 처음엔 그 상황을 이해하지 못했어. 내 멍청한 두뇌는 이 두 가지 일이 서로 전혀 관련이 없다는 걸 알아차리지 못한 거야.

그렇기 때문에 우리 둘은 할바흐가 발을 질질 끌며 거실로 들어왔을 때 아무 반응도 하지 못했어. 머리카락은 괴상하게 머리 위로 뻗쳐있었고, 두 눈은 한낮의 태양 아래 눈 부셔 하는 두더지처럼 꼭 감겨있었어. 할바흐는 우리를 보지 못했어. 그냥 파자마 바람으로 발을 질질 끌며 거실을 지나 문으로 사라졌어. 곧 변기 뚜껑이 열리는 소리가 들렸어. 할바흐는 전등 스위치를 누르기에는 너무 게으른, 그런 사람이 아니었어.

난 루키를 거실 밖으로 밀치고 입술만 움직여 말했어.

"가!"

루키는 몸을 비틀었지만 뒤에서 내가 발로 한 번 차자 이내 사라졌어. 난 서랍을 닫은 후 서랍장 뒤로 숨었다. 느낌상으로는 이틀쯤 지나서야 마침내 화장실 물 내리는 소리가 들렸어. 그다음 수돗물. 당연히 할바흐는 ~~~ 손을 씻겠지.

드디어 다시 화장실 문 여는 소리가 들렸어. 그다음엔 텔레비전이 켜졌어. 뭐야, 이런 ~~~! 토할 것 같았어! 이 할망구가 도대체 지금 뭐하자는 거지?

할바흐가 앉자 소파가 삐걱거렸어. 〈왕자의 게임〉 테마 음악이 들렸어. ~~~! ~~~! 뭐야, 지금 이 여자가 한 시즌 전체를 내리 보겠다는 거야? 안 돼! 절대로 그럴 리가 없어!!

만약 그렇게 되면, 난 밤을 서랍장 뒤에서 보내야만 했어. 다음 날 아침 할바흐는 서랍이 잠겨있지 않다는 걸 알고 서랍을 잠근 다음 집에서 나가겠지. 그다음 할바흐가 아파트 문도 잠가버리면 나는 그 ~~~ 철제 구조물 위로 기어올라야만 할 거야. 그러면 계획 전체가 말짱 꽝이 되는 거야! 게다가 더 화나는 일은 나한테는 다시 갉을 수 있는 막대기가 없다는 거였어. 그렇게 되면 난 아무것도, 전혀 아무것도 할 수 없게 돼. 여

기 그냥 갇히는 거라고!!

그렇게 몇 분이 흘렀어. 나는 마음을 가다듬고 용기를 내어 가장자리로 포복해서 기어갔어. 그러다가 바보 같은 블루칩 목걸이가 서랍 손잡이에 걸리는 바람에 거의 목이 졸리다시피 했어. 난 머리를 앞으로 내밀고 소파 쪽을 힐끗 보았어. 할바흐가 거기 앉아 탁자 위에 발을 올려놓은 채 코에 안경을 걸치고 텔레비전을 보고 있었어. 처음엔 텔레비전 화면이 안경에 반사되는 바람에 눈을 뜨고 있는지 감고 있는지 볼 수 없었어. 그러나 그 후 점점 깊고 규칙적인 숨소리가 들렸어. 할바흐가 텔레비전 앞에서 자고 있었던 거야.

난 아주 조용히 무릎걸음으로 걸어가 서랍을 다시 열었어. 그 속엔 몇 장의 서류와 현금 300유로가 있었어. 난 잠시 유혹에 흔들렸어. 이 돈이면 모든 게 훨씬 쉬워질 테니까. 그럼에도 난 그걸 차마 집지는 못했어. 그리고 나자 뭔가 초록색 물건이 반짝거렸는데, 그건 두 개의 여권이었어. 여권 첫 장에 나딘 할바흐란 이름이 보였어. 두 번째 여권이 알바 것이었어. 사진 속 알바는 지금보다 일 년은 어려 보였고 그래서인지 나와 더 닮아 보였어. ~~쌍둥이~~ 대박!

다른 서류들은 처음에 봤을 때와 똑같이 다시 넣었어. 그런 다음 서랍을 닫으려고 하다가 나는 멈칫했어. 연한 노란색 서류철 표지 위에서 뭔가를 읽은 거야. 이게 가능한 일인가? 여권을 찾느라고 그 서류철은 주의 깊게 보지 않았었어. 나는 다시 서랍을 열어 종이 몇 장을 옆으로 치웠어. 거기에 서류철이 있었어. 표지에는 검은색으로 ~~뭐라고~~ 크게 이렇게 쓰여 있었어. 단테 벤야민 달렘.

그때 소파에 있는 할바흐가 갑자기 뭔가 중얼거리다가 잠깐 움찔하더니 다시 잠이 들었어.

서류철 표지를 열었어. 단테 사진이 있고, 그 옆에 이름과 생년월일이 적혀있었어. 그리고 단테 엄마와 이복 동생, 의붓 아빠에 대한 것도 있었어. 아하, 그래, 그러니까 이게 ~~무슨~~ 학생기록부로구나. 근데 왜 이게 할바흐 집에 있는 거지?

막 서류철을 덮으려고 하는데, 머리에 챙이 달린 모자를 비스듬히 쓰고 가슴에 훈장을 단 군인 사진이 보였어. 내가 아는 사람이라는 생각이 스쳤어. 이내 그 군인은 15년 전 쯤의 아흐 멧 아무트라는 걸 깨달았어. 사진이 들어있는 서류는 일종의 지원서 같은 거였어. 지원서엔 무술 종류, 군사훈련, 보디가드 등이 쓰여 있었어.

그 뒤로 몇 장을 넘기니 계좌입출금 내역이 나왔어. 내역엔 기숙학교 계좌번호로 보낸 송금 목록이 있었는데, 자그마치 한 달에 3,800유로*였어. ///// ▄▄▄!

누군가 내게 여기 기숙사에서 살고 학교에 다니려면 그 비용이 보통 직장인의 월수입보다 훨씬 더 비싸다고 얘기했었어. 하지만 사람이 그 비용을 이렇게 문서로 보게 되면 완전히 느낌이 다른 법이야. 계좌내역의 돈은 어떤 변호사가 보낸 것으로, '라우쉬 니엔베르크 & 파트너'라고 쓰여 있었어.

난 잠깐 고민했지만 서류는 수십 장에 달했고, 사진을 찍을 핸드폰도 없었어. 그래서 그냥 마지막 장을 꺼내 조용히 접은 후 배낭에 집어넣었어. 그러고 나서는 바닥에 엎드린 후 배로 기어 거실을 통과했어. 복도에 와서야 다시 일어서서 조용히 현관문을 통해 나온 다음, 아파트 문을 닫았어.

단테가 어두운 모퉁이에서 쏜살같이 나오더니 빛나는 얼굴

---

* 우리 돈으로 약 500만 원.

로 묻듯이 쳐다보았어. 난 여권을 재빨리 꺼내 높이 쳐든 후 심지어 미소도 지어 보였어. 하지만 심장은 미친 듯이 쿵쾅거렸고 귀에서는 솨솨 거리는 소리가 나고 있었어. 단테를 처음 만났을 때의 느낌을 다시 똑같이 느낄 수 있었어. 내가 어떤 사람의 인생에 흘러 들어왔고 갑자기 그 사람 인생의 조연이 된 것 같은.

난 이 느낌을 떨쳐버리려고 애를 썼어. 내일이면 난 스위스 바젤에 있을 거야. 모레면 노아를 다시 만날 거야. 그것 말고 다른 모든 건 아무래도 상관없었어. ▰▰▰ 상관없었다고.

한밤의 탈출극

나는 머리를 감고 난 뒤, 젖은 머리로 내 방 '중세 기사 여럿이 죽어나간 유서 깊은 침대'에 앉아 주위를 둘러보았어. 새들은 30분 전부터 온 마음을 다해 노래하고 있었지만 여전히 날이 밝지는 않았어. 새벽 4시 30분. 난 작별 인사를 했어. 계곡의 빛과 산 위의 별들, 단 한 번도 수영해보지 못한 청록색 호수에게 작별을 고했어. 그리고 토할 정도로 역겨운 벽지와 모퉁이의 유령에게도.

그다음엔 일어서서 태블릿을 창문 앞 책상 위에 놓았어. 태블릿을 들고 가는 건 옳지 않다는 느낌이 들었거든. 가장 좋은건 에드문트–호어바스 선생님에게 돌려주면서 모든 걸 설명하는 것일 거야. 그 선생님은 이해해줄 거라는 느낌이 들었거든. 물론 그럼에도 선생님은 ━━━━━ 경보를 울리겠지. 비록 우리둘 다 'x'와 'y'가 같다는 걸 알고 있을지라도.

나는 노아의 셔츠와 청바지를 입고 오래된 부츠를 신은 다음 모자를 썼어. 그 외에는 배낭 하나밖에 더는 없었어. 배낭, ▨▨▨▨▨ 쥐트티롤 도보 여행을 위해 새로 산 그 가방. 노아와 함께 도망쳤던 밤보다 더 많은 짐을 싸지는 않았어. 짐 가방에는 아무것도, 노아 엄마가 날 위해 사서 짐 가방에 넣어준 ▨▨▨▨ 비싼 새 옷도 넣지 않았어. 오직 노아 엄마가 준 100유로만 넣었어. 그 돈은 노아한테 가기 위한 여행길에 필요하니까.

버스표는 유감스럽게도 신용카드가 없어서 온라인으로 살 수 없었지만, 창구에서도 살 수 있을테니까 문제 없었어. 그저 엄마가 내 뒤 어딘가에 있는 척만 하면 될 뿐이었어. 버스가 연착하지 않는 한, 오늘 저녁에 난 바젤에 있을 거야.

전등을 껐을 때, 유령이 다시 모퉁이에서 바스락거렸어. 밖이 벌써 훤해졌기 때문에 유령을 처음으로 볼 수 있었어. 방 뒤쪽 구석, 콘센트가 있던 빈 구멍에서 큰 눈을 가진 회색 머리가 보였어. 털이 나 있었어. 아마도 릴리스가 이 냄새를 맡았던 걸까? 정말 쥐인가?

"잘 있어, 유령" 조용히 내가 말했어. "이제 이 방은 다시 네 거야."

다른 아이들, 그러니까 단테와 카란, 루키는 이미 차고 앞에서 날 기다리고 있었어. 단테가 나를 보고 웃었어.

"네 생각이 얼마나 천재적인 발상인지 내가 얘기했었나? 나는 왜 진작 이 생각을 못했는지 이해가 안 돼."

"그러기에 너한텐 범죄적 에너지가 부족하지." 내가 대답했어. "그러니까 ⋘⋘⋘ 잔디 깎는 트랙터를 훔치기엔 말이야." 그 다음 항상 그렇듯 내 시선을 피하는 카란을 바라보았어. "생일 축하해, 카란."

카란이 짧게 고개를 끄덕였어. 카란의 세계에서 그 정도 반응은 실로 포옹과 같은 것이었어.

차고 문은 열려있었어. 왠지 당연한 것도 같았어. 내 말은 그러니까, 누가 여기 산 위에서 뭔가를 훔치겠는가 이 말이야.

내가 앞장섰어. 손전등을 갖고 있는 사람은 나밖에 없었으니까. '모'는 못 보고 지나칠 수가 없었어. 차고 한 가운데 세워져 있었거든. 처음엔 휘발유통을 찾기 어려웠는데, 곧 루키가 선반에서 발견했어. 난 기름을 채워 넣었고, 카란과 단테는 그 사이에 잔디 보관통을 떼버리고 그 자리에 원래는 거름을 싣는 작은 트레일러를 연결했어. 이런 건 제조업체 홈페이지의 제품설명서에 다 나와 있었어.

누가 운전할 건지는 아무도 이야기하지 않았어. 당연히 단테가 할 거니까. 단테는 우아하게 운전석에 앉았고, 카란은 단테 뒤에 앉았어. 루키와 나는 가장 작았기 때문에 뒤에 연결한 트레일러 안에 웅크리고 앉았어. 게다가 우린 뒷자리에 단테 휠체어도 실어야만 했어.

"난 휠체어가 두 개야." 단테가 설명했어. "지금 이건 스포츠형이지. 아주 빠르게 달릴 수는 없지만, 그 대신 접을 수 있고 아주 가벼워."

단테가 모에 시동을 걸었을 때 난 심장이 멈추는 줄 알았어. 다른 아이들 역시 그렇다는 걸 알 수 있었어. 트랙터가 너무 ▬▬▬ 시끄러웠어! 어떻게 내가 그 소릴 잊어버릴 수 있을까? 모에서는 ▬▬▬ 헬리콥터 같은 소리가 났어.

"아, 젠장!" 루키가 소리치면서 걱정스럽다는 듯 날 쳐다보았어. "이러다간 모두 깨겠다, 우리 엄마 아빠만 빼고. 우리 엄마 코 고는 소리가 모보다 더 크니까."

난 웃을 수밖에 없었어. 게다가 어차피 너무 늦기도 했으니까. 단테가 속력을 내기 시작했고 우리는 통통거리며 차고를 빠져나갔어. 단테가 갑자기 트랙터를 멈췄을 때 우리는 막 차고 출입구를 지나고 있었어. 카란이 아기 붕붕카를 탄 거인처럼 앞에 우뚝 솟아있었기 때문에 난 앞을 바로 볼 수 없었어.

"아, ▨▨▨▨." 루키가 말했어. "아흐멧 삼촌이다."

옆으로 몸을 기울이자 아흐멧이 보였어. 아흐멧 아무트가 마치 잠을 못 잔 사람처럼 눈 밑에 진한 다크서클을 드리우고 면

도도 하지 않은 얼굴로 다리를 쩍 벌린 채 차고 앞에 서있었어.

단테가 시동을 껐어. "안녕하세요, 아흐멧." 쾌활한 목소리로 단테가 말했어. "잠을 잘 못 잤나 봐요?"

난 속으로 모자를 벗을까 말까 아주 잠깐 고민했어. 이 얼마나 〰〰〰 연극 같은지! 단테의 목소리는 가족과 함께하는 일요일 나들이에 이웃을 만난 사람의 목소리처럼 들렸어. 잘 지내셨죠? - 오늘은 날씨가 덥네요. - 그래도 곧 비가 오지 않으면 나무들이 다 말라서 죽어버릴 걸요. - 즐거운 시간 보내세요, 부인께도 안부 인사 전해주시고요….

"흠." 아흐멧 아무트가 고개를 끄덕이더니, 입에 여송연을 물고 잠시도 우리에게 눈을 떼지 않은 채 은색 지포라이터로 불을 붙였어. 아흐멧은 아무것도 묻지 않았어. 그냥 거기 서서 우릴 보고만 있었어. 〰〰.

"우린 모두 잠을 잘 수가 없었어요." 단테가 말했어. "잔디를 조금 깎는다고 해서 문제될 게 있을까요? 멀리 가지는 않을게요."

아흐멧 아무트는 조금도 움직이지 않고 담배만 빨면서 탐문하듯이 우리를 쳐다봤어. '정말로?'라고 묻는 것처럼.

"에이, 아흐멧 삼촌. 지금 그만두라고 하지 마세요." 루키가 애걸했어. "우린 그냥 아주 조금, 주변만 돌 거라고요."

아흐멧 아무트는 입언저리로 지독히 자욱한 연기를 내뿜으며 혀에서 길을 잃은 담배 조각을 찾아내더니, 안됐다는 듯 우리를 쳐다보았어.

"이제부터 모두 침대로 돌아간다." 자욱한 연기를 뚫고 아흐멧이 말했어.

카란이 소리를 냈어. 불평과 애걸의 중간 같은 소리였어. 더이상 빠져나가는 것이 불가능하다는 걸 깨달은 동물처럼. 하지만 우린 아직 끝나지 않았어, ~~█████~~ ~~████~~.

난 트레일러에서 나와 아흐멧 아무트에게 다가갔어. 그다음 청바지 주머니에서 접힌 종이를 꺼냈어.

"우린 통행증을 갖고 있어요." 난 이렇게 허풍을 치면서 아흐멧에게 종이를 건넸어. 내 행동이 적중하길 바라면서. "만약 누군가 이 종이를 보게 된다면, 그 사람은 모든 걸 이해하게 될 테죠."

아흐멧이 종이를 펴면서 동시에 날 깔보듯 쳐다보았어. 그다음 아흐멧의 면상은 바로 얼어붙어버렸어. 그리고는 트랙터에 앉은 세 사람을 흘끗 보더니, 나를 몇 발자국 끌어냈어.

"너, 이거 ~~██████~~ 어디서 난 거야?" 아흐멧이 무서운 얼굴로 물었어.

난 깜짝 놀라 뒤로 물러났어. 순간 유니폼을 입고 있던 아흐

멧의 사진이 떠올랐어. 내겐 여전히 유니폼을 입고 훈장을 달고 있는 아흐멧의 목소리로 들렸어. 그 목소리는 다른 남자들에게 무엇을 해야 하는지 명령하는 목소리였어.

난 턱을 높이 쳐들고 아흐멧의 눈을 똑바로 쳐다보았어. 난 남자가 아니며, 여기 있는 누구도 유니폼을 입고 있지 않다는 건 명백한 사실이었으니까. 누가 뭔가 명령한다고 해도 아무도 그 명령에 따르지 않겠지만.

"지금은 그럴듯한 거짓말이 떠오르지 않네요." 내가 시인했어. "제가 완전히 잠에서 깨어나면, 아마 거짓말이 생각날 거예요, 오직 아저씨를 위한."

아흐멧은 웃지 않았어. "뭘 원하지?"

"아무것도." 난 순진한 척 대답했어. "그 종이를 단테에게 줄까 해요."

아흐멧이 숨을 멈췄어. 그의 눈길이 짧게 단테를 스쳤어.

"하지만 지금은 아저씨가 그 종이를 갖고 있잖아요." 내가 말을 이었어. "그리고 저 아이들은 그냥 소풍 가서 재미있게 놀고 싶은 거고요."

"그리고 넌?"

"난 삭스에 돌아오지 않아요."

그 말에 아흐멧은 안심하는 것 같았어. 아흐멧은 종이를 접더니 셔츠 주머니에 집어넣었어.

"좋다. 너, 근데 돈은 있어?"

내가 고개를 젓자, 아흐멧이 지갑을 꺼내더니 지폐 몇 장을 꺼내 내게 주었어. 날 도우려고 하는 일이 아니라는 걸 알고 있었어. 아흐멧은 나를 ~~안전~~하게 제거하기 위해 돈을 주는 거였어. 내가 돌아오지 않도록 확실히 하기 위해. 난 아흐멧의 입막음용 돈을 집어넣고 트랙터로 돌아가 트레일러의 루키에게로 기어 올라갔어.

아흐멧 아무트가 옆으로 한 걸음 물러섰어. 단테가 나를 돌아봤고, 내가 고개를 끄덕이자 다시 시동을 걸었어. 아흐멧이 또 한 걸음 옆으로 비켜섰어. 아흐멧은 여송연을 입에 물고 있다는 사실조차 잊은 것 같았어.

트랙터가 통통거리며 움직이기 시작했어. 우리가 기숙학교에서 멀리 떨어졌을 때 단테가 속력을 냈고, 모는 호수를 지나갔어. 나는 옆에서 나를 껴안은 채 눈을 감고 있는 루키에게 팔을 둘러주었어. 그리고 나서 학교를 돌아보았어. 발코니와 작은 탑, 수많은 창문과 독수리 날개를. 교장 할바흐와 알바, 루키 엄마인 루이자, 릴리스와 에드문트-호어바스 수학 선생님, 랩을 하는 독일어 선생을. 기숙학교의 유령과 비밀도.

난 삭스에서 뭔가를 잊어버렸거나 무언가를 해결하지 않은 채로 남겨둔 것 같은 느낌이 들었어. 어떤 집이 절반으로 쪼개져있고, 한쪽은 잘게 부스러져 사라져버린 것 같은, 삭스에 대한 나의 첫 이미지가 옳았다는 것처럼. 이 이미지는 단지 겉으로 보이는 모습만은 아니었어. 학교 건물은 어차피 보수 중이었으니까. 하지만 삭스 안에는 뭔가 문제가 있었고, ~~~~~ 거짓말들은 소리 없이 무너지고 있었어. 그러니 삭스의 진실을 알고 싶다면 그저 조금씩 파내는 수밖에.

"어떻게 한 거야?" 앞에서 단테가 소리쳤어.

"학교로 돌아오면 그때 말해줄게." 내가 도로 소리쳤어. 단테에게 거짓말 한 건 이번이 처음이었어.

루키가 조용히 한숨을 쉬더니 잠들었어.

"거기 앞에서 도보 여행길이 시작돼!" 내가 소리 질렀어.

앞에 있던 카란이 내 말을 듣고는 단테의 소매를 잡아당겨 숲을 가리켰어. 단테가 고개를 끄덕이면서 그쪽으로 나아갔어. 도보 여행길은 심지어 표시도 되어있었어. 색칠이 된 화살표와

'크리스펠덴'이라고 적힌 표지판이 있었어. 크리스펠덴은 산의 이쪽 지역에서 가장 가까운 기차역 이름이었어. 우린 거기로 가는 게 아니었어. 단지 첫 아스팔트 포장도로가 나오는 삭스산 기슭에 닿고 싶을 뿐이었어. 거기서 마티스와 마티스의 누나가 우릴 기다리고 있을 테니까.

호숫가 초원에 이르자 사방은 이미 해돋이 직전의 밝은 회색빛으로 가득했어. 그렇지만 숲 속으로 들어갔을 땐 주위가 ▰▰▰ 어두워졌고 단테는 느려졌어. 나는 손전등을 켜 카란에게 건네주었어. 카란이 단테 앞의 길을 비춰주자, 단테는 다시 속력을 냈어. 길은 울퉁불퉁했고 루키와 나는 이리저리 내동댕이쳐졌어. 그래도 루키는 계속 잤어.

난 아무 생각 없이 내 뒤쪽 숲을 바라보며 모가 웅웅거리는 소리를 자장가 삼아 졸고 있었어. 내가 거의 잠들었을 때, ▰▰▰! 두 개의 빛나는 초록색 점이 숲 속에 둥실둥실 떠다니고 있었어. 모가 너무 시끄러워서 ▰▰▰ 아무 소리도 들리지 않았어. 그렇지만 또 다시 그 점들이 나타났는데, 이번엔 왼쪽이었어. 차분하게 풍경을 살피는 게 불가능할 정도로 트레일러가 몹시 거칠게 위아래로 날뛰었지만, 어두운 숲속 사방에 번쩍이는 점들이 분명히 있었어. 그 점들은 항상 같은 높이에 두 개씩 떠있었고, 두 점 사이의 간격이 좁았어. ▰▰▰, 틀림없이 그건 눈의 간격이었어.

다른 아이들까지 불안하게 만들고 싶지 않아서 처음에는 아무 말도 하지 않았어. 첫 번째 늑대를 보기까지 10분이 채 걸리지 않았어. 늑대는 트랙터 옆에서 함께 달리고 있었는데, 우리와는 5미터도 채 떨어져 있지 않았어. 그 짐승은 거대하지는 않았지만 어쨌든 베이컨만큼 덩치가 컸어. 경비견 크기 정도였어.

그래서 난 이 'χ'를 관찰하기 시작했어. 난 늑대의 눈을 통해 우리를 보았어. 케이블카 운전사가 떠올랐어. 늑대들은 밤에 혼자 숲속을 걷는 사람을 기다릴 거라 말했었어. 이 늑대들은 네 명의 사람도 아니고, 무리를 이룬 것도 아닌, 그저 모만 볼 거야. 어떤 뚱뚱한 짐승. 숲속을 통통거리며 지나가는 짐승. 떼를

지으면 자기네들이 해치울 수도 있는 무엇.

"누가 계속 호루라기를 분다면 늑대가 몇 마리나 나타날 거라고 생각하니?" 케이블카 운전사는 그렇게 말했어. 아, 그렇지! 가이드, 그 사람들은 호루라기를 분다고 했어.

난 루키를 배낭에 누이고 트레일러에서 무릎을 꿇었어. 그리고 카란과 단테한테서 등을 돌린 다음, 집게손가락 두 개를 입에 넣어 휘파람을 불었어. 처음엔 꽝. ▬▬▬▬, 아무 소리도 나지 않았어. 난 계속 불었어. 또 꽝.

내 오른쪽으로는 숲에서 나온 늑대 세 마리가 우리 뒤쪽 길을 달리고 있었어. 이 늑대들과 우리 사이의 거리는 아직 20미터는 족히 떨어져 있었지만, 늑대들은 우리가 운전하는 속도와

같은 속도로 달리고 있었어. 하지만 늑대들이 우리보다 빨리 달릴 수 있다는 것도 분명했어. 게다가 우리는 지금 속도보다 더 빨리 달리는 게 불가능했어. 난 벌써 조금 더 긴장한 채로 휘파람을 계속 불고 있었어.

그때 갑자기 휘파람 소리 하나가 울렸어. 장담컨대 반경 20킬로미터 안에 있는 모든 기차를 멈추고, 삭스의 모든 축구경기를 중단시키고, 주변이 순간적으로 정지될 수 있을 것처럼 귀가 찢어질 정도로 큰 소리였어.

갑작스럽게 잠에서 깬 루키가 벌떡 일어났어. 난 몸을 절반쯤 돌려 뒤를 돌아봤어. 카란이 좌석에서 반대로 앉아 뒤쪽의 늑대들을 향해 두 손가락을 입에 넣고 휘파람을 불고 있었어. 공포로 카란의 길게 째진 눈에서 굵은 눈물이 흘러내리지만 않는다면, 그건 ㅿㅿㅿㅿㅿ 멋진 장면이었어.

재빨리 숲을 돌아봤더니, ▬▬▬▬ 늑대들이 움찔하면서 속도를 늦추는 게 보였어. 내 옆의 루키는 트레일러 안에서 무릎을 꿇고 앉아 손가락 두 개로 휘파람을 불었어. 루키 가슴통이 카란의 절반밖에 되지 않기 때문에 소리가 카란만큼 크지는 않았지만 충분히 시끄러웠어.

루키가 나를 곁눈질했어. 난 여전히 손가락 두 개를 입에 넣고만 있었는데, 루키가 날 보더니 고개를 젓고 어떻게 하는지 보여주었어. 루키는 한 손의 엄지손가락과 집게손가락으로 삼각형을 만들더니, 그 삼각형으로 위에서 혀끝을 눌렀어. 노아가 내게 가르쳐준 방법과는 달랐어. 난 루키처럼 손가락을 만들어 불어보았어. ▆▆▆▬ 꽝. 다섯 번짼가 여섯 번째 시도 끝에 마침내 성공.

그러고 나서 우리 셋은 모두 함께 휘파람을 불었어. 우리 뒤에 있던 늑대들은 어느 시점에 멈춰서더니 휘파람 소리가 날 때마다 귀를 움찔거렸어. 그런 다음 단테가 모퉁이를 돌자 늑대들은 사라져버렸어.

그럼에도 숲을 통과하는 나머지 여정에서 우리들 중 누구도 잠들지 않았어. 우리는 천천히 밝아오는 숲을 응시하면서 빛나는 두 눈을 찾고 있었어. 트랙터가 마지막 나무 아래를 지나 밖으로 나온 다음, 숲이 우리 뒤편에 있게 되었을 때에야 나는 비로소 긴장을 풀었어. 이제 잘 잘 수 있을 것 같았어.

"여기야!" 마티스가 소리쳤고, 우리 앞에서 폭스바겐 미니버스의 전조등이 켜졌어. 그 바람에 ▆▆▆▆ 눈이 부셨어.

"여기, 이쪽!"

단테가 마티스를 향해 가다가 모를 정지시켰어. 무거운 이불이 우리 위에 떨어진 것처럼 정적이 나를 제압했어.

마티스가 환한 얼굴로 우리 쪽으로 뛰어오더니 기뻐서 거의 깡충깡충 뛰었어. 마티스 뒤쪽에 있는 폭스바겐 버스 앞에는 어떤 소녀가 서있었어. 그 소녀는 마티스와 마찬가지로 빨간 머리와 갈색 눈동자를 갖고 있었고, 엄청 키가 컸으며, 몸은 전체적으로 깡말라 있었어.

소녀는 문이 열려있는 차 운전석 옆에 서서 전조등 불빛 속에 있던 단테를 바라보았어. 난 소녀의 눈길을 뒤쫓다가 잠시 숨을 멈췄어. 단테는 웃으면서 모에 앉아있었고 두 손은 아직 운전대에 있었는데, 그 모습이 지금 막 우세한 오크족*을 무찌른 후 손에 아직 칼을 쥐고 있는 전쟁터의 영웅처럼 보였어. 단지 누군가 단테에게 왕관을 가져오는 것만 빠져있었어.

그 대신에 마티스가 트레일러에서 휠체어를 꺼내 펼쳤어. 단테가 운전석에서 훌쩍 뛰어내리더니 스포츠형 휠체어에 미끄러지듯 앉았어. 루키와 난 뻣뻣해진 다리로 트레일러에서 기어 나왔어. ~~애앤~~, 엉덩이가 ~~애애앤~~ 아팠어. 장담컨대 난 영웅처럼 보이진 않았어.

"말해봐." 왕관 없는 이마를 찌푸리며 단테가 우리에게 화제를 돌렸어. "대체 휘파람은 왜 불었던 거야? ~~애애앤~~, 귀가 떨어져 나가는 줄 알았어."

루키가 웃었어. 처음에는 살짝 웃더니 그다음엔 제대로 웃음

* 〈반지의 제왕〉에 등장하는 가상의 종족.

246

을 터뜨렸어. 그래서 나도 웃었어. 그리고 나서 카란이 웃었어. 우리들 중 아무도 입을 뗄 수 없었어. 마티스는 눈을 크게 떴고, 단테는 이마를 더욱 찡그렸으며, 마티스 누나는 자기도 거기 있다는 걸 상기시키기 위해 가볍게 경적을 눌렀어.

마침내 내가 공기를 들이마시고 카란에게 손을 내밀었어. 카란은 내 눈을 보지 않고 당황한 채 내 손을 꽉 쥐었어.

"고마워." 내가 말했어. "우리 목숨을 구해줘서."

"뭐라고?" 마티스가 말했어.

"아마도 나중에 카란이 너희들한테 설명할 거야." 내가 말했어. 그리고 카란이 다시 웃었을 때 난 너무 기뻤어.

지옥행 급행열차

솔직히 난 아무 말도 하고 싶지 않았고, 실제로 한 마디도 하지 않았지만, 마티스 누나인 미리암은 〰〰〰 같은 트랙터를 모는 단테보다 ▬▬▬ 더 느리게 폭스바겐 버스를 운전했어. 그리고 운전하는 솜씨도 단테의 절반만큼도 안전하지 않았어.

그 이유는 단테가 운전하는 미리암 옆자리에 앉았고, 미리암이 내내 단테를 곁눈질하기 때문이었어. 마침내 해가 떴을 때 단테의 머리카락은 황금실이 섞인 밀밭처럼 반짝였고, 그걸 보느라 정신이 팔린 나머지 미리암은 폭스바겐 미니버스를 거의 길 옆 도랑으로 처박을 뻔했어.

"누나!" 마티스가 짜증난 목소리로 외쳤어. "물론 누나가 우릴 위해 이 일을 해주는 건 정말 대단해. 그리고 ✐✐✐ 위태한 우리 목숨을 살려준 것도 눈물 나게 고마워. 근데 기분 전환 삼아 〰〰〰 길도 좀 쳐다봐줄래, 제발?"

마티스에게 기꺼이 박수를 보내고 싶었어. 마티스가 하지 않았다면 내가 말할 참이었으니까.

미리암은 그 즉시 얼굴이 새빨개져서 속력을 내기 시작했어. 흥미로웠어. 만약 뭔가 ～～～ 창피해지면 마티스 얼굴도 그렇게 될 것 같았어. 안타깝다, 내가 오늘 도망가서. 그렇지 않으면 마티스 얼굴이 언제 빨개지는지 연구해볼 수 있을 텐데.

"저기!" 루키가 소리쳤어. "저기야, 저기!"

모두가 루키가 가리키는 길가 쪽을 봤어. 정말로 거기에는 '매직 플레이스 파크 20km'라고 쓰인 표지판이 서있었어.

우린 고함을 지르고 환호하면서 박수를 쳐댔어. 심지어 침묵의 거인 카란까지도.

그다음 난 카란을 곁눈으로 관찰했어. 카란은 내 옆, 그러니까 의자 제일 바깥쪽에 앉아 창밖을 내다보고 있었어. 환호성 이후 카란은 갑자기 깊은 생각에 잠겼어. 내내 뭘 생각하는 것 같았는데, 어쨌든지 간에 카란에겐 시간이 많지 않았어.

우리가 매직 플레이스 파크 주차장에 접어들었을 때는 아침 8시였어. 크게 놀랄 일은 아니었지만 거기는 아직 조용했어.

"언제 문 열어?" 미리암이 물었어.

"9시." 마티스가 대답했어.

"그럼 우린 그때까지 뭘 하지?" 내가 물었어.

"아침 식사." 단테가 말하고는 버스 문을 밀어서 열었어.

입구 문 앞에는 매점이 있었는데, 단테와 마티스, 카란과 나는 우유를 마셨고, 미리암과 루키는 주스를 마셨어. 단테는 모두를 위해 소시지를 주문했고, 덕분에 난 ▬▬▬▬ 티어가르텐 공원 ▨▨▨▨ 가게에서의 노아를 생각해야만 했어. 아무 계획도 없던 노아를.

"엔니?"

단테 목소리가 노아 문을 쾅 닫았어. 단테는 내게 비엔나 소시지 두 개를 건네주었어.

"초코바 먹고 싶어." 루키가 소리쳤어.

"안 돼." 난 재빨리 말했어.

"젤리곰."

"안 돼."

루키가 한숨을 쉬었어. "좋아, 그럼 솜사탕 한 개만."

"넌 다이어트에 걸렸잖아." 내가 말했어.

"당뇨 말하는 거 아니니?" 미리암이 물었어.

루키가 미리암을 향해 앞니 빠진 얼굴로 웃었고, 우린 모두 합창으로 말했어. "둘 다 똑같은 거야."

갑자기 음악 소리가 들렸어. 전형적인 ▨▨▨ 오토마타* 시

* 스스로 움직이는 기계를 뜻하는 말.

계 멜로디였어. 그리고 거대한 무쇠 문이 천천히 열렸어. 그 뒤로 빨강과 초록색 줄무늬 유니폼을 입은 열댓 명의 공원 직원들이 우르르 몰려왔어. 곧 시작된다! 난 심장이 얼마나 빨리 뛰는지를 느꼈고, 귓속에서 쏴쏴 소리가 나는 걸 감지했어. 카란도 비슷한 것 같았어. 구역질을 했으니까.

우린 소시지를 빨리 먹어 치운 뒤, 매표소로 갔어. 아직 입장료를 내지 않았다는 사실이 그제야 생각난 거였어. 난 아흐멧 아무트가 준 돈을 써야 할지 고민했어. 아동과 18세 이하의 청소년은 35유로, 성인은 55유로*. 완전 ~~~~ 비쌌어!

"어린이 다섯 명, 성인 한 명." 마티스가 말했어.

매표소 여자가 재빨리 입장권을 내주었고, 카란은 여자에게 100유로짜리 지폐 세 장을 냈어. 나는 머리가 띵하게 아파질 만큼 ~~~~ 심하게 놀랐어. 하지만 솔직히 말하자면, 충분히 상상할 수 있는 일이기도 했어. 삭스에서는 오로지 두 명의 학생만 장학금을 받는다고 했어. 그러니까 다른 학생들 부모는 매달 3,000유로에 이르는 수업료를 꼬박꼬박 지불한다는 뜻이지. 그 정도로 부자인 부모들이라면 자식들에게 ~~~~ 용돈을 주는 건 아무려면 자연스러운 일이었어.

그때 난 처음으로 카란 부모는 정확히 무슨 일을 하는지 궁

---

* 우리 돈으로 35유로는 약 4만 7천 원, 55유로는 7만 3천 원.

금해졌어. 직업으로 말이야. 몽고의 돈 많은 제후일까?

카란이 입장권을 주었어. 손이 가늘게 떨리는 게 보였어.

갑자기 여러 사람들이 절규하는 소리가 들렸어. 우린 동시에 소리 나는 방향으로 고개를 돌렸고, 천천히 그쪽을 향해 다가갔어. 거기서 우린 처음으로 롤러코스터의 실제 모습을 보았어. 맨 위 레일만 보였지만, 롤러코스터는 다른 모든 놀이 기구보다 더 높게 혼자 우뚝 솟아있었어.

이때 하필이면 롤러코스터가 움직이기 시작했어. 좌석은 일인용인 것처럼 보였지만 실제로는 옆 사람 좌석과 연결되어 있었어. 의자는 인터넷 동영상에서처럼 레일에 매달려있었어. 그리고 그 안에 앉아있는 사람들의 다리가 곡선 레일에서는 바깥쪽으로 흔들거리며 대롱대롱 매달려있었어. 그러다가 좌석이 뒤집히고, 그다음엔 갑자기 ▰▰▰. 머리가 아래쪽에 있게 되었어. 이건 동영상에 없던 거였어.

카란이 쓰레기통에 대고 토했어. 그제야 나는 깨달았어. 거대한 롤러코스터의 모든 게 카란과는 전혀 맞지 않는다는 걸. 카란은 이 놀이 기구에 대해 전혀 흥미가 없었어. 뿐만 아니라 이 기구에 대해 죽음에 가까운 공포심마저 느끼고 있었어. 그리고 바로 그 이유 때문에 이 놀이 기구를 타고 싶어 했어.

"지옥행 급행열차." 마티스가 경외심에 가득 찬 목소리로 속삭였어.

"저걸 타고 싶었던 거야?" 미리암이 못 믿겠다는 듯이 물었
어. "너희들 완전 미친 거 아냐?"

단테가 질문하듯이 카란을 바라보았지만, 카란은 거의 쓰레
기통에 매달려있었어.

"확실히 난 아니야." 내가 말했어.

루키가 내 손을 잡더니 진심 어린 눈으로 날 쳐다봤어. "나도
안 탈래." 루키가 말했어. 그 대신 수련 잎사귀가 아래 부분에
달려있고 회전하며 돌아가는 다른 놀이 기구를 가리켰어.

"저거 타고 싶어."

"알았어." 내가 말했어.

"에이, 괜찮아." 마티스가 말했어. "일단 그 안에 앉게 되면 아래에서 보는 것처럼 그렇게 무서운 건 아니야."

좋아, 마티스는 확실히 ▬▬▬한 시도를 위한 점수를 땄어. 하지만 내 생각에, 나머지 아이들은 이 순간 아무도 자발적으로 저걸 타고 싶지 않은 게 분명했어. 최소한 우리 중엔 아무도 없었어. 놀이공원의 다른 방문객들은 마술처럼 '지옥행 급행열차'에게 끌리는 것처럼 보였어.

그 동영상이 내게 보여주지 않은 건 ▬▬▬▬ 놀이 기구의 ▬▬▬한 크기였어. 이건 정말 ▬▬▬ 까마득한 고층건물만큼 높았어. 그럼에도 우리가 도착했을 때는 벌써 그 앞에 기다리는 사람들 줄이 길게 늘어서 있었어. 회전하는 수련 잎사귀 뒤에는 아무도 서있지 않았어.

"난 진짜 쳐다보지도 못하겠어." 미리암이 말했어. "콜라나 마시러 갈게. 다 끝나면 나한테 알려만 줘."

"나도 갈래!" 루키가 소리치며 내 손을 놓고 미리암을 쫓아갔어.

"이젠 탈 사람이 네 사람밖에 없네." 마티스가 말했어.

"셋." 단테가 덤덤하게 말하면서 대기줄 앞 안내문을 가리켰어. 안내문에는 탑승이 불가능한 사람들이 적혀있었는데, 키 130센티미터 이하의 어린이, 몸통 둘레가 큰 사람, 술 마신 사람, 임산부, 심장과 허리, 그리고 유사한 건강 문제가 있는 사람 및 신체장애가 있는 사람이었어.

이런 〰〰! ▬▬▬ ✕✕✕!

카란이 종잇장처럼 창백해진 얼굴로 바닥에 주저앉았어. 그리고는 그 큰 손으로 머리를 잡고 마치 두개골을 찌그러뜨리고 싶어 하는 사람처럼 양쪽을 눌러댔어. 단테가 카란을 걱정스레 바라보았고, 마티스는 카란 옆에 무릎을 꿇고 앉았어.

"어이, 이 사람아. 이건 진짜 〰〰〰 너무하네. 나도 이해해. 그치만 단테는 여기서 우릴 보고 있을 거야. 나는 너랑 같이 탈 거고. 알았지?"

급기야 카란이 아주 괴상하게 웅얼거리는 소리를 내기 시작했어. 괴로운 소리. 거기 있으면 안 되는 무언가가 카란 안에서 시동을 건 것처럼.

마티스가 날 올려다보면서 간청했어. "그리고 엔니도 같이 탈 거야. 그치?"

갑자기 왜 날 끌어들여? 〰〰〰, ▰▰▰!

"그럼, 물론이지." 내가 말했어.

카란이 계속 웅얼거렸어. 마티스가 계속 카란을 설득하는 동안 난 단테에게 몸을 굽히고 말했어.

"너 저거 타고 싶어? 진짜로?"

"아니." 단테가 똑같이 낮은 목소리로 대답했어. "내가 완전 ~~▨▨▨▨~~는 아니야. 하지만 카란이 정말 이걸 바랬다고. 왜인지는 이해 못해. 그렇지만 카란은 자기를 둘러싼 모든 것과 모든 사람을 무서워하고, 이 빌어먹을 공포 여행에…."

단테가 방금 한 말을 믿기 어려워 그의 얼굴을 쳐다보았어. 가능한가? 단테가 이해 못했다는 게 정말 가능한 일인가? 단테의 스캐너가 이번에는 작동하지 않은 걸까?

맨 처음 어떤 보육원에 도착했을 때, 난 겨우 열 살이었어. 난 어딜 가나 항상 작고 마른 아이였어. 그래서 그런지 보육원 고참들은 늘 내 디저트를 가로채 먹곤 했어.

고참 떼거리들은 다섯이었어. 세 명은 나보다 어렸고 나보다 더 작았어. 한 여자애는 열세 살에 엄청 뚱뚱했어. 그리고 나머지 한 명, 대장 놈은 나보다 머리 하나만큼 키가 컸는데 역시 겁나 뚱뚱했어. 그놈이 모든 아이들의 ~~▨▨▨▨~~ 디저트를 뺏어 먹고 있는 게 틀림없었어.

첫날 저녁 녀석들은 내가 먹을 디저트를 뺏어가버렸고, 두 번째 날도 마찬가지였어. 세 번째 날 저녁 식사 때 녀석들이 또 나를 빤히 쳐다보면서 웃었어. 그때 난 알아차렸어. 녀석들이 내 몫의 디저트보다도 내 두려움을 더 맛있어 한다는 걸. 하지만 나한테는 계획이 있었어. 녀석들은 그걸 몰랐지만.

식사 후 녀석들이 내게 다가오려고 하자, 나는 일어서서 의자 위로 올라갔어. 뭔가 ████ 쇼를 하려면 그 전에 청중이 있는지 항상 확인할 것!

녀석들은 잠시 주춤거렸지만 곧 계속 걸어왔어. 물론 내 아이스크림을 원했으니까, 이 ████들은! 마침내 녀석들이 내 앞에 섰을 때 소음은 벌써 귓속에서 크게 들리고 있었고, 난 녀석들을 진한 빨간색으로 보고 있었어. 그리고는 덤벼들었어.

물론 한 번에 다섯 명을 후려칠 수는 없는 노릇이었어. 그래서 난 한 명을 골랐어, 대장 놈을. 놈이 내 배를 한 대 쳤고, 난 놈의 얼굴을 두 대 갈겼어. 놈을 물기도 했다는데 난 거의 알아차리지 못했고 나중에서야 그랬다는 걸 전해 들었어. 그러니까 그 싸움에서 내가 이겼는지 졌는지는 모르겠지만, 여하튼 난 이겼어. 완전 ████하게!

다시는 아무도 내 디저트를 뺏어가지 않았어. 왜냐면 누구도 사이코와는 싸우지 않으니까. 아이스크림 때문도, 푸딩 때문도 아니었어. 사이코 엔니는 필요할 경우, ████ 보육원에서 제일 힘센 ████한테 덤빈다는 걸 모두가 알기 때문이었어. 그리고 만약 제일 힘센 놈과 싸울 준비가 되어있다면, 다른 아이들과는 더 이상 시도할 필요조차 없었어. 그렇기 때문에 난 카란의 문제가 무엇인지 알고 있었어.

"정확히 그 이유로, 카란은 해내고 싶은 거야." 내가 조용히 단테에게 말했어. "왜냐하면 카란이 무서워할 건 세상에 아무 것도 없어지기 때문이야. 만약 오늘 여기서 이걸 해낸다면 다른 모든 것들은 식은 죽 먹기가 되는 거지. 그러면 카란은 더 이상 두려워할 필요가 없어."

단테가 날 빤히 쳐다보았어. 이제야 이해한 거야. 단테가 고 개를 끄덕였어. 그리고 나서는 슬픈 표정으로 웃었어.

"그래도 난 같이 못 타게 하는 걸." 단테가 휠체어를 두드렸어. "스포츠 휠체어로도 안 되네."

"나한테 맡겨." 내가 말했어.

"어떻게?" 단테가 소리를 낮추며 물었어.

"난 계획을 잘 세우거든." 내가 말했고, 이내 모든 치아가 다 드러나는 가장 아름다운 웃음과 빛나는 회색 바위 눈동자로 보 상을 받았어.

난 내 모자를 벗어 단테에게 씌우고, 단테의 황금빛 머리카 락이 더 이상 보이지 않을 때까지 모자 뒤로 쑤셔 넣었어.

그때 단테가 나를 쳐다보았어. 아, 내 *%%%%* 머리. 단테는 내 머리카락이 갈색으로 바뀐 걸 본 거야. 할바흐와 같은 갈색. 그리고 할바흐의 딸 알바와도 같은 색.

단테가 손을 뻗어 내 머리카락을 한 다발을 움켜쥐었어. 우

258

리 눈이 마주쳤고, 나는 그게 뭘 의미하는지 단테가 이해했음을 알았어. 눈동자의 빛은 사라졌어. 단테는 슬퍼 보였고 실망하는 것 같았어. 그러고 나서 단테는 깊게 숨을 들이마시더니 고개를 끄덕이면서 내 결정을 받아들였어. 이젠 내가 함께 삭스로 돌아가지 않는다는 걸 안 거야. 난 돌아서서 입구로 뛰어갔어.

"이봐요!" 빨강초록 유니폼을 입은 여자 직원에게 말을 걸었어. "탑승하는 데 도움이 필요해요. 내 친구가 오늘 좀 다리에 힘이 없어서요."

직원이 친절하게 웃으며 내게로 왔어.

"어디 있는데?" 여자 직원이 물었어.

난 여전히 생각에 잠긴 채 슬퍼 보이는 단테를 가리켰어. 방금 내가 했던 말에 딱 걸맞는 표정. 직원이 단테를 보더니 머뭇거렸어.

"음···, 너희들 그 뒤에 있는 안내문 안 읽었니?" 직원이 주저하면서 내게 물었어. "그게···, 유감스럽지만···, 장애가 있는 사람은 태울 수 없어. 알겠니? 이건 보험 문제와 관련된 그런 일이야. 정말 미안하구나. 하지만 이 롤러코스터는 척추에 굉장한 압력이 가해지고 또···."

"네, 네, 이미 이해했어요." 내가 직원의 말을 잘랐어. "근데 얘는 장애인이 아니에요."

직원은 날 보고, 휠체어를 바라보더니, 다시 나를 똑바로 쳐다보았어. 미심쩍다는 듯이.

"하지만… 네 친구는 휠체어에 앉아있잖니."

"네, 왜냐면 다리에 힘이 없으니까요."

나는 사람이 어쩜 그렇게 둔할 수가 있냐고 격하게 분개하면서 말했어. 올웨이즈 노우 유 아 롸잇, 러브(always know you are right, love). 마음 속 깊이 네가 완전히 옳다고 항상 ~~know~~ 확신하라!

"제 친구는 지금 암에 걸려서 위독해요." 난 ~~~~ 지옥에 갈 게 틀림없었어. "오늘 소풍은 쟤의 마지막 소원이에요. 근데 우리 보호자는 이걸 안 타고 싶대요. 만약 타려면 우리끼리 타야 한다고 했어요. 그 사람은 저 뒤쪽에서 기다리고 있고요."

난 나초를 우적우적 씹어 먹으면서 롤러코스터에 탄 사람들을 보고 있는 뚱뚱한 남자를 가리킨 후 손을 흔들었어. 그러면서 내 입술을 가리켰는데, 그건 그 남자에게 주둥이 주변에 치즈 소스가 묻어있음을 알려주기 위해서였어. 남자는 나를 보더니 재빨리 냅킨을 집어 입가에 묻은 소스를 닦아냈어. 그리고는 고맙다는 표시로 고개를 끄덕이면서 한 손을 살짝 들어 올렸어.

"아." 직원이 이해했다는 듯 말했어. 직원이 단테를 쳐다보았고, 단테를 보는 직원의 가슴이 갈가리 찢어지는 소리가 정말로 들리는 것 같았어. "아, 저 아이는 너무나···."

"네, 너어어~무 잘 생겼지요." 내가 이어 말했어. "인생은 참 공평하지 않다니까요."

직원은 침을 삼킨 다음 눈에는 눈물이 그렁그렁한 채 힘차게 고개를 끄덕였어. "우린 할 수 있을 거야." 여자 직원은 이렇게 약속하면서 잠시 내 손을 잡더니 꽉 쥐었어. "빨리 다른 동료를 데려올게."

난 아이들에게로 돌아갔어. 카란은 여전히 바닥에 웅크리고 앉아 우리를 올려다보고 있었지만, 아직도 계속 웅얼거리고 있었어. 마티스와 단테가 궁금하다는 표정으로 날 바라봤어.

"단테는 죽을병에 걸렸어. '지옥행 급행열차'를 타는 게 마지막 소원이고. 이해했지?"

카란이 침을 삼켰고, 웅얼거리는 걸 멈췄어. 단테는 믿기지 않는다는 듯 나를 바라봤어. 마티스가 폭소를 터트렸어. "이것 참, 안타깝네. 단테가 죽어야만 한다니, 젠장." 마티스가 단테에게 말한 다음 일어섰어. "라이프 삭스(Life Saaks)!" 이렇게 말한 다음에는 마티스가 손을 내밀어 카란이 일어나는 걸 도왔어.

그때 벌써 아까 그 직원과 동료가 왔어. 그 사람들이 대기줄 옆쪽 출입 제한 테이프를 높이 들어 올리더니, 우리에게 그 아래를 통과해 들어오라고 신호를 보냈어.

"너희들은 기다릴 필요 없어." 직원이 말했어. "너희들을 위해 곧 운행을 시작할 거야."

카란이 구역질을 했어. 단테가 직원을 보고 가볍게 미소 지었고, 심지어 직원이 휠체어를 밀도록 했어. 카란은 직원 옆에서 걸었고 마티스, 그리고 내가 뒤따라갔어.

"라이프 삭스(Life Saaks)라고?" 마티스에게 내가 작은 목소리로 물었어. "너, 원래는 'S-U-C-K-S'라고 써야 한다는 거 알고 있지, 그렇지?"*

마티스는 애매하게 웃었어. "너의 그 ~~XXXXX~~ 완벽한 작은 세계에서는 그렇겠지, 엔니 알서." 마티스가 말했어.

사람들이 우리가 의자에 앉는 걸 도와주고 안전대와 안전띠를 붙잡아 매줄 때, 우린 더 이상 아무 말도 하지 않았어. 단테는 두 개의 쿠션을 여분으로 받았어. 하나는 등 뒤에, 나머지 하나는 허벅지 아래. 가게 뒤쪽에 있는 화장실에 갔다 온 게 한 시간 전인데, 또 오줌을 눠야 할 것 같은 기분이 들었어. 머리가 미칠 것처럼 지끈거렸고 귓속은 쏴쏴 거렸어.

난 단테와 카란 사이에 앉았어. ~~━━━~~ 표시등이 깜박거리고 시끄럽게 삐 소리가 났을 때 왼쪽 손으로는 카란을, 오른쪽 손으로는 단테를 잡았어.

---

* 흔히 쓰는 독일어 'life ist sucks'는 '인생은 엿 같아'라는 의미다.

"마지막으로 내게 충고해 줄 건?" 내가 단테 귀에 대고 속삭였어.

"하쿠나 마타타." 단테가 말했어.

"무슨 뜻이야?" 내가 되물었어.

하지만 그 순간, 우리가 앉아있던 자리가 벌써 움직이기 시작했어. 우린 아주 천천히 앞으로 나아갔고, 난 벌써 내 앞의 첫 번째 오르막길을 보고 있었어. 갑자기 기계가 멈췄어. 사방을 둘러봤어. 고장이 났나? 우리가 앉아있는 이 XX 죽음의 기계에 ///////// 고장이라고?

내가 단테에게 막 뭔가 말하려고 했을 때, 이미 우리는 겁나 빠른 속도로 뒤쪽으로 움직이고 있었어. 레일이 없는 거기로.

우리는 반대 방향으로 /////// 핀볼 게임기 안의 구슬처럼 쏜살같이 움직였고, 거기서 어떤 스프링 같은 것에 부딪혔다가 다시 앞으로 팽개쳐졌는데, 더군다나 이번에는 열 배 더 빠른 속도였어. 내 머리는 앞으로 날았다가 다시 뒤로 눌렸는데, 난 그때 내가 왜 단테를 여기 태우려고 속임수를 썼는지 스스로에게 묻고 있었어. 내 말은 그러니까, 이 놀이 기구를 탄 다음엔 나도 더 이상 걸을 수 없을지도 모르겠단 얘기야. 만약 단테가 이 놀이 기구를 타고 나서 그 부작용으로 더 이상 팔을 움직일 수 없다면? 아, ══════ ///////!! 왜 이런 부분에 대해 좀 더

일찍 고려하지 않았을까?

위로 올라가면서 속도는 점점 느려졌지만 소음은 줄어들지 않았어. 난 이게 무얼 뜻하는지 알고 있었어. 곧 내리마아아아 아아아아아아악인 거야아아아~~.

난 생각하기를 멈췄어. ~~~~~ 내 좌석이 머리 위에 서있다가, 옆으로, 아래로, 그다음 다른 쪽으로, 또 그러다가 위로 밀렸는데, 내내 빠른 속도여서 공기가 내 얼굴을 짓눌렀고, 그 공기의 압력 때문에 이제 겨우 숨 쉴 수 있었을 때, 문득 내 밑에 있는 롤러코스터 전체 모습이 보였어.

롤러코스터는 다시 속도가 느려졌고, 엘리베이터처럼 움직이기 시작했어. 갑자기 좌석이 나눠지더니 우린 순식간에 더 이상 옆이 아니고, 위로 서로 겹쳐져 매달려있었어.

아, ~~~~~! 자유낙하.

난 아직도 단테 옆에 있었는데, 카란은 우리 위에 있었어. 우리는 터널 안에서 위로 움직이며 올라갔어. 그리고 나서는 아래로 내려갔고, 아마도 문이 닫혔는지 사방이 칠흑같이 깜깜해졌어. 심장은 미친 듯이 날뛰고 귀 안에서는 ~~~~~ 바다가 출렁거렸어. 난 단테 손을 꽉 움켜잡고 낙하를 기다렸어. 무슨 일이 벌어질지 알고 있었는데도 깊숙한 곳으로 추락했을 때 난 비명을 질렀어. 난 내 앞에서 삭스의 철제 구조물을 보고, 단테가

거기 매달려있다가 추락해서 돌바닥에 떨어진 걸 봤어. 내가 토했던 목재 발코니를 보고, 우뚝 솟는 산봉우리 뒤에 있는 삭스산 정상을 봤어. 그리고 낙하. 또 낙하.

내 비명 소리는, 나처럼 아이작 뉴턴이 예언한 ⬬⬬⬬ 충돌을 기다리고 있는 어두운 터널 안 다른 사람들의 소리와 뒤섞였어. 그리고 추락은 끝났어. 롤러코스터는 눈에 띄지 않게 느려졌고 깃털처럼 착지했어. 주위는 다시 밝아졌고, 이젠 오르막으로 갔어. 그리고 소음은 잦아들었어. 내 옆에서 터진 웃음소리를 듣기에 충분할 정도로 조용했어.

난 고개를 돌려 단테를 바라봤어. 단테는 내 모자를 잃어버렸고, 금발 머리는 바람 속에서 흩날리고 있었어. 머리는 좌석을 누르고 있었고, 단테는 온 마음을 다해 웃고 있었어, 최고로 행복하게.

내가 쳐다보고 있다는 걸 알아차린 후, 단테가 내 손을 잡더니 자기 입으로 가져가 입술에 대고 세게 눌렀어.

"고마워, 엔니." 단테가 소리쳤어. 나는 웃음을 돌려주었어. 단테에게 뉴턴의 자연법칙이 적용되지 않는다면, 나에게는 다른 자연법칙이 이미 적용되고 있기 때문이었어. 그리고 그 법칙 중 하나는, 단테가 날 보고 웃으면 나도 웃음으로 돌려줘야 한다는 걸 의미했어. 뿐만 아니라 내 가슴 속 이상한 새가 날아오르더니 노래를 하기 시작했어.

하지만 이건 다만 백 퍼센트 우리가 지금 공중회전 비행 중에 아래로 곤두박질친 탓이었어. 그게 전부였어.

'지옥행 급행열차'는 멈췄고 사방에서 삐 소리가 나면서 안전대가 위로 젖혀졌어. 직원이 동료와 함께 다시 오더니 단테를 휠체어로 옮겨주었어.

난 고개를 돌려 카란을 보았어. 우리의 눈이 마주쳤어. 카란은 내 시선을 피하지 않고, 그저 짧게 고개를 끄덕이더니 내 손을 꽉 쥔 다음 내렸어. 나도 해 보려고 시도했지만 무릎에 너무

힘이 없었어. 한 좌석 더 떨어져 있는 마티스도 똑같았어. 우린
그 사실이 ~~~~ 창피했어. 내가 자기를 보는 걸 알고는, 마티
스가 찡그린 표정을 지어 보였어. 난 웃으면서 똑같은 표정을
지어 보였어.

우리 둘은 후들거리는 다리로 단테와 카란을 따라갔어.

뒤에서 직원들이 물 호스를 들고 좌석을 씻어내고 있었어.

"누가 토한 거예요?" 지나가면서 내가 물었어.

"그것뿐이면 다행이게." 남자 직원이 말했어. 그리고는 어깨
를 으쓱했어.

"운행할 때마다 적어도 한 번씩은 이런 일이 생기지."

난 고개를 끄덕였어. 이 ~~~~~ 한 물건은 이유 없이 '지옥
행 급행열차'라고 불리는 게 아니었어.

다른 여자 직원은 눈물을 머금고 단테를 껴안은 다음 잽싸게
사라져버렸어. 난 머리를 갸우뚱한 채로 단테를 보고 웃었지만,
단테는 웃음을 돌려주지 않았어. 카란이 그 옆에 서있었어. 그
다음 우리는 나란히 '지옥행 급행열차' 앞에 서서 고개를 뒤로
젖히고 이 살인 기계를 쳐다보았어. 우린 해냈어. 정말로 행동
으로 옮겼고 살아남은 거야.

영원 같은 시간이 흐른 뒤, 단테가 헛기침을 했어. 단테 목소
리는 지난번 산 정상에서처럼 다시 차가워져 있었어.

"그래서." 단테가 나를 봤어. "넌 루키를 더 기다리고 싶니, 아니면 지금 도망갈 거니?" 난 ~~~~~~ 곤혹스러워졌어. 카란이 날 보았어. 마티스는 깜짝 놀라며 이마를 찡그렸어.

"도망가고 싶어?" 마티스가 못 믿겠다는 듯 물었어. "지금?"

난 소음을 통제하기 위해 코로 심호흡을 했어. 그러고 나서 고개를 끄덕였어. 마음이 안 좋았어. 방금 우리는 '지옥행 급행 열차'에서 살아남았고 이젠….

"난…."

"예전 의붓 오빠 때문에?" 마티스가 차갑게 내 말을 가로막 았어.

단테가 이마를 찌푸렸어. "마티스, 안 돼!"

그런데 마티스가 고개를 내저었어. 사실 마티스가 충성을 맹 세하긴 했지만, 단테의 모든 명령에 복종하지 않는다는 건 줄곧 분명했어.

"널 끊임없이 궁지에 몰아넣던 그놈한테 가겠다고?"

"뭐? 대체 뭐라고 주둥이를 함부로 나불대는 거야?" 난 마티 스에게 큰 소리로 화를 냈어.

"단테가 놈에 대해 말해줬어." 숨도 쉬지 않고 마티스가 말했 어. "네가 그놈 때문에 어떤 축구하는 녀석 자동차를 부수지 않 았어? 그리고 개 한 마리를 죽였다던가 뭐래나…. 게다가 그 훔친 초코바는 또 어떻고? ///// 짭새들한테 잡힌 데가 어디였더라?"

"닥치지 못해, 그 ====!"

"마티스, 이제 그만." 단테가 입으로 쉿 소리를 냈어.

"도대체 뭘?" 마티스가 단테에게 고함을 질렀어. "그렇지만 너도 그런 놈은 루저라고 나한테 그랬잖아! 그러니까 그 놈은 엔니를 궁지에 몰아넣고는 몰래 내빼버렸다고. 이 얼마나 우아한 왕자님인지!"

소음은 내 머리를 아프게 할 정도로 몹시 커졌어.

코로 숨 쉬기 위해 애를 썼지만 더 이상 해낼 수 없었어. 머리가 지끈지끈 아팠어. 모든 게 빨강이었어.

"너…, 마티스한테 말했니?" 화를 참으며 단테를 보았어.

단테가 죄책감을 느끼는 것처럼 보였어. 단테는 이내 고개를 끄덕였어.

"난 너한테만 얘기한 거였어." 내가 화를 억누르며 말했어. "오직 너한테만. 난 너한테 말한 거라고…. 노아는 내 오빠야!"

눈물이 뺨으로 흘러내리는 게 느껴졌어. 너무 많은 압력. 하지만 배출구가 없었어.

단테가 가엾다는 듯이 날 쳐다보았어. "그럼 노아는 어디 있는데?" 단테가 차분한 목소리로 물었다. "정말 네 오빠라면 노아는 어디 있어? 왜 네가 찾아나서야 하는데? 왜 노아는 모든 걸 팽개치고 널 찾지 않는데? 만약 네가 내 동생이라면, 난 할 수 있는 모든 걸 할 거야. 사람들이 만약 너를 뺏어간다면. 난…, 내가 할 거야, 네가 지금 하고 있는 모든 일들을!"

단테는 잠시 말을 중단했어.

"그리고 노아는? 왜 자기 잘못이라고 사람들에게 말하지 않았지? 초코바를 훔친 것도, 차에 뿌린 가짜 눈도, 푸들도, 벽에 스프레이로 쓴 낙서도."

"왜냐면…, 왜냐하면… 내가 허락하지 않았니까!" 난 울부짖었어. "내가 그걸 원하지 않았어! 왜 노아까지 벌 받아야 하지?"

"그럼 왜 넌 벌 받아야 하는데?" 내가 완전 미치기라도 한 것처럼 마티스가 물었어. "그러니까 내 말은, 누군가 ~~사고~~ 를 쳤다면, 그 사람은 ━━━, 그 일에 대한 책임도 져야 한다는 거야!"

"그치만 그건 너랑은 ~~상관없는~~ 상관없는 거잖아!" 나도 마티스에게 고함을 질렀어.

"넌 나를 미워하잖아. 어차피 내가 사라져주길 바라면서."

마티스는 더 이상 아무 말도 하지 않았어. 그저 고개만 내저을 뿐이었어.

"난 아니야." 단테가 말했어.

그리고 카란이 한 발짝 다가오더니 날 쳐다보면서 머리를 흔들었다. 그 역시 아니라는 뜻.

"~~━━━~~!" 그때 마티스가 소리쳤어. "짭새다."

마티스의 시선을 따라가니, 제복 입은 네 명의 ~~━~~ 경찰이 보였어. 경찰은 뭔가 찾기 위해 두리번거리는 행동은 하지 않았어. 그들이 찾고 있던 것, 즉 우리를 벌써 예의 주시하고 있었어!

"달려, 엔니!" 단테가 침착하게 말했어.

마티스가 나를 봤어. "도망치고 싶다면, 지금이야."

카란도 경찰을 보고 나를 본 다음 고개를 끄덕였어.

난 숨을 깊이 들이마시고 뛰기 시작했어.

뜻밖의 변수

두 명의 경찰이 출구에도 서있는 것이 멀리서 보였어. 주차장에는 또 다른 경찰 두 명이 미리암의 폭스바겐 버스 옆에 서 있었어. 그걸 보니 마음이 아팠어. 미리암은 열여덟 살이었어. 이 일로 정말이지 곤란한 상황에 처할 거야.

나는 네 명의 아이들이 있는 가족이 지나가는 걸 기다렸어. 두 명의 소년이 그 가족 조금 뒤에서 시시덕거리며 따라갔어. 그중 한 명은 백퍼센트 그 가족 아들의 친구였어. 두 아이는 아주 만족스러운 것 같았어. 보아하니 타고 싶은 건 뭐든 탈 수 있어서 그런 것 같았어.

난 그 아이들 뒤를 따라 느릿느릿 걸었어.

"야." 내가 말했어. "너희들 '지옥행 급행열차' 타봤냐?"

두 아이는 걸음을 늦추고 경계하는 눈빛으로 날 쳐다봤어.

"아니." 한 명이 말했어. "키가 130센티미터는 되어야지 탈 수 있다던데."

난 고개를 끄덕이며 말했어. "난 타봤어. 안됐다. 안 타봤다면 너희들은 정말 뭔가를 놓친 거라고."

"그게 뭔데?" 다른 아이가 물었어.

그래서 나는 두 아이에게 지옥행 급행열차를 탑승했던 일과 어둠 속에서의 자유낙하에 대해 설명해주었어. 그러면서 우리가 출구로 나가 걸을 때 둘 중에 한 명은 내 왼쪽에, 다른 한 명은 오른쪽에서 걷도록 했어. 아이의 부모는 나머지 세 딸과 함께 우리 앞에서 걸어갔어. 경찰은 우리를 전혀 쳐다보지 않았어. 아무려면 가족이 아니라 삭스 기숙학교에서 온 다섯 명의 아이들을 찾고 있었으니까.

우리가 지나갔을 때 무전기에서 띠, 하는 소리가 났어.

경찰 한 명이 막 매표소 직원에게 말하고 있었어. "… 파란머리요. 어쨌든지 그 머리색은 금방 눈에 띄었을 텐데요."

매표소 직원은 유감스럽다는 듯 머리를 흔들었고 경찰에게 사진을 돌려주었어. "미안합니다. 초록색으로 염색한 희한한 머리 스타일의 남자아이 한 명 밖에 없었는데요."

"⟨⟨⟨⟨⟨." 경찰이 말했어.

그때 다시 띠, 소리가 나더니 경찰이 무전기에 대고 말했어. "예?"

난 여전히 '지옥행 급행열차'에 대해 설명하는 중이었기 때문에 단지 어렴풋하게 이해했지만, 무전기에서 목소리가 흘러나왔어. 무슨 말과 함께. "… 휠체어에 탄 소년, 거인, 빨간 머리, 그리고…."

그리고 당연히 루키겠지. 경찰은 그러니까 우리에 대해 이미 알고 있었어.

난 걱정하지 않으려고 애를 썼어. 그래봐야 별일이 있겠어? 기껏해야 경찰은 아이들을 다시 기숙학교로 데려다 줄 거야. 아마도 추가로 ~~노동시간~~ 노동시간이라는 벌을 받겠지만, 그렇다고 세상이 끝장나는 건 아니야.

난 릴리스에게 아주 조금 실망했어. 우리를 안전하게 지켜주겠다고 약속했을 때, 나는 릴리스가 진심에서 한 말이라고 느꼈거든. 하지만 보아하니 릴리스는 우리를 고자질한 게 틀림없었어. 다 내 잘못이야. 어차피 난 릴리스가 천재적인 거짓말쟁이라는 걸 알고 있었으니까. ~~~~, 그런데도 난 릴리스에게 내 애플 핸드폰을 주었어.

"나도 그거 타보고 싶다."

내가 '지옥행 급행열차' 탑승에 대한 묘사를 마쳤을 때, 한 아이가 경외심에 가득 차 말했어. 다른 아이는 고개를 돌려 허공에서의 공중회전 비행을 보더니 코 주위가 파랗게 질렸어. 똘똘

한 녀석이로군!

우리가 그 가족의 미니버스 앞에 도착했을 때, 난 멈추지 않고 계속 걸었어. 그때부터는 다른 일행을 뒤따라갔는데, 그 일행은 여기에 자동차로 오지 않은 게 확실해 보였어. 이 사람들은 기차역으로 갈 거라는 데 판돈을 걸겠어. 내기할 테면 해봐, 내가 이긴다고 확신한다!

지도를 살펴봤을 때, 기차역은 매직 플레이스 파크에서 도보로 1킬로미터 정도 떨어져 있었어. 난 천천히 움직였어. 누군가 내가 도망 중임을 눈치 채지 않기를 바라면서. 도망 중에 발생할 수 있는 일 중에서 가장 미련한 일이 바로 그거니까.

동시에 나는 ▰▰▰▰▰ 소음을 통제하기 위해 내내 코로 호흡해야 했어. 그 일행이 기차역에 도착했을 때 난 즉시 경찰이 있는지 주위를 둘러봤지만, 아무도 보지 못했어. 만약 경찰이 나를 찾고 있다고 하더라도, 파란색 머리를 한 소녀를 찾을 거야. 하지만 여기엔 경찰이 한 명도 없었어. 최소한 제복을 입은 사람은 없었어.

기차 운행시간표를 훑어보니, 프라이부르크를 경유하는 다음 기차가 30분 후에 있었어. ▰▰▰▰▰▰, 타이밍 한 번 좋군! 기차표는 자동판매기에서 샀어. 나는 처음으로 아흐멧 아무트가 준 120유로를 세어보았어. 거기에 양부모가 준 100유로.

이 정도면 프라이부르크까지 가는 기차비, 바젤까지의 버스비, 노아네 새 집까지 가는 택시비를 충당하기에 충분했어. 그러고도 넉넉히 남을 것 같았어. 이때까지는 모든 게 좋았어.

가게에서 라이트 콜라 한 캔을 산 다음 긴 의자에 앉았어. 마지막으로 기차를 탄 후 백 년이나 흐른 것처럼 느껴졌어. 나를 삭스로 데리고 왔던 사회복지사 사내놈과 함께였지.

선로 맞은편으로 기차가 들어왔고, 그 기차 소리가 머릿속 문 하나를 열었어. 부모님과 내가 있었어. 우린 다 함께 프랑크푸르트로 가고 있었어. 나는 일곱 살이었고, 우린 피카소 전시회에 가는 길이었어. 아빠가 내가 틀리게 한 말을 고쳐주면서 간지럼을 태울 때마다 난 계속 피카츄라고 말하면서 킥킥대고 있었는데, 그건 내가 일부러 틀리게 말한다는 걸 아빠가 알고 있기 때문이었어.

또 우리는 열차 위치를 알려주는 안내문 앞에 서있었고, 엄마는 그걸 보고 어떻게 자기 좌석을 찾는지, 기차가 정확히 어디서 멈추게 되는지 미리 아는 방법을 내게 가르쳐주었어.

소음이 다시 커졌어. 바다처럼 밀려드는 부모님에 대한 기억이 뒤에 도사리고 있는 문에 맞서 난 버티고 있었어.

왜? 왜 하필 지금 생각이 엄마 아빠에게로 향할까? 모든 일이 계획대로 잘 굴러가고 노아 오빠한테 가고 있는 이때.

"그럼 노아는 어딨어?" 내 머릿속에서 단테가 물었어. "정말 네 오빠라면 노아는 어디 있냐고? 왜 네가 찾아나서야 하는데? 왜 노아는 모든 걸 팽개치고 널 찾지 않는데? 만약 네가 내 동생이라면, 난 할 수 있는 모든 걸 할 거야. 사람들이 만약 너를 뺏어간다면 난… 내가 할 거야, 네가 지금 하고 있는 모든 일들을!"

빨간 눈물이 뺨으로 흘러내렸어. 노아 셔츠로 방울져 떨어지지 않도록 얼른 닦아냈어. 노아는 뭘 하고 있을까? 어디 있는 거지? 왜 노아는 날 찾으려고 시도하지 않았을까? 노아는 단연코 내가 삭스 기숙학교에 들어갔다는 걸 알아낼 수 있었을 거야. 어쨌든 학교로 전화해볼 수도 있었을 거야, 안 그래?

삭스 기숙학교 전화번호는 인터넷에 나와 있다고 할바흐가 그랬어. 노아는 날 찾기 위해 애쓰고 있을까?

갑자기 구역질이 났어. 노아. 만약 노아를 그저 볼 수 있다면, 아주 잠깐이라도 늑대 미소를 볼 수 있다면. 그러면 난 더 이상 노아를 의심하지 않을 텐데. 백 퍼센트.

~~단테!~~ ~~마티스!~~ 그 자식들은 하나도 안 중요해! 걔네가 뭘 알겠어? 그 둘은 노아를 전혀 몰라. 노아를 만나기 이전에 내가 어땠는지도 몰라. 모든 게 ~~━━━━━~~였다는 걸 몰라. 걔네들은 아무것도 모른다고!

그때 누가 내 옆으로 쿵 하고 떨어졌어. 난 펄쩍 뛰어오를 정도로 소스라치게 놀랐어. 루키였어. 거의 숨이 넘어갈 듯했고, 온 몸은 땀으로 흠뻑 젖어있었어.

"엔니." 루키가 헐떡거리며 말했어. "엔니."

주변을 둘러보았어. 나에 대해 어떤 이목도 끌지 않는다는 원칙에 1도 도움이 안 되는 일이었어. 난 재빨리 루키 옆에 다시 앉았어. ~~━━━~~.

"루키." 내가 부드럽게 말했어. "넌 여기 있으면 안 돼. 왜 다른 아이들하고 같이 안 갔어? 너한텐 아무 일도 안 생겨, 알겠니? 경찰이 그냥 학교로 도로 데려갈 거야. 아마도 벌칙으로 일을 좀 해야 하겠지. 하지만 그게 다야."

"아니." 루키가 콜록거리며 숨을 헐떡였어. "아니, 엔니. 그… 그 할바흐가 경찰을 불렀어. 도둑 때문에. 그 여잔…."

아까 산 라이트 콜라를 줬는데, 루키는 걸신들린 듯 마시더니 사레가 들려 기침을 했어. 등을 두드려주는데, 루키 티셔츠가 흠뻑 젖어있었어. 식은땀이 얼굴 위로 흐르고 있었어.

"할바흐가 집에 도둑이 들어왔다고 경찰에 신고했어. 누군가 창문을 통해 들어왔다고 경찰이 말했대. 그리고 그… 서류가 없어졌대."

난 침을 삼켰어. 머리가 지끈거렸어.

"누가 그랬는지 할바흐가 알고 있대?" 루키에게 물었어.

"아니, 근데…." 루키가 내 목을 흘끔거렸어. "기숙학교 학생이 그랬다는 건 알고 있대. 왜냐면 할바흐가 거실 서랍장 뒤에서 블루칩을 발견했거든."

목줄에 걸린 내 블루칩을 만져보았어. 없었어. 당연히 없지. 내가 어떻게 서랍장 뒤에서 기어갔는지, 그러면서 거기서 어떻게 미적거렸는지 기억이 났어. 아마 그때 내 블루칩을 잃어버린 것 같았어. 게다가 그때 이후 블루칩이 더 이상 필요 없었으니.

〰️! ▬! 〰️!

"그러면 내가 그랬다는 걸 할바흐가 알고 있겠네." 내가 말했어.

"아니." 루키가 말했어. "누가 했는지는 모른대. 근데 그다음에 우리가 없어진 걸 알게 됐어. 기숙사생 네 명 말이야. 오

늘은 학교 쉬는 날이어서 마티스는 그냥 누나랑 여행 중이었다
고 말했대. 근데 이젠 할바흐가, 그 여자가 우릴 납치했다고 생
각해. 그러니까 마티스 누나 미리암이 말이야. 엔니, 네가 다시
돌아오지 않으면….″

 무거운 바위 하나가 내 가슴을 짓누르고 있는 것 같
았어. 더 이상 숨을 쉴 수가 없었어. 이제 난 어떻게 해야 할까?

하지만 난 미리암을 전혀 몰라. 내 말은 그러니까, 미리암이
나 때문에 곤란해지는 걸 원하지는 않지만, 난 노아에게 가야만
한다는 거야.

″도대체 이 모든 걸 넌 어떻게 안 거야?″ 내가 물었어.

″들었어. 경찰이 다른 애들을 경찰차로 데려갔을 때 사람들
이 전부 다 이야기했거든…. 미리암하고 난 미니버스를 타고 가
려고 했는데 거기도 벌써 경찰이 기다리고 있더라고. 그래도 난
도망쳤지만 미리암은 잡히고 말았어. 수갑도 채우고 말이야.″

″루키, 난 벌써 기차표를 끊었어. 스위스로 가야 해. 미안,
난 못 돌아가.″

루키가 나를 쳐다봤어. 내가 막 얼굴의 가면이라도 벗은 것
처럼. 가면 밑에 마치 나 아닌 다른 누군가가 나타난 것처럼.
루키는 숨을 깊이 들이마셨어. 그런 다음 일어나서 내게 콜라를
돌려주었어. 서있던 루키가 비틀대기 시작하더니 갑자기 무릎

을 꿇었어. 난 재빨리 일어나 루키를 붙잡았어.

"왜 그래?" 내가 물었어. "뭐가 필요한 거야?"

"설탕." 창백한 입술로 숨을 쉬면서 루키가 내뱉었어. "포도
당이 든···."

━━━! 루키를 긴 의자 위에 뉘어놓고 뛰기 시작했어. 가
게 안 계산대에 사탕이 놓여있었어. 나는 사탕을 손에 한 가득
쥐고 미친 듯이 달려 루키에게로 갔어. 달리면서 사탕 껍질을
깠고, 의자 옆에 무릎을 꿇고 앉아 루키 입 속에 넣어주었어.
루키가 사탕을 빨아먹었어.

"야!" 내 뒤에서 목소리가 들렸어. "이봐, 너 말이야!"

가게 점원이었어. 내가 더 이상 뛰지 않는 걸 보더니 점원도 멈춰 섰어. 점원이 루키를 꼼꼼히 살펴보면서 이게 ▆▆▆ 속임수인지 아닌지 가늠해보았어. 그 사람은 내가 도망가지 못하도록 내 어깨에 손을 두르고 있었어.

난 점원의 손을 뿌리치고 루키 이마의 땀을 닦았어. 루키가 몸을 떨기 시작했어. 사람들이 우리 주위에 모여들더니 걱정스럽게 두런거렸어. ▨▨▨ 상관없었어. 난 노아의 셔츠를 벗어 루키에게 덮어주었어.

그때 문 하나가 확 열렸는데, 노아와 내가 작은 토끼와 함께 티어가르텐 공원에 있었어. 나 자신이 수학 선생님이 수업 시간에 보여준, 무너지기 직전의 퀘벡의 다리 같다는 느낌이 들었어. 마치 더 이상 내 몸무게를 떠받치지 못할 것 같은 느낌. 이건 실수여야만 해, ▨▨▨▨ 계산 실수.

"이 애는 무슨 병이냐?" 점원이 물었어.

그 사이에 몰려든 다른 사람들도 우리 주위에 서있었어.

"당뇨요." 내가 짧게 대답했어.

루키는 창백한 입술로 계속 사탕을 빨더니 입을 벌렸어. 난 사탕을 하나 더 밀어 넣었어.

"구급차 좀 불러주시겠어요?" 내가 점원에게 부탁했어. 물론 당연히 나는 그게 뭘 의미하는지 알고 있었어. 도망의 끝. 여기까지가 전부라는 것. 사람들은 나한테서 ▰▰▰ 여권을 뺏은 다음 나를 다른 보육원에 집어넣을 테고, 그걸로 끝이라는 것. 이제 노아도 없고, 단테도 없고, 루키도 없어. 난 내 와일드카드를 도박으로 날리고 내 마지막 칩을 잘못된 숫자에 걸었어. 상관없어. ▰▰▰▰▰▰ 상관없어.

점원은 여전히 날 ▰▰▰ 의심스럽게 쳐다보았지만, 그의 뒤에 있던 한 여자가 핸드폰을 꺼냈어. "네 동생, 몇 살이니?" 여자가 물었어.

"여덟 살이오." 내가 말했어.

"거의 열네 살." 루키가 속삭였고 내가 웃었어. 틀림없이 루키는 좋아지고 있었어.

"사탕 값 계산할게요." 점원에게 내가 말했어.

점원이 사양했어. "괜찮다." 루키를 보면서 말했어. "빨리 나아라, 꼬마야."

"너 속옷 차림이구나. 이대로는 너무 춥지 않겠니?" 다른 여자가 내게 물었어.

나는 고개를 내젓고 루키의 손을 잡은 채, 다음 사탕을 루키 입 속으로 밀어 넣었어.

10분 후에 두 명의 구급대원이 도착했어. 그때 루키는 벌써 똑바로 앉아 어느 정도 얼굴색을 되찾고 있었어. 구급대원들은 루키에게 이것저것 묻고, 혈압과 혈당을 재고, 그다음엔 질문해야 하는 것을 물었다.

"근데 너희들 부모님은 어디 계시니?"

"오늘은 저희들끼리 혼자 밖에 나왔어요." 내가 말했어. "처음으로요."

"그래. 그럼, 부모님 전화번호를 불러봐라. 만약의 경우를 대비해서 이 남자아이를 지금 병원으로 데려갈 거야." 그중 한 명이 말했어.

"우린 삭스 기숙사에 살아요." 내가 말했어. "전화번호는 못 외우지만 인터넷에 나와 있어요."

대원들은 루키에겐 너무 큰 들 것에 루키를 들어 올렸어. 그 위에서 루키는 더 작고 더욱 창백해 보였어. 이어서 구급대원들이 루키를 엘리베이터 안으로 밀어 넣었어.

난 루키 손을 놓지 않았어. ~~단 1초도.~~ 단 1초도. 우리가 엘리베이터에 탔을 때 선로에 프라이부르크행 기차가 멈춰 섰어. 엘리베이터 문이 닫히는 동안 난 어떻게 기차 문이 열리는지 보았고, 마음속으로 노아에게 작별 인사를 했어.

구급대원 한 명이 구급차 안에서 루키의 작은 팔에 주사 바늘을 밀어 넣고 링거액 주머니를 거는 동안, 다른 한 명은 기숙학교의 전화번호를 구글로 검색했어.

"기숙학교 이름이 뭐라고 했지? 자그스?"

"사—아—악—스" 난 철자를 하나하나 불러주었어.

구급대원이 이마를 찡그렸다. "그런 건 없는데." 그리고는 이어 말했다. "딱 하나, 삭스산 밖에 안 나오는데, 이건 산 이름 이야. 그리고는 삭스 케이블카."

나는 참지 못하고 핸드폰을 뺏어서 직접 삭스를 찾아보았어. 하지만 그 사람 말이 맞았어. 인터넷에는 삭스 기숙학교가 존 재하지 않았어. 아직 호텔이었을 때의 사진은 있었지만, 홈페이지도 없고, 관련 기사도 없고, 아예 아무것도 없었어.

"이해가 안 돼요." 내가 말했어.

난 나딘 할바흐를 검색했고, 사진 한 장을 찾긴 했지만 그건 예전 직장 때의 사진이었어. 매니지먼트와 관련 있는 무슨 회 사였어. 할바흐가 기숙학교를 운영하는 것에 대해선 아무런 내 용도 없었어. 이어서 루키 엄마, 루이자 크레빅을 검색했고, 한 신문 기사에서 사진을 찾았어. 루이자는 뮌헨에 레스토랑을 갖 고 있었고, 무슨무슨 상을 탔다고 나와 있었어. 엄청 세련되고 비싼 분위기의 식당. 하지만 지금 하고 있는 일에 대해서는 아 무것도 나와 있지 않았고, 삭스에 관해서도 전혀 없었어.

그래서 난 메아겐 박사를 검색했어. 박사학위가 두 개나 있는 마빈 메아겐이 대체 세상에 몇 명이나 존재하겠어?

메아겐 박사는 ▬▬▬▬ 유명하고, 빌어먹을 정신과 의사라는 게 밝혀졌어. 아동심리학에 관한 책을 8권이나 출판했고, 박사가 쓴 박사논문은 돈을 주고 살 수도 있었어. 게다가 메아겐 박사는 베를린 샤리떼 병원의 정신과 원장 출신이었어. 맙소사, 그런 사람이 어떻게 된 셈으로 ▩▩ 세상 끝에 있는 그런 기숙학교에 있었던 거지? 아직까지 ▨▨▨▨ 홈페이지 하나 없는 그런 곳에?

다행히 샤리떼 병원 홈페이지에는 메아겐 박사 이름 아래 핸드폰 번호가 나와 있었어. 난 그 번호로 전화를 걸었어. 구급대원은 나를 초조하게 지켜보았어. 두 번, 세 번 벨이 울리고, 그 다음—

"메아겐입니다."

난 심호흡을 했어. "안녕, 아빠. 나야, 엔니." 내가 말했어. "지금 너무 놀라시면 안 돼요. 알았죠?"

제발, ▨▨▨▨ 제발!

"그래. 놀라지 않으마."

이 순간, 난 박사를 ▨▨▨▨ 안아줄 수도 있었어!

"루키가 지금 약한 저혈당쇼크가 왔어요. 다시 좋아졌고요. 루키랑 전 지금 구급차에 탔고, 사람들이 우리를 병원에 데려간

대요…." 난 구급대원에게 질문하는 눈으로 쳐다보았어.

"성 엘리자베스 병원." 구급대원이 말해주었다. "프라우그래 핑엔에 있는…."

난 대원이 말한 걸 그대로 반복했어.

"그래, 알았다." 박사가 말했어. "내가 거기로 가서 너희들을 데려오도록 하마. 아 참. 엔니, 혹시 오빠도 너랑 같이 있지 않니?"

"에…, 뭐라고요?"

"노아…." ⟪⟫

박사가 그 외에도 뭔가 더 말했다면 난 듣지 못했어. 왜냐하면 ⟪⟫ 파도가 내 귓속을 덮쳐버렸으니까.

파랑에 울인

루키는 삭스로 가는 내내 박사의 벤츠자동차 뒷좌석에서 잠을 잤어. 그때 루키는 엄마한테서 코 고는 걸 배웠음을 증명했어. 나는 루키가 몸이 좋아졌고 지금 자고 있다는 사실이 기뻤어. 그렇게 해서 루키는 오늘의 세 번째 지옥행 급행열차 탑승도 놓치고 말았어.

나 역시 바로 뭔가를 얘기하고 싶지는 않았지만, 메아겐 박사도 말 없이 \\\\\\\ 빠르게 운전만 했어. 이해해. 우린 마지막 케이블카를 타야 했으니까. 하지만 그래도 박사의 벤츠자동차가 ⬛⬛⬛ 커브 구간을 돌 때엔 '지옥행 급행열차'가 떠올랐어.

"하겐 부부가 경찰에 알렸단다." 박사가 운전 중에 설명을 했어. "그리고 그분들이 우리에게 전화를 했고 말이야. 그분들은 당연히 네가 노아가 어디 있는지 알고 있기를 바라셨지."

난 옆에서 박사를 관찰했어. 뭔가를 숨기고 있는 것처럼 보이지는 않았어. 그렇다면… 어쩌면 박사는 삭스 기숙학교에서 뭔가 구린 냄새가 난다는 걸 알고 있지 않을까?

"노아가 날 어떻게 찾을 수 있죠?" 내가 물었어. "기숙학교는 인터넷에 안 떠요. 노아는 제 전화번호도 없고요. 그리고 노아 핸드폰은 부모님이 계약을 해지했어요. 제 핸드폰은 할바흐한 테 있고요."

"사실 우린 네 핸드폰을 릴리스 밥스에게서 찾았단다." 박사는 무덤덤하게 말했어. "어떻게 네 핸드폰을 갖게 된 건지 릴리스는 우리한테 말을 하지 않았단다. 네 핸드폰은 마지막에 교장 선생님 사무실 안 책상에 있었고."

"릴리스가 아무 말도 안 했어요?"

박사는 고개를 저었어. "그래서 할바흐 교장은 릴리스가 자기 사무실에서 핸드폰을 훔쳤다고 생각해. 맞니?"

난 웃지 않을 수 없었어. "아뇨."

"그럼 누구였는데?"

"저요."

박사는 어이없어 했어.

"자백이라…. 어찌나 독창적인지."

"무슨 뜻이에요?"

"너의 자백이 그럼 스물네 번째겠네."

박사가 무슨 말을 하는 건지는 나중에 기숙학교에 도착하고 나서야 비로소 이해할 수 있었어.

우린 마지막 케이블카를 간신히 잡아탔어. 메아겐 박사는 줄곧 맹렬한 속도로 운전했고, 케이블카를 탈 때는 루키를 등에 업었어. 루키는 편안하게 내리 자면서 박사의 셔츠에 침을 질질 흘려 잔뜩 더럽혔어. 아마 박사는 다행이라고 생각했을 거야. 루키를 업기 전에 재킷을 나한테 미리 맡겼두었거든.

"위쪽으로?" 케이블카 운전사가 물었어.

우린 유일한 승객이었어. 내가 웃으면서 말했어. "방향이 맞다면요."

케이블카는 하늘을 덮은 구름 속으로 올라가기 시작했어.

"아 참, 고마웠어요." 내가 운전사에게 말했어. "늑대 말이에요. 아저씨가 옳았어요. 휘파람을 불었더니 전혀 해를 입히지 않더라고요."

아저씨는 머리를 긁적이면서 이게 농담인지 아닌지 생각하는 것 같았어. 왜냐면 이게 농담이라면, 자신은 이 농담을 이해할 수 없었기 때문이야. 하지만 예전에 내가 아저씨의 농담에 웃어줬다는 이유로 예의상 빙긋 웃어주었어.

"오늘 저기 위쪽에 뭔가 큰일이 있었나 봐요. 그렇죠?" 그다음에 운전사가 메아겐 박사에게 말했어.

메아겐 박사는 그저 고개만 끄덕였어. "경찰과 엮인 이런저런 일들이죠."

"경찰이 아직 저기 위에 있어요?" 내가 물었어.

"그러니까 난 그 사람들을 다시 아래로 데려다 주진 않았거든." 운전사가 말하면서 웃었어.

"근데 그 경찰들이 마지막 케이블카를 놓치면요?"

운전사가 어깨를 으쓱했어. "경찰의 경우엔 예외를 만들 수도 있지."

구름 위는 ▬▬▬ 지옥이었어. 비서는 하이힐을 신은 겁먹은 닭처럼 이리저리 걸어 다니고 있었고, 기숙학교 학생들은 사방에 서있거나 앉아있었어. 우리가 들어갔을 때 아이들은 전부 다 나를 쳐다보았어. 그리고는 사무실 문이 열렸어.

할바흐가 몹시 흥분해서는 밖으로 나왔어. 나를 보더니 잠깐 표정이 바뀌었어. '난 널 증오해'까진 아니었다고 말하고 싶지만, 벌써 어느 정도는 그런 것 같았어.

"이제야 네가 왔구나." 할바흐가 말했어.

교장 뒤에서 아흐멧 아무트가 나왔어. 나를 봤을 때 아흐멧은 잠시 눈을 감았어. 먹구름과 번개를 봤지만 비가 내리지 않기를 마지막까지 바랐던 사람처럼. 자신이 비에 젖을 거라는 걸 깨달은 사람처럼.

그리고 아흐멧 뒤로 단테와 카란, 마티스가 사무실에서 나왔다. 나를 봤을 때 아이들의 표정이 밝아졌어. 단테가 이를 모조리 드러내고 환한 표정을 지었어. 마치 태양이 떠오르는 것 같았어. 심지어 카란도 미소 지었어. 그리고 마티스는 머리를 갸우뚱한 채 웃고 있었어. 새로운 우정의 시작이랄까, ⋘.

마티스의 누나 미리암은 염려했던 대로 지칠 대로 지쳐 보였어. 마치 울기라도 한 것처럼. 미리암은 발을 질질 끌며 사무실에서 나오더니 소파에 털썩 주저앉았어.

"엔니 알서!" 할바흐가 불렀어. 교장의 목소리는 노여움으로 떨렸어.

그제서야 비로소 네 명의 경찰이 교장의 사무실 안에서 기다리고 있는 것이 보였어. 이제는 세상에서 제일 멍청한 얼간이까지도 내가 여기 있고, 내가 문제의 원인이라는 걸 알았으리라. 모두가 나를 쳐다보았어.

루키가 일어나 고개를 들었어.

"엔니?" 루키가 조용히 불렀어.

"괜찮아, 루키." 루키의 다리를 쓰다듬으며 내가 말했어.

그때 벌써 루키 엄마도 쏜살같이

모퉁이를 돌아 ~~달려갔어.~~ 불가사의한 속도로 메아겐 박사에게로
달려갔어.

"루키, 루키, 루키!"

루키 엄마는 아들 이름을 불러대면서 박사의 등에 업혀있던
루키 몸을 거의 뽑아내다시피 했어. 그리고 너무나 놀랍게도 다
른 팔로는 나를 끌어당겼어. "그리고 너! 네가 내 아기를 살렸
어, 이리 와봐!"

루키 엄마는 내가 마치 오랫동안 잃어버렸다가 되찾은 딸이라도 되는 양 내 머리에 키스를 했어.

"이젠 충분한 것 같네요, 크레빅 부인." 할바흐가 소리쳤어. "우린 엔니와 해야 할 이야기가 있어요."

루키 엄마는 사슬에 묶여있던 베이컨처럼 빠르게 뒤를 돌아보았어. "바지에 오줌 지릴 정도로 겁먹을 필요 없잖아요, 할바흐! 이 작은 아이가 내 아기의 생명을 구했다고요. 이런 경우엔 더욱 충분히 고맙다고 말해도 될 것 같은데요."라고 으르렁거렸을 때는 그 소리도 베이컨과 아주 비슷하게 들렸어.

난 그래도 루키 엄마에게서 빠져나왔어. 매를 맞아야 한다면 빨리 맞는 게 나으니까. 또 짭새들이 날 데려가려고 한다면 차라리 지금 가는 게 나았어.

할바흐의 사무실로 가는 동안 단테와 마티스, 카란을 지나쳤어. 단테가 내게 뭔가 말하고 싶다는 듯이 자기 티셔츠의 목 부분을 아래로 잡아당겼어. 난 그게 무슨 뜻인지 이해하지 못했어. 다음엔 카란이 가볍게 내 손을 스치더니 역시 옷의 목 부분을 아래로 잡아당겼어. 하지만 나는 아무것도 보지 못했어. 그저 아이들을 의아하게 쳐다봤어.

사무실 문 앞에서 다시 한 번, 걱정스럽게 나를 쳐다보고 있는 루키를 돌아보았어. 루키 뒤쪽 벽에 릴리스가 서있는 게 내 눈에 들어왔어. 릴리스는 목을 자르는 듯한 이상한 동작을 목에다 대고 했어. 도대체 이게 무슨 짓거리들일까? 그리고 난 다시 몸을 돌려 사무실에 들어갔어.

"카란처럼만 해." 단테가 말했어.

"입 닥쳐!" 한 여자 경찰이 단테에게 거칠게 말했어.

"그런 식으로 말씀하시면 안 됩니다!" 할바흐가 여자 경찰에게 큰 소리로 야단을 쳤어.

덕분에 난 단테 말이 무슨 뜻인지 이해할 수 있었는데, 그건 바로 내 입을 닥치라는 거였어. 하지만 그럼에도 난 지금 무슨 일이 일어나고 있는지 점점 더 알 수가 없었어.

사무실에서 할바흐는 삭스산 앞 책상에 앉아있었어. 삭스산은 여기 처음 들어왔을 때처럼 너무 크고, 너무 아름다웠으며, 여전히 가짜 같았어. 무대 세트처럼.

"그러니까" 할바흐 교장이 입을 열었어. "우린 너한테 몇 가지 질문이 있다."

내가 고개를 끄덕였어. "노아 때문에요?"

"그것도 포함해서. 네 전 양부모가 그 아이가 실종됐다고 신고했다. 벌써 오늘 아침에. 그분들은 그 아이가 널 찾으러 여기 올 수도 있다고 생각하시던데, 너 뭔가 아는 게 있니?"

난 침을 삼켰어. 정말로 미안, 노아. 노아를 너무 쉽게 포기한 내 자신이 최악의 배신자처럼 느껴졌어. 노아를 끝까지 믿지 않았다는 것도. 난 고개를 젓고 코로 심호흡을 했어.

"그런데 노아는 제가 어디 있는지 알고 있나요?"

할바흐 교장이 뒤에 있던 경찰을 쳐다보았어.

경찰이 헛기침을 했어. "베를린에 있는 동료가, 노아 하겐이 자기 사무실로 연락했다고 했어. 그 아이는 절도를 자백했는데 그게⋯."

경찰은 수첩을 꺼내 봤어. "초코바."

소음이 시작됐어. 내 시야의 가장자리에 빨간 색이 번졌어.

"땅콩바였어요." 내가 말했어.

"그건 별로 중요하지 않아." 할바흐가 말했어.

"그 아이는 또 네가 어디 있는지 알고 싶어 했대." 경찰이 말을 계속했어.

"그래서 더크가 알려줬대요?" 내가 물었어.

경찰은 선뜻 대답하지 않았어. "더크는 네가 노아에게 연락하는 걸 허락하자고 제안했었다. 여러 가지 이유로 당장 실행되지는 않았지만."

여러 가지 이유라. 흥, 엿이나 ╱╱╱╱╱드세요!

"그게 전부가 아니에요, 여기 문제는요." 할바흐가 이렇게 말하더니, 빨간 안경 뒤에서 화난 표정으로 날 쳐다봤어.

"누군가 내 집에 침입했어요."

"네." 난 대답했고, 그것으로 단테의 경고를 두 번이나 무시했어. "제가 그랬어요."

할바흐 뒤 여자 경찰이 낮은 목소리로 웃었어. 할바흐는 한숨을 쉬더니 안경을 벗고 눈을 문질렀어.

"그래서 너도 블루칩을, 그러니까 교장선생의 아파트에서 잃어버렸니?" 여자 경찰이 물었어. 난 당황해서 경찰을 향해 몸을 돌렸어.

"네." 내가 말했어. "근데 왜 '너도'라고…?"

할바흐가 탁자 아래로 손을 뻗어 안에서 가방을 빼내더니, 책상 위로 내용물을 쏟아서 비웠어. 그건 검은 줄에 달린, 스무 개는 넘어 보이는 ⟪⟫⟫⟫⟫ 블루칩이었어.

난 칩 더미를 뚫어지게 쳐다보다가 마침내 상황을 이해했어. 침을 삼키고 또 삼켰지만 내 안의 바다는 너무나 강력했고, 압력은 몹시 거셌어. 눈에서 눈물이 터져 나왔어.

아일랜드 사기꾼이었던 세안 아빠는 언제인가 다시 감옥에 갔어. 경찰이 세안 아빠를 무슨 죄목으로든 체포하는 건 어차피 언젠가는 일어나게 마련이었어. 아저씨는 그 사건을 계속 ▨▨▨▨ 비극으로만 여기지는 않았어. 하지만 세안은 비극으로 받아들였고, 때때로 자제력을 잃었어. 아마 세안도 화가 나면 뵈는 게 없고 귓속에서는 소음을 들었을 거야. 세안에게 정말 그런지는 물어보지 않았지만.

어쨌든 어느 날 세안은 밤에 사라졌다가 아침에 녹초가 되어 다시 나타났어. 손에 몇 개의 상처가 있었고, 상처 하나는 눈 위에 있었어. 그리고 그 직후에 짭새들이 들이닥쳤는데, 다들 엄청 ~~하게~~ 화가 나 있었어.

짭새들은 세안이 경찰차에 돌 같은 걸 던져 창문을 깼다고 말했어. 두 군데의 경찰서였어. 전부 합쳐 네 대의 경찰차가 망가졌고, 그중 한 대는 타이어에 구멍도 냈다고 했어.

난 그게 멋지다고 생각하지 않았어. 다른 아이들 대부분도 마찬가지였어. 한 여자아이는 심지어 경찰서에서 일하는 삼촌도 있었어. 그러니까 내 말은, 경찰은 해야 할 일을 할 뿐이고, 그들은 ~~━━━━━~~가 아니라는 거야. 누구나 원하는 건 뭐든지 할 수 있는 도시에서는 아무도 살고 싶어 하지 않는다는 걸 우리는 알고 있어. 그렇지 않으면 도시는 난리가 나고 당연히 경찰이 필요해질 테니까.

하지만 이 경우는 그런 문제가 아니었어. 그때 세안은 열여섯 살이었어. 형사책임을 져야 하는 나이.

"우리가 세안을 데려가겠다." 경찰 중의 한 명이 말했어. "그집 늙은 남자처럼 행동하면 무슨 일이 벌어지는지 그 자식놈한테도 말해줄 때가 된 거지."

"근데 그거 세안이 한 게 아니에요." 보육원의 한 남자아이가 말했어. "세안은 저녁 내내 여기 있었어요. 이제 막 일어났다고요."

그 아이는 평소에 세안을 미워했어. 그 둘은 끊임없이 치고 박고 싸웠어. ▰▰▰▰▰▰ 끊임없이!

"너, 나를 바보로 아는 거냐?" 경찰이 남자아이에게 호통을 쳤어. "난 이 작은 ▰▰▰▰▰▰가 지금 막 여기 안으로 달려오는 걸 봤어, 10분 전에. 쟤를 봐라. 저 아이 손과 얼굴엔 타이어를 찢을 때 쓴 사기 조각과 칼 때문에 생긴 상처가 있어."

"아닌데." 이어서 한 여자아이가 말했어. "그 상처는 어제 저녁 감자 껍질 벗길 때 생긴 건데요."

세안은 아무 말도 하지 않았어. 그냥 거기 서서 허공을 바라보고 있었어. 아마도 소음 때문에 아무것도 듣지 못했을 거야.

짭새들은 화가 머리끝까지 나서 철수했어. 하지만 앞으로 경찰들은 알아야만 할 거야. 세상 어디에도 속하지 못한 아이들이 항상 같은 편에 있는 건 아니지만, 만약 최악의 상황이 오면 하나로 뭉친다는 걸.

그렇기 때문에 나는 왜 스무 개가 넘는 칩이 할바흐 책상 위에 놓여있는지 이해할 수 있었어. 마치 학생들이 여기 사무실 안에서 포커 게임이라도 한 것처럼. 한 사람이 자기 칩 전부를 판돈으로 내던진 것처럼. 혹은 파랑에 올인한 것처럼.

할바흐는 자기 아빠흐-트-모흐에서 ▬▬▬ 블루칩 하나를 발견했어. 그러니까 할바흐는 자기 집에 침입한 사람에게는 칩이 없다는 걸 알고 있었던 거야. 그래서 아이들이 전부 다 각자의 칩을 떼어내 칩 더미에 던진 거야. 그리고 경찰이 누가 도둑질을 했냐고 물었을 때 모두가 자기라고 일어섰던 거야.

그런 이유로 단테와 카란, 릴리스가 자기 목을 보여준 거였어. ▬▬▬▬ 목에 칩을 걸고 있지 않다는 걸 내가 볼 수 있도록. 자기들이 내 편이라는 걸 알 수 있도록. 나한테 도망칠 구멍을 마련해두었다는 걸 알려주려고 말이야.

▬▬▬▬! 난 기숙학교 학생들 모두 다는 몰랐어. 이름도 몰랐어. 그런데 그럼에도 아이들은 날 위해 이렇게 했어. 내가 도망쳤을 거라고 생각했음에도 내게 판돈을 걸었던 거야.

난 할바흐의 사무실에 앉아 아기처럼 울었어.

"그 아이를 샅샅이 뒤져요." 할바흐는 매정하게 요구하더니, 일어나서 창가로 갔어. 그 목소리는 아흐멧 아무트의 목소리와 비슷했어. 사람들에게 명령조로 말하는 데 익숙했던 거야.

"좀 일어나주겠니?" 여자 경찰은 무례하게 굴지는 않았어.

여권! ▬▬▬▬! 알바의 ▬▬▬한 여권!

난 메아겐 박사의 재킷을 벗었어. 한 경찰이 내게서 옷을 받아 검사하더니 박사의 지갑을 찾아냈어.

"훔친 거 아니에요." 내가 재빨리 소리쳤어. "박사님이 저한테 재킷을 준 거예요." 경찰이 내 말을 믿는다는 듯 고개를 끄덕였어.

다른 경찰이 내 배낭을 뒤져 돈과 그 ▬▬▬▬한 기차표를 찾아냈어. 경찰이 묻는 얼굴로 내 얼굴을 쳐다보았어. 난 아무 말도 하지 않았어. 굳이 뭣 때문에 또? 곧 경찰은 알바의 여권을 발견할 테고, 그러면 어차피 모든 걸 알게 될 텐데 말이야.

하지만 경찰은 배낭을 완전히 비우고도 여권을 찾지 못했어. 나 역시 할바흐만큼 소스라치게 놀랐어.

여자 경찰이 내 앞으로 다가왔어. "팔 좀 벌려줄래?"

경찰 말을 따랐어. 경찰은 나를 회의적으로 바라보았어. 도대체 뭔가를 어디에 숨겨야 할까. 난 속옷과 무릎이 찢어진 낡은 청바지를 입고 있었어. 거기에 부츠. 난 부츠를 벗어 경찰에게 던졌어.

"젠장, 이건 나한테나 맞겠는 걸." 경찰이 말했어. "이 신발도 나만큼이나 나이 든 것 같은데, 빌어먹을 놈의 ▨▨▨!"

"삭스에서는 욕하면 안 돼요." 난 경찰의 잘못을 바로잡아 주었어. "욕 한 마디에 50센트, 또는 30분 가사 노동이란 벌칙이 있어요."

"알았다." 경찰이 말하고 나서 웃었어. "미안."

여자 경찰이 내 청바지 주머니를 뒤졌어. 사탕과 매직 플레이스 파크 입장권만 나왔어. 경찰이 할바흐를 나무라듯이 바라보았어. "내가 열네 살짜리 몸에 있는 모든 개구부를 조사하지 않아도 당신이 양해해줄 거라고 생각합니다만. 이 아이는 틀림없이 여권을 삼키지는 않았을 겁니다."

할바흐와 나는 서로를 쳐다보았어. 둘 다 이 상황이 이해가 안 됐어. 우린 둘 다 내가 ▨▨▨▨ 여권을 훔쳤다는 걸 알고 있었으니까. 당연히 내가 여권을 갖고 있어야만 했으니까.

그때 문이 열리면서 알바 할바흐가 숨도 못 쉬고 사무실로 뛰어들어 왔어. 알바가 여권을 흔들었다.

"엄마! 여권이 있어요! 내가 찾았어요!"

할바흐 교장과 여자 경찰, 내가 알바를 동시에 쳐다보았어.

"어디서?" 할바흐가 힘 빠진 목소리로 물었어.

"어… 서랍에 있었어, 원래처럼." 알바가 당황해서 말했어. "엄마가 제대로 확인하지 않았나봐."

여자 경찰이 남자처럼 뒤돌아서더니 의심의 눈초리로 할바흐를 쳐다봤어. 베를린의 가게에서와 똑같은 순간이었어. 내가 땅콩바를 잡았던 순간. 어떻게 반응해야 할지 누구도 몰랐으므로 아무도 반응하지 않았어. 할바흐가 힘겹게 입을 뗄 때까지.

"도대체 왜 거길 다시 볼 생각을 했니?" 그때 할바흐의 목소리는 떨리고 있었어.

"우리가 엉뚱한 사람에게 죄를 뒤집어씌우지 않고, 정말로 뭔가 없어졌는지도 확실하게 하는 게 좋겠다고 루키 엄마가 말했어요."

"루이자." 할바흐가 으르렁대며 목소리를 높였어. "그럼 어떻게 서랍을 열었니, 아가야?"

"그냥 열려있었어요." 알바가 말했어.

난 사무실 문을 통해 알바 뒤에 서있는 루키 엄마를 보았어. 목을 약간 비틀자 그제야 루키 엄마의 모습이 보였어. 루키 엄마는 노아의 하얀색 셔츠를 팔에 얹고 있었어. 땀에 젖은 티셔츠 대신 내가 루키에게 입혀주었던 그 셔츠. ~~셔츠~~ 여권 크기에 맞는 가슴 주머니가 달린 그 셔츠를.

그 자리에 루키는 없었어. 하지만 한쪽 구석에 카란이 비어 있는 스포츠 휠체어와 함께 서있었어. 카란이 손을 들더니 내게 신호를 보냈어.

나는 웃었어. 아주 제대로. "~~＝＝＝~~!" 내가 욕을 했어. "~~＝＝~~, ~~＝＝~~, ~~＝＝~~, ~~＝＝~~, ~~＝＝~~!!"

"엔니!" 할바흐가 고함쳤어. "이제 그걸로 충분하다."

나는 자리에서 일어나 경찰이 놓아두었던 서랍장 위의 지폐를 챙긴 다음, 그 돈을 모두 할바흐 책상 위에 꺼내놓았어.

　"이건 방금 전, 여섯 번의 ～～～～에 대한 벌금이에요. 그리고 저 여자 경찰 것도 기부할게요."

　나는 웃음을 숨기려고 잽싸게 몸을 뒤로 돌리고 있는 경찰을 엄지손가락으로 가리켰다. 그리고는 할바흐에게 윙크를 보냈어. "그 돈 다 쓰면, 언제라도 말씀만 하세요."

환영한다, 싸이코!

지붕 바로 밑에 있는 4층 기숙사 내 방에 들어와 전등을 켰을 때, 전기 콘센트였던 벽의 구멍 안으로 털이 덥수룩한 회색 꼬리 같은 것이 막 사라지는 게 또 보였어.

"안녕, 유령" 내가 말했어. "방해해서 미안. 근데 걱정이네, 너한테 다시 동거인이 생겼거든."

그때 경찰이 사탕을 돌려줬던 게 떠올랐어. 난 사탕 껍질을 까서 벽의 구멍 앞에 놓아두었어. 조금 시간이 걸리기는 했지만, 곧 거대한 단추 같은 눈이 박힌, 털 달린 회색 머리통이 나타나 사탕을 가져갔어. 대체 무슨 동물인지 아는 바가 전혀 없었어. 다람쥐와 쥐, 수리부엉이의 잡종인 것 같았어. 하지만 그것보단 더 작았어.

"부끄러워 할 필요 없어, 유령." 내가 말했어. "여기 있는 우린 모두 미치광이들이니까."

나는 중세 기사의 침대에 앉아 어떻게 계곡 아래에 등불이
켜지는지를 바라보았어. 느낌이 이상했어. 내가 마치 그동안 영
원히 사라졌던 것 같았어. 그러면서도 이미 오래 전부터 항상
여기 있었던 것도 같았어.

틀림없이 어느 시점에 내 창문을 두드리는 소리가 날 거야.
벌써부터 난 기다리고 있었어. 단테가 나를 보고 웃었어.

"지금 들어가도 되니? 아니면 지난번처럼 날 또 창문 밖으로
떠밀래?"

난 여닫이창을 활짝 열었고, 단테는 몸을 흔들어 침대로 착
지했어. 방문을 두드리는 소리가 났어. 카란과 루키였어.

카란은 큰 쟁반을 들고 있었어. 쟁반 위에는 여섯 개의 작은
양초와 한 개의 큰 양초가 꽂힌 커다란 생일케이크가 놓여있었
어. 모든 초에 불이 켜져있었고, 그 불빛은 카란의 얼굴을 비추
고 있었어.

두 사람이 날 보고 웃었고, 루키가 내 다리를 껴안더니 머리
로 내 배를 눌렀어.

"다시 괜찮아졌니?" 내가 물었어.

루키가 고개를 끄덕였어. "나, 케이크도 먹을 수 있다." 루키
가 환한 얼굴로 선포하더니 빨간 점이 있는 자기 배를 보여주었
어. "주사 맞았어."

루키가 내 손에 노아의 셔츠를 꽉 쥐어주더니 침대 위 단테 옆으로 뛰어들었어. 카란은 쟁반을 책상 위에 내려놓았어. 쟁반을 빙 둘러 우유가 든 유리컵이 있었어.

"엄마가 줬어." 루키가 말했어.

"나도 이미 그렇게 생각하고 있었어." 이렇게 말한 뒤 나도 똑같이 침대에 걸터앉았어.

카란이 생일케이크를 빤히 쳐다보았어. 단테가 눈썹을 위로 치켜뜨면서 나를 바라보았어. 난 그게 뭘 의미하는지 알고 있었어. 나는 고개를 끄덕였어.

우린 동시에 숨을 깊이 들이마셨어. "생일 축하합니다. 생일 축하합니다…." 루키도 끼어들어 노래했어. "생일 축하합니다, 사랑하는 카란, 생일 축하합니다."

노래를 마치자 카란이 몸을 앞으로 굽혀 후 하고 불을 껐어. 카란이 잠시 눈을 감더니 소원을 빌었어. 그러고 나서 케이크를 잘라 접시에 나누더니 이리저리 건넸어.

"그러니까…." 단테가 입 안 가득 케이크를 물고 말했어. "루키한테 여권을 숨기는 아이디어는 언제 생각한 거야?"

난 단테를 보고 웃었어. "난 항상 계획을 잘 세우지."

"그렇다면 무계획이 계획이었구나?" 단테가 외치면서 웃었어.

"넌 그냥 셔츠에 여권을 놔둔 채로 잊어버렸던 거잖아."

"증명해보시지!"

"난 못해." 단테가 포기했어. "그럼 우리가 모를 빌릴 수 있도록 아흐멧한테 준 종이쪼가리는 뭐였지?"

서류에 대해서는 잠시 고민해야 했어. 그러고 나서 난 머리를 흔들었어. "만약 지금 대답해야만 한다면 거짓말을 하겠어. 진실을 원한다면 기다려야 해."

단테가 깜짝 놀라서 날 쳐다봤어. 그러고 나서 천천히 고개를 끄덕였다. "알았어."

"그러면 엔니는 떠나지 않는 거야?" 루키가 기뻐하면서 물었어. 루키는 침대 전체에 온통 케이크를 부스러뜨려 놓았고, 난 바닥에 떨어진 부스러기들을 훔쳐냈어.

"그렇다고 볼 수 있지." 내가 말했다.

그때 이미 난 오늘 밤에 내가 잠들지 못한 채로 누워 노아를 걱정하리란 걸 알고 있었어. 노아, 계획을 너무 못 세우는 노아.

"잘됐네." 루키가 말했어. "만약 우리가 결혼하면 그때 난 또 케이크를 먹을 수 있겠네. 웨딩케이크는 이거보다 훨씬 더 크잖아."

그 말을 듣고 우린 모두 웃었어. 카란 역시도. 카란이 더 이상 웃지 않을 때까지. 왜냐하면 카란이 엄청난 도약과 함께 갑자기 책상 위로 펄쩍 뛰어올랐기 때문이야.

우린 기습이라도 당한 듯 깜짝 놀라 카란을 쳐다보았어. 그리고 유령이 책상 앞 바닥에 웅크리고 앉아 앞발로 큰 케이크 부스러기를 들고 갉아먹고 있는 걸 봤어. 우리는 맨 처음엔 유령을, 그다음엔 카란을, 그러고 나서 다시 유령을 봤어.

카란은 우리를 쳐다보았어. 열여섯 살짜리의 눈동자에 드러난 순수한 경악과 공포는, 마음 안의 두려움을 완전히 물리친 건 아니라는 걸 카란 자신으로 하여금 깨닫게 해주었어. 두려움은 다른 무엇보다도 힘센 깡패라는 것도. 왜냐면 두려움이라는 깡패의 쌍판을 마구 후려칠 수는 없는 노릇이기 때문이야.

두려움은 영원히 제거할 수도 없어. 왜냐면 마음 안에 있는 거니까. 그저 날마다 주먹 쥐고 싸울 준비를 한 채 새롭게 맞설 수만 있는 거야.

"괜찮아. 진짜로" 내가 말했어. "오직 완전 ▨▨▨만 아무것도 무서워하지 않지. 게다가 여기 위에 있는 우리는 어차피 다 ▨▨▨한 사이코들이잖아." 내가 카란을 보고 웃었어.

카란이 고개를 끄덕였어. 무슨 말인지 이해한 거야.

카란이 책상 위에서 껑충 뛰더니 침대 위 우리들 사이에 착지했어. 루키가 침대 기둥을 꽉 잡아야만 할 정도로 매트리스가 크게 쑤욱 패였다가 다시 위로 솟아올랐어.

"근데 대체 '하쿠나 마타타'가 무슨 뜻이야?" 내가 단테에게 물었어.

"걱정하지 마." 단테가 나를 보고 웃으며 말했어. 단테의 이와 그 모든 게 날 향해 웃고 있었어. "집에 돌아온 걸 환영한다. ~~━━━━━~~ 사이코."

피할 수 없는 메아리처럼 내 얼굴에도 웃음이 번졌어. 뉴턴이 이번에도 이겼어. 아니 항상.

삭스 친구들아, 이게 알려지지 않았던 이 사건의 전부야. 아, 정말이라니까.

두려울 것 없는 녀석들
수상한 장애기숙학교에 갇히다

지은이 바네사 발더 그린이 바바라 코투에스 옮긴이 정유진
펴낸이 곽미순 책임편집 윤도경 디자인 이순영

펴낸곳 한울림스페셜 기획 이미혜 편집 윤도경 윤소라 이은파 박미화 김주연
디자인 김민서 이순영 마케팅 공태훈 제작·관리 김영석
등록 2008년 2월 23일(제318-2008-00016호)
주소 서울시 영등포구 당산로54길 11 래미안당산1차아파트 상가 3층
대표전화 02-2635-1400 팩스 02-2635-1415
홈페이지 www.inbumo.com 블로그 blog.naver.com/hanulimkids
페이스북 www.facebook.com/hanulim
인스타그램 www.instagram.com/hanulimkids

첫판 1쇄 펴낸날 2020년 5월 18일
ISBN 979-89-93143-85-0 (43850)

이 도서의 국립중앙도서관 출판예정도서목록(CIP)은 서지정보유통지원시스템 홈페이지
(http://seoji.nl.go.kr)와 국가자료종합목록시스템(http://kolis-net.nl.go.kr)에서
이용하실 수 있습니다. (CIP제어번호: CIP2020016747)